二手書店店員日記

The Diary of a Bookseller

尚恩・貝西爾 *Shaun Bythell* ——著
彭臨桂——譯

聯經文庫
二手書店店員日記

2023年3月初版　　定價：新臺幣530元

著　　者	Shaun Bythell
譯　　者	彭　臨　桂
叢書編輯	杜　芳　琪
校　　對	吳　美　滿
內文排版	菩　薩　蠻
封面設計	鄭　婷　之

出版者	聯經出版事業股份有限公司
地址	新北市汐止區大同路一段369號1樓
叢書編輯電話	(02)86925588轉5394
台北聯經書房	台北市新生南路三段94號
電話	(02)23620308
台中辦事處	(04)22312023
台中電子信箱	e-mail：linking2@ms42.hinet.net
郵政劃撥	帳戶第0100559-3號
郵撥電話	(02)23620308
印刷者	文聯彩色製版印刷有限公司
總經銷	聯合發行股份有限公司
發行所	新北市新店區寶橋路235巷6弄6號2樓
電話	(02)29178022

副總編輯	陳　逸　華
總編輯	涂　豐　恩
總經理	陳　芝　宇
社長	羅　國　俊
發行人	林　載　爵

行政院新聞局出版事業登記證局版臺業字第0130號

本書如有缺頁，破損，倒裝請寄回台北聯經書房更換。　ISBN 978-957-08-6689-6 (平裝)
聯經網址：www.linkingbooks.com.tw
電子信箱：linking@udngroup.com

The Diary of a Bookseller
This edition is published by arrangement with Profile Books Limited through Andrew Nurnberg Associates International Limited.

國家圖書館出版品預行編目資料

二手書店店員日記/Shaun Bythell著．彭臨桂譯．初版．
新北市．聯經．2023年3月．512面．14.8×21公分（聯經文庫）
譯自：The diary of a bookseller
ISBN 978-957-08-6689-6（平裝）

873.6　　111020619

目次

二月

二月

我會想要走書店這一行嗎？整體而言——儘管僱主對我很好，我在店裡也過了一些快樂的日子——不想。

——喬治．歐威爾（George Orwell），《書店記憶》（*Bookshop Memories*，倫敦，一九三六年十一月）

歐威爾不願以賣書為業，原因可想而知。書店老闆給人一種毫無耐心、容忍度低、不愛交際的刻板印象——迪倫．莫蘭（Dylan Moran）在影集《布萊克書店》（*Black Books*）中實在扮演得太完美了——再者（整體來說）這似乎也是事實。例外當然會有，而且許多書店老闆都不符合這種類型。遺憾的是，我符合。但我並非向來如此，在買下那間店之前，我記得自己是個耳根子軟又相當親切的人。我會變成這副德性，是因為不斷受到無聊問題的轟炸，生意的財務狀況極不穩定，而且還要跟員工以及沒完沒了、煩死人不償命、討價還價的顧客陷入永無止境的爭執。我能改變什麼嗎？不行。

我在十八歲第一次見到威格頓書店（The Book Shop in Wigtown），當時我在家鄉，正要離開上大學。我清楚記得曾跟一位朋友走路經過那裡，我還說自己確信它在當年就會倒閉。十二年後，我在聖誕假期回去看父母，打電話問他們店裡有沒有里歐．沃姆斯利（Leo Walmsley）的《三度狂熱》（*Three Fevers*），而我在跟老闆談話時，向他坦承了我很難找到喜歡的工作。由於他非常想退休，所以提議我買下他的店。我告訴他我沒錢，結果他回答：「你不需要錢啊——你以為銀行是幹嘛的？」不到一年後，在我三十九歲生日一個月後（一天不差剛剛好）的二〇〇一年十一月一日，那個地方就變成我的了。我接手之前其實應該要先讀過喬治．歐威爾於一九三六年出版的作品才對。《書店記憶》時至今日仍然能夠跟以前一樣反映現實，而且對像我一樣天真踏進販賣二手書世界的人是種善意提醒，讓我們知道那並不是坐在扶手椅上，旁邊有熊熊的火堆，而你穿著拖鞋蹺起腳，一邊抽菸斗一邊讀吉朋（Gibbon）的《羅馬帝國衰亡史》（*The History of the Decline and Fall of the Roman Empire*），同時也有可愛的客人絡繹不絕，跟你的對話內容很有見地，最後還留下一大筆現金。實際上，真正的情況可是天差地遠。在那篇文章的觀察中，歐威爾這段評論可能是最貼切的：「許多來找我們的人到哪裡都是討厭鬼，但他們在書店卻有了特別的機會。」

一九三四至一九三六年間，歐威爾正在寫作《讓葉蘭在風中飛舞》（*Keep*

the Aspidistra Flying）時，曾經在漢普斯特德（Hampstead）的「愛書人角落」（Booklover's Corner）兼職工作。他的朋友強・金奇（Jon Kimche）描述他看起來似乎很討厭賣東西給任何人——許多書商想必都很熟悉這種情緒。為了說明今日與歐威爾當時的書店生活有什麼相似——以及經常會有的相異之處——本書中每個月一開始都會先摘錄《書店記憶》裡的一段話。

我童年時期的威格頓（Wigtown）是個忙碌的地方。我和兩個妹妹在距離鎮上大約一哩遠的一座小農場長大，跟農場單調、散布著綿羊與鹽澤的景色比較起來，鎮上對我們來說就像一座繁榮的大都市。那裡的人口數不到一千，位於加洛韋（Galloway），就在被人遺忘的蘇格蘭西南方角落。威格頓的景觀是在半島上一片波動起伏的鼓丘，稱為馬查爾斯（Machars，來自蓋爾語中的*machair*一詞，意思是肥沃、地勢低矮的草原），包含了四十哩的海岸線，從沙灘到高聳的懸崖再到洞穴什麼都有。北邊有加洛韋丘陵（Galloway Hills），是一片幾乎無人的美麗荒野，南高地之路（Southern Upland Way）則從中蜿蜒穿過。鎮上由鎮公所治理，那是一棟像市政廳的壯觀建築，曾為當地人所謂「郡」（The Shire）的行政總部。威格頓的經濟有好多年都是由一家乳品合作社和蘇格蘭最南方的威士忌酒廠布萊德納克（Bladnoch）維持，占了工作人口的一大部分。當時，農業提供給農場工人的工作機會比今日還多，所以在鎮上及附近都有受僱者。乳品廠於一九八九年關閉，少了一百四十三個工作；而一八一七年建立的酒廠則在一九九三年停業。鎮上受到影響而有了巨大轉變。原本那裡有一間小五金店、一間蔬果店、一間禮品店、一間鞋店、一間糖果店、一間旅店，現在全部都關門大吉了。

不過目前那裡已經恢復了一定程度的繁榮，情況也還算樂觀。乳品廠空著的建築慢慢做起了小生意：一位鐵匠、一間錄音室和一位火爐匠現在占用了大部分的空間。酒廠在二〇〇〇年重新開業，從事小規模的生產，並由來自北愛爾蘭的一位商人雷蒙・阿姆斯壯（Raymond Armstrong）熱心照料。威格頓的經濟也好轉起來，現在還是一群書店與書商的據點。原本用木板封住的門窗又再度開放，裡頭的小生意則是興隆發展。

曾經在書店工作的每一個人都認為顧客互動可以拿來寫書的題材實在太多了——珍・坎貝爾（Jen Campbell）的《書店怪問》（*Weird Things Customers Say in Bookshops*）就足以證明——因此，記憶極差的我開始寫下店裡發生的事當成備忘錄（*aide-mémoire*），也許未來我寫東西的時候會派上用場。如果開始的日期看起來很隨意，那是因為本來就這樣。我只是剛好在二月五日想到要開始這麼做，後來備忘錄就變成了日記。

二月五日，星期三

線上訂單：5
找到的書：5

電話在上午九點二十五分響起，是來自英國南方一個男人打的，他考慮在蘇格蘭買下一間書店。他很好奇一間有兩萬本庫存的書店價值多少。我忍住沒說出「你瘋了嗎？」這個顯而易見的答案，而是問他目前那位店主怎麼開價。她告訴他，在她店裡一本書的平均價格是六英鎊，建議將總價值十二萬英鎊的書分成三份。我告訴他應該至少要分成十份，說不定要三十份。這些日子以來，要搬移那麼大規模的量幾乎是不可能的，因為沒幾個人會準備好收下大量的書，而少數準備好的人願意付的錢又少得可憐。書店現在很稀有，庫存則是很充足。現在可是買方市場。即使在景氣好的二〇〇一年——我買下書店的那一年——前任老闆對十萬本書的庫存也才開價三萬英鎊。

或許我應該勸電話上的男人在確定要買下書店前，先去（搭配歐威爾的《書店記憶》）讀讀威廉・Y・達爾林（William Y. Darling）的驚人之作《破產書商》（*The Bankrupt Bookseller Speaks Again*）。有抱負的書店老闆都應該閱讀這兩本作品。達爾林實際上並非破產書商，而是愛丁堡（Edinburgh）的一位布商，他犯下了一樁極具說服力的騙局，讓我們相信這個人真的存在。書中的細節精確到不可思議。達爾林虛構出來的書商——「不修邊幅、不健康、漫不經心，是個無趣的人，但興頭一來講起書的事又可以跟任何人一樣滔滔不絕」——這對二手書商的描寫非常貼切。

妮奇（Nicky）今天在店裡工作。我們的生意已經負擔不起全職員工，尤其是在又長又冷的冬季，所以我很依賴既能幹又古怪的妮奇每週顧店兩天，這樣我才可以外出採買或做其他的事。她快五十歲，有兩個已經成年的兒子。她住在一座能夠俯瞰盧斯灣（Luce Bay）的小農場，距離威格頓大約十五哩，而她是耶和華見證人（Jehovah's Witness），這一點——再加上有製作奇怪「手工藝」物品的嗜好——就說明了她是什麼樣的人。她有很多衣物都是親手作的，而且節省得像個小氣鬼，可是分享自己僅有的東西時卻又大方到了極點。每週五她都會帶點心給我，是她前一晚在王國聚會所（Kingdom Hall）活動結束後到斯特蘭拉爾（Stranraer）那間莫里森（Morrisons）超市後方廢料桶裡翻出來的。她把這稱為「美食星期五」（Foodie Friday）。雖然她的兒子形容她是一位「邋遢吉普賽人」，不過她就跟書本一樣撐起了這間書店，要是少了她，這個地方也會少了許多魅力。雖然今天不是星期五，但她還是帶來了從莫里森超市廢料桶掠奪來的噁心食物：一小包已經濕軟到幾乎面目全非的印度咖哩餃。她從暴雨中衝進來，把東西甩到我的臉上，說：「呃，你看看——是印度咖哩餃呢。好料的。」然後她就吃了起來，爛泥般的碎屑散落在地板及櫃檯上。

夏天期間我會僱用學生——一個或兩個。這使我有時間沉浸於一些活動，讓我在加洛韋的生活十分悠閒。作家伊恩．奈爾（Ian Niall）曾經寫道，小時候在主日學校的他，確信老師說的「流奶與蜜之地」（land of milk and honey）就是指加洛韋——部分原因是在他住的農舍裡，食品儲藏室總會有充足的牛奶與蜂蜜，另一個原因則是那裡對他而言就像天堂。我跟他一樣喜愛這個地方。到店裡工作的女孩們讓我有幸能夠找時間去釣魚、健行或游泳。妮奇把那些事稱為我的「小寵物」。

第一位客人（上午十點三十分出現）是我們的幾位常客之一：狄肯（Deacon）先生。他是個談吐文雅的人，五十幾歲，腰圍跟一般不愛運動的中年男子相當；他稀薄的黑髮特意梳過頭頂，就像某些開始禿頭的男人試圖讓別人相信他們的頭髮仍然濃密，但看起來卻沒有說服力。他的穿著還算講究，因為他的衣物顯然剪裁良好，可是他穿得不好看：他不太注意細節，例如襯衫下襬、扣子或拉鍊部分。感覺就像有人把他的衣褲塞進大砲射向他，撞到他身上哪裡就穿在哪裡。他在許多方面都是理想的客人；他從不隨便翻閱，只會在確切知道自己要什麼的時候過來。他通常會把一份從《泰晤士報》（*The Times*）剪下的書籍評論拿給我們之中正好在櫃檯當班的人。他的語言簡短精準，從不閒聊但也從不無禮，而且每次來拿書時就會付錢。除此之外，我對他一無所知，連他姓什麼都不清楚。其實，我常納悶他為什麼要透過我訂書，明明到亞馬遜（Amazon）網站就方便極了。或許他沒有電腦。或許他不想要一台。又或許他是快要消失的類型，那種人明白如果他們想要書店生存下去，就必須給予支持。

中午，一個身穿迷彩戰鬥褲、頭戴貝雷帽的女人帶著六本書到櫃檯，其中包括兩本又新又貴，狀況非常良好的藝術書籍。書的總價是三十八英鎊；她問是否有折扣，而我告訴她可以算三十五英鎊時，她回答：「不能算三十英鎊嗎？」當顧客獲得已經比原本定價還低一些的產品折扣，卻還覺得有權再殺價將近百分之三十，這讓我對人們能否通情達理有很大的懷疑，於是我拒絕再多給折扣。她付了三十五英鎊。我現在完全支持珍娜・史崔特－波特（Janet Street-Porter）的提議，應該強制把任何穿迷彩戰鬥褲的人空投到軍事區才對。

總收入274.09英鎊[1]
27位顧客

1 這個數字未納入我們的網路銷售，亦即亞馬遜每兩週存進書店銀行帳戶的金額。線上營業額比店裡的收入少得多，平均一天是四十二英鎊。從二〇〇一年我買下書店開始，賣書這一行就有了非常重大的轉變，而我們除了適應並沒有別的選擇。當時線上販售相對來說還在發展初期，在二手書界唯一厲害的角色是AbeBooks；那個時候的亞馬遜只賣新書。由於AbeBooks是書商建立的，所以成本可以盡量壓低。如果要賣比較貴的書——在實體店裡可能不好賣的那種——這就非常有好處，而且由於當時透過它賣書的書商相對較少，所以我們可以賣到很不錯的價格。當然，現在亞馬遜會把所到之處吞噬殆盡。它甚至還吞下了AbeBooks，於二〇〇八年接手，而現在線上市場充滿了書，實體和電子版都有。然而我們沒有選擇的餘地，只能使用亞馬遜和AbeBooks在線上賣書，雖不甘願也只能如此。激烈的競爭已經把價格壓到讓線上賣書變成只是一種嗜好，要不就是由少數大咖玩家主宰整個大產業，他們擁有巨大的倉庫跟折扣極為優惠的郵遞合約。規模經濟讓中小型企業根本不可能與其匹敵。這一切的中心就是亞馬遜；雖然把整個產業的困難全部推給亞馬遜並不公平，但毫無疑問的是它改變了大家的一切。傑夫·貝佐斯（Jeff Bezos）可不是無來由隨便註冊「relentless.com」這個網域名稱的。顧客的總數也可能會使人誤解——那並不代表客流量，就只是買書的顧客人數而已。通常，客流量大約是買書人數的五倍。

二月六日，星期四

線上訂單：6
找到的書：5

我們的線上庫存有一萬本書，包含這在內的總庫存則有十萬本。我們會把庫存登錄進一個叫「季風」（Monsoon）的資料庫，而它會上傳到亞馬遜及 AbeBooks。今天有位亞馬遜的顧客因為一本書《為什麼是有而不是無？》（*Why Is There Something Rather Than Nothing?*）寄了電子郵件過來。他的抱怨：「我還沒收到書。請解決這件事。目前我還沒對你們的服務寫下任何評論。」多虧了亞馬遜的回饋（feedback）機制，這種幾乎毫無掩飾的威脅變得越來越常見，有些無恥顧客就會在收到訂購的書時藉此談判拿到部分或甚至全額退款。這本書在上星期二寄出，現在應該已經到了，所以要不是這位顧客想弄到退款，要不就是皇家郵政（Royal Mail）出了問題，這種情況可是極為罕見的。我回答，要他們等到星期一，在那之後如果書還是沒到，我們就退款。

午餐之後，我整理了幾箱神學書籍，是上個星期一位蘇格蘭教會（Church of Scotland）退休牧師帶來的。針對單一主題的藏書通常很受歡迎，因為其中幾乎必定埋藏一些收藏家感興趣的稀有物品，而且通常很有價值。神學大概是這條規則唯一的例外，今天的結果也證明如此：完全沒有任何重要的東西。

下午五點關店後，我到合作商店買了晚餐的食物。我褲子的左邊口袋最近磨破了一個洞，結果我還一直忘記這件事，把零錢放進去。就寢前脫掉衣物時，我在左腳靴子裡發現了一點二三英鎊。

總收入95.50英鎊
6位顧客

二月七日，星期五

線上訂單：2
找到的書：2

今天是個美麗晴朗的一天。妮奇於上午九點十三分抵達，穿著一套黑色的加拿大滑雪服，是她在威廉港（Port William）那間慈善商店用五英鎊買的。

這是她從十一月到四月之間每個月的標準制服。衣褲加了墊子，專用於滑雪，讓她看起來像是迷路的天線寶寶（Teletubby）。在這段期間，她會不斷哀哀叫抱怨店內的溫度，而店裡確實也是偏冷的。她開的是一輛藍色小巴，正好適合她喜歡貯藏東西的生活方式。車上所有座位都被拆掉，在那些地方可以看到她搜刮到的東西，從肥料袋到壞掉的辦公椅都有。她把那輛車稱呼為藍鈴，不過我喜歡叫它藍蠅，因為裡面真的有一大堆。

諾里（Norrie）（前員工，現在則是自己當木工）上午九點進來，到休息室修理屋頂的漏水處，也就是花園裡的涼棚。

這十五年以來，員工會來來去去，可是一定至少會有一位全職——直到最近為止。有些人非常棒，有些就像惡魔；幾乎所有人都還是朋友。剛開始幾年，我會僱用學生在星期六到店裡幫忙，因為全職員工都不喜歡在那天工作；而從二〇〇一年到二〇〇八年間，儘管風氣明顯轉為線上購書，店裡營業額還是穩健有力地成長。後來——雷曼兄弟在那年九月破產之後——情勢就急轉直下，營業額也回到我們在二〇〇一年剛開始的情況，可是管理費用在景氣好的時候已經提高很多了。

諾里跟我在幾年前蓋了休息區，在威格頓的年度圖書節期間，我們會把那裡當成會場，舉辦非常小又獨特的活動。去年全蘇格蘭最多刺青的人就談了二十分鐘關於刺青的歷史，還為了隨著內容說明不同的元素而脫到只剩內褲。有位老太太誤以為那棟建築是廁所，無意間在演說快結束時晃了進來，發現他幾乎全裸站在那裡。我不確定她恢復了沒。

諾里要離開時，跟妮奇熱烈討論起某件事，而我聽到了最後一點內容。好像是跟演化有關。這是妮奇特別喜歡的一個主題，她還常把《物種起源》（*On the Origin of Species*）擺在小說區。我報復的方式則是把《聖經》（她認為那是歷史）放到長篇小說的類別。

我在整理退休牧師帶來的神學書時，找到一本書《快樂的痛苦》（*Gay Agony*），作者竟然是H・A・曼霍德（H. A. Manhood）。原來曼霍德就住在薩塞克斯（Sussex）一棟由火車車廂改造的房子裡。

總收入67英鎊
4位顧客

二月八日，星期六

線上訂單：4
找到的書：4

今天由妮奇看店，我才能前往里茲（Leeds）去看一間私人圖書館在航空方面的六百本藏書。安娜（Anna）跟我上午十點離開店裡，在我們要走的時候，妮奇給了忠告：「看到書，想個數字，然後再減半。」她也告訴我當世界末日來臨，只有耶和華見證人能留在世上（或是在說她想像中的世界末日——只要她一談宗教，我就不會注意聽），到時候她打算去我家拿走我的東西。她一直帶著這個念頭打量我的各種家具。

安娜是我的女友，她是位美國作家，比我小十二歲。我們一起住在書店樓上的四房公寓，養了一隻叫船長（Captain）的黑貓，牠是以《牛奶樹下》（*Under Milk Wood*）那位瞎眼船長命名的。安娜服務於洛杉磯的美國國家航空暨太空總署（NASA），在二〇〇八年來威格頓打工度假，想要完成到蘇格蘭海邊附近書店工作的夢想。我們之間立刻擦出了火花，而她短暫返回加州不久後就決定再回來。二〇一二年，她的故事引起了安娜．帕斯特納克（Anna

Pasternak）注意，對方是位記者，在那一年的圖書節造訪威格頓，隨即於《每日郵報》（*Daily Mail*）為此寫了一篇報導。後來沒過多久，有一家出版社聯絡安娜，想要她寫一本回憶錄，而她的第一本書《你需要知道的火箭三件事》（*Three Things You Need to Know About Rockets*）就在二〇一三年由Short Books出版。儘管在著作上取得了成就，她卻自認是個「語言印象派分子」，有改造語言的傾向，而她說的話聽起來既可愛但又會令人洩氣。她會解讀自己心不在焉聽到的內容，再用跟原意有幾分近似的方式重說一遍，導致偶爾混雜起難以理解的字詞，還會再加上少許從她祖母那裡學來的意第緒語（Yiddish）。

要賣航空書籍的女人上週打電話來，感覺滿急的。那些是她丈夫的書，他一年前過世了。她已經賣掉房子，三月就要搬走。我們在下午三點抵達她家。我立刻被她顯眼的假髮分心，更別提門窗附近地板上散落著七葉樹的果實。她說她先生死於癌症，目前她正在接受相同的治療。書就放在一道狹窄樓梯頂部的改造閣樓裡。雖然談價花了點時間，不過我們最後同意以七百五十英鎊買下大約三百本書。她很高興我留下了剩餘的書。如果都是這樣就好了。大多數時候人們只想處理掉整套藏書，尤其是死者的遺物。安娜跟我把十四個箱子搬上廂型車，然後回家。那些書顯然是她丈夫的愛好，而她勉強放手之後似乎鬆了口氣；她一定知道自己很難割捨，儘管她對那個領域沒有興趣。我們離開時，安娜問女人門窗旁撒滿果實的事。原來她跟安娜一樣害怕蜘蛛，而七葉樹果實好像會釋放出一種能夠驅散牠們的化學物質。

廂型車（一輛紅色的雷諾Trafic）是我在兩年前買的，而我幾乎把它操垮了。即使在最短的行程中，我也會遇到對向車道的人們熱情湧上來，他們很明顯是把我誤認為郵差。

這套航空藏書包含二十二本由普特南（Putnam）出版的航空史。這個系列講的是航空器製造商，甚至還有航空器的類型——福克（Fokker）、霍克（Hawker）、超級馬林（Supermarine）、火箭飛機，以前這些書在網路跟實體店面都賣得很好，每一本價格在二十至四十英鎊之間。我認為可以很快賣掉普特南的書回本，才會這樣開價。

許多書的交易都起始於陌生人來電，說他們親近的人剛死，而他們要負責處理那些書。可想而知，他們還是經常感到悲傷，不讓自己淹沒在痛苦中幾乎是不可能的事，就算最細微的地方也會觸發。整理已死之人的書能讓我深入理解對方是誰，他們有什麼興趣，並且一瞥他們的個性。現在，即使是拜訪朋友，我只要一看到書架就會被吸引過去，尤其是架上有任何不協調之處的時候，因為那可能會透露關於他們但我卻不知道的細節。我自己的書架則是令人慚愧——在棲居於架上的現代小說及蘇格蘭藝術與歷史書籍之間，可以找到一本《意第緒語粗話》（*Talk Dirty Yiddish*）和《第三帝國湯匙收集》（*Collectable Spoons of the Third Reich*）——前者是安娜送的禮物，後者則是我朋友麥克（Mike）給的。

安娜跟我從里茲開回來，在強勁的冬雨中經過伊爾克利荒原（Ilkley Moor），到家時大約晚上七點了。我打開門，看見地上堆著書，到處都是箱子，還有好幾十封電子郵件等著我。妮奇在店裡留下堆成山的書和箱子，似乎因此得到了某種虐待的滿足感，理由大概是她知道我對檯面跟地面的乾淨相當挑剔，尤其是地板。也許她天生就是個不愛整潔的人，所以她認為我希望一切有秩序有組織這件事極不尋常又極為有趣，於是刻意在店裡製造混亂，然後在我斥責她時指控我有強迫症。

總收入77.50英鎊

7位顧客

二月十日，星期一

線上訂單：8
找到的書：7

訂單之中有一筆是《卵石磨優質肉類指南》（*Pebble Mill Good Meat Guide*）。

由於我們會經手相當數量的郵件，所以跟皇家郵政簽了合約，不必把包裹拿去郵局櫃檯給局長威爾瑪（Wilma）處理，而是在線上辦理，每天妮奇或我就把蓋了郵資已付的大袋子帶到郵局後面的房間，他們則會拿去郵件分類處。

威格頓的郵局就跟許多鄉下的郵局一樣，屬於另外一間店的一部分，而我們這裡的是一間報刊店兼玩具店，老闆是個名叫威廉（William）的北愛爾蘭人。不管樂觀開朗的相反是什麼，威廉都符合。非常徹底。他從來不笑，對任何事物都能夠抱怨。如果我去放袋子的時候他在店裡，那麼我一定會刻意對他說早上好。在罕見的情況下，他會勉強回應一下，內容一定是「有什麼好的？」或者「如果我沒困在這個爛地方才算好」。通常，你對他打招呼的態度越愉快，他的反應就越不友善。他彷彿是為了表現出自己有多麼深沉的苦痛，而將展示架上的所有雜誌用三卷透明膠帶黏起來，這樣客人就不可能拿來翻閱了。威爾瑪則是風趣、樂觀又友善，形成明顯的對比。郵局其實是威格頓當地的中心——每個人每週都會在某個時間過去，那裡也是交流八卦跟張貼葬禮通知的地方。

吃完午餐，收銀機捲紙用完，我去翻找之後發現完全沒有了，於是我又訂了二十捲，這應該能用個兩三年吧。希望更快，這表示生意好。

今天隨機閱讀俱樂部（Random Book Club）有兩個新的訂戶。隨機閱讀俱樂部屬於書店的分支，是我幾年前設立的，當時生意很差，未來也看似一片暗淡。訂戶支付五十九英鎊的年費，每個月就會收到一本書，可是他們無法決定會收到哪種類型的書，所以品質控管完全由我負責。我會非常謹慎選擇俱樂部的書並打包寄出。由於訂戶顯然都是讀書癖，所以我一直小心翼翼選擇我認為喜愛閱讀的人能夠享受的書。這當中並不需要什麼專業知識：混合小說和紀實文學，重心稍微偏向紀實，再加上一點詩。在這個月稍晚要寄出的書當中，有克萊夫·詹姆斯（Clive James）的《其他護照》（*Other Passports*）、勞倫斯·杜雷爾（Lawrence Durrell）的《普羅斯佩洛的斗室》（*Prospero's Cell*）、艾瑞斯·梅鐸（*Iris Murdoch*）的沙特（Sartre）傳記、內維爾·舒特（Neville Shute）的《像愛麗絲的小鎮》（*A Town Like Alice*），還有一本叫

《100+遺傳學原理》（*100+ Principles of Genetics*）的書。所有的書狀況都很好，都沒待過圖書館，還有一些已經好幾百歲了——每年都會有幾本。我估計如果會員決定把書拿到eBay上拍賣，可以賺得比年費還多。網站上有個論壇，可是沒人使用，讓我深刻認識到被這個想法吸引的人——他們不喜歡要跟別人互動的俱樂部——這是格魯喬．馬克斯（Groucho Marx）式的俱樂部。會員有大約一百五十人，而且除了在《文學評論》（*Literary Review*）上做了最少量的廣告之外，我唯一的行銷就是一個網路跟Facebook頁面，那兩個地方我已經有一段時間沒更新了。口耳相傳似乎就是最好的行銷。這在書業非常艱困的時期拯救了我免於財務危機。

總收入119.99英鎊
11位顧客

二月十一日，星期二

線上訂單：7

找到的書：5

諾里看店，這樣我才能去大約五十哩遠的鄧弗里斯（Dumfries）參加拍賣。這是一般銷售，你絕對沒辦法預測會找到什麼；拍賣場應有盡有，從長躺椅到洗衣機、水晶吊燈、地毯、瓷器、珠寶，偶爾甚至還會有車子。我一開始是去買書的，但很快就發現要布置店裡（我買下時空無一物）最便宜的方式就是從拍賣購買家具，所以在我還有全職員工時，每週二都一定會開車去那裡撿便宜：那些古董家具比IKEA裡同等級的新物品更漂亮，而且也便宜多了。在很少見的情況下，我會帶著一箱書回家，不過更多時候是喬治王朝風格（Georgian）的書桌、松鼠玩偶、落地燈或皮製扶手椅。其中一位常客是退役的潛艇水兵，很有魅力，名字叫安格斯（Angus）。他跟我常聚在一起討論拍賣會上的其他買家。他為所有的常客都取了綽號——帽子戴夫（Dave the Hat）、主教等等——不會太刻薄難聽，不過全都非常適合。今天我帶了一副Lillywhites的木製滑雪板回來，這會用於櫥窗展示，然後在店裡賣。現在由於我再也負擔不起全職員工，所以很少有機會去參加拍賣了。

安娜在的時候，我們總會想辦法去拍賣，我也會找到人顧店。雖然她很喜歡那裡，可是出價最多就三英鎊，這表示她每次帶回來的都是一堆垃圾，今天也不例外——是一批雜貨，包括一隻黃銅製的柯基犬、五根頂針、一組舊鑰匙和一個壞掉的吐司架。不過有一次，她勉強拉高價格到十五英鎊買了一盒珠寶，在裡面發現一枚她覺得有趣的戒指。她拿戒指去參加了邦瀚斯拍賣行（Bonhams）的免費估價日；他們建議她可以委託拍賣。結果賣了八百五十英鎊。

這幾年來，我都把書店樓上的正式客廳當成每週下午一次的藝術課場地。授課的是本地藝術家戴維・布朗（Davy Brown），每個星期二上課。班上成員是十幾位已經退休的女士。今年這個時候房子裡非常冷，所以我指示諾里要在她們抵達前一個鐘頭前生火並打開空間加熱器，可是他忘記了。其中一個人差點就需要接受心肺復甦術。我是很樂意讓她們免費使用那個空間，但她們好心付了足夠的錢，讓我能夠負擔供熱設備的費用以及一些額外支出。

安娜跟我從拍賣會回來時，我發現左側展示窗全淹水了（書店門口兩側各有一面大窗戶，我們用來當成主題展示區）。雖然裡面總會有些漏水，但從沒像這次這麼糟。我把所有浸濕的書移走並處理掉。現在展示窗裡那些地方擺的東西變成六個馬克杯、一條毛巾，以及一個深平底鍋，都是為了接住漏水。每年房子或店裡某處都會發生結構上的問題，而且老是在冬天出現，這時天氣會無情地摧殘，我們的資金也處於最低點。我會盡量把維護房屋的費用壓在一年七千英鎊，結果目前為止花的錢就已經差不多了。

艾略特（Eliot）在晚上七點抵達——他是威格頓圖書節（Wigtown Book Festival）的主辦人。九月最後一週和十月第一週期間，威格頓會舉辦文學節。在我經營書店時，圖書節本來只有幾場活動，寥寥無幾的觀眾之中大部分還是本地人，後來則演變成一件大事，有很多規模達三百個座位的大帳篷跟超過兩百場活動，包括來自各地的傑出人物。那是一場很特別的圖書節，從草創初期只有少數幾個志願者辦理，到現在有了一個辦公室，五位帶薪員工，以及從全世界吸引而來的數千人參加。艾略特是位記者，還是位非常棒的記者。他幾年前搬來威格頓，而我們很快就發現由他來主辦圖書節最適合，於是想辦法支付他，還設了一個有薪水的職位。他變成我的好朋友，我還是他第二個孩子的教父。可惜的是現在他住倫敦，能見到他的時間變少了，不過他來威格頓參與圖書節公司（Festival Company）理事會的時候，就會暫住在我這裡。一如往常，他一抵達就脫掉鞋子丟在地上。十分鐘內我就被絆倒了。

總收入5英鎊

1位顧客

二月十二日，星期三

線上訂單：15
找到的書：14

真是寒冷、陰暗、難受的一天；整天傾盆大雨。艾略特從上午八點十五分到九點都在浴室裡，所以我錯過了在開店前刷牙或盥洗的機會。

討厭的是妮奇整天都很開朗愉快，跟天氣形成了對比。我們討論要列出給Fulfilled By Amazon的書，這是亞馬遜提供的一種服務，由我們在資料庫將書列出並加上標籤，然後寄到他們在鄧弗姆林（Dunfermline）的倉庫，而書就存放在那裡，直到有顧客訂購。訂單出現的時候，亞馬遜的員工就會去揀書並打包。這解決了書店裡空間不足的問題，而且在店裡出現某個不好賣的主題書時特別有用。妮奇堅決反對透過ＦＢＡ賣書，理由是一連串站不住腳的意見，還扯到了道德觀跟其他不相干的哲學領域。我不完全明白，甚至根本不明白妮奇為何如此強烈反對ＦＢＡ，我只知道這是跟亞馬遜有關的生意，以及我們會透過這種方式賣出店裡的一些庫存。雖然很少書商會對亞馬遜有正面看法，但可惜的是要線上銷售就只能找他們。我已經放棄跟她講理了：對於我的建議和要求，她會樂意地點頭，然後埋頭做著跟之前一模一樣的事，完全不管我說了什麼。

早上我們花了些時間在沒漏水那扇窗布置冬季奧運的主題展示，用上了我昨天在拍賣會買的一九二〇年代Lillywhites木製滑雪板。另一扇窗還是擺滿了接水用的鍋子和馬克杯。

午餐時間，安娜跟我開車到紐頓斯圖爾特（Newton Stewart），她從那裡坐公車去鄧弗里斯，然後再搭火車回倫敦。

下午兩點鐘，一位像穆加比（Mugabe）那樣留鬍子的男人帶來兩箱關於藝術和電影的書。他看中了店裡的幾本書，於是我們談好用他帶來的書抵三十英鎊。這種事幾乎每天都會發生，而且除了清倉拍賣以外，這是我們唯一能夠進貨的方式。大多數日子裡，一天至少會有一個人進來賣書，就這樣每天差不多會有一百本書收進店裡。通常，有百分之七十的書會被我們拒絕，不過帶書來的人幾乎都想把所有書留下。這會造成一個問題，也就是店裡擺滿了一箱箱我們不想要的書。通常我們會付現金買下帶來店裡的書，因為數量不足以使用支票。針對這些交易，我們有一本漂亮的維多利亞式帳簿，讓賣家寫下名字、住址和總數，這樣我們才能讓收支平衡。

在我買下書店不久後，一位要移民到加拿大的年輕人帶了幾箱書來賣。我請他在帳簿上簽名，他寫了「湯姆・瓊斯（Tom Jones）」。我笑著說了其他很明顯是編造的名字，不過他是第一個使用湯姆・瓊斯的人，他回答「這沒什麼特別的」，然後就離開了。後來我開始替他的書標價時，發現每一本的蝴蝶頁都用原子筆寫著湯姆・瓊斯這個名字。他對書的品味跟我非常相近，但有幾本我還沒讀過。我覺得我也會喜歡那些書，所以挑了六本出來打算之後讀。其中一本是W・E・鮑曼（W. E. Bowman）對登山文學的諷刺之作《攀登朗姆杜圖》（*The Ascent of Rum Doodle*）。

總收入104.90英鎊
8位顧客

二月十三日，星期四

線上訂單：4
找到的書：4

艾略特下午兩點前往倫敦。

一位年輕女子和她母親幾乎整個下午都待在店裡。母親看起來對氣溫做足了準備，但女兒似乎沒察覺到快冷死人的天氣。她在付錢時輕鬆閒聊，還跟我說她的名字叫蘿倫．麥奎絲汀（Lauren McQuistin），正在受訓成為歌劇歌手。她似乎有點眼熟；一定以前來過。她買了好大一堆高深的書，而且建議我閱讀《赤子之心》（*Any Human Heart*）。威廉．博伊德（William Boyd）的《赤子之心》大概是最多人推薦我看的書了吧。我習慣避開別人推薦的東西，天真地覺得我比較喜歡挖掘自己的文學金礦，可是她熱情的態度很有說服力，於是晚餐之後我點起了暖爐，然後開始讀這本書。到了就寢時間，我已經徹底入迷了。

總收入13英鎊

2位顧客

二月十四日，星期五

線上訂單：4
找到的書：4

如果要說誰是威格頓的長青樹，那一定非文森（Vincent）莫屬。沒有人記得他什麼時候就在這裡了，但他童年是在克萊德河（Clyde）度過的。大家都喜歡他，而且他很有趣，還會偶爾惡作劇。謠傳他在劍橋（Cambridge）接受教育，不過就我所知，還沒有人能夠證實這件事。雖然他一定有八十幾歲了，可是他仍然長時間工作——比他的任何一位技師都久。文森的車行原本是一間雷諾（Renault）汽車的經銷點，他曾在那裡販售新車。沒錯，舊展示間還在，上面仍然有褪色龜裂的雷諾招牌，然而現在那裡擺的不是閃亮的新車，委婉點說，他的車子已經不再風光了。有一次，一位植物學家朋友來拜訪時，我們去那裡替廂型車加柴油。我朋友興奮地跳下車，往文森的其中一輛車子去；自從我回到威格頓以來，那輛車就一直停在展示間外，而且四顆輪胎都沒氣了。他指著生長於輪拱內部的一種蕨類，認出了那非常稀有。

午餐過後，我開車到斯特蘭拉爾附近的一座農場，要對一些遺產留下的書估價。一位冷淡寡言、頭戴花呢帽的農夫來見我，他要我跟著他的四輪摩托車，而他車子後方搖搖晃晃坐著一隻可憐的柯利牧羊犬，整路都一直對著廂型車叫。我們很快就抵達一座農舍，位置在一處泥濘山坡的凹陷地帶，更糟的是還不斷下著暴雨。

進去後，他說明這原本是他伯父與伯母的屋子。她五年前過世，伯父則在兩年前死了。這裡的東西很明顯從那時起就沒動過，或者可能從他伯母死後就這樣了。一隻看起來很孤單的貓躺在窗邊暖氣裝置上的毯子，凝視外頭淹著水的田地。這位農夫每天都會上來清理貓砂盆並餵牠。所有東西都覆蓋著灰塵和貓毛。屋裡大約有兩千本書，塞得到處都是，甚至每一階樓梯上都各有一堆。那位伯母是愛好閱讀的人。L・M・蒙哥馬利（L. M. Montgomery）、《星艦迷航記》（*Star Trek*）、阿嘉莎・克莉絲蒂（Agatha Christie）、佛里歐出版社（Folio Society），以及許多童書，包括許多套書。其中大多是平裝本，書況也不太好，這有一部分是因為那隻貓。我把全部估價為三百英鎊，他問我，等他跟家人討論過後，我願不願意買下。我告訴他我會，不過裡頭有很多都是垃圾。他說如果他決定賣給我，條件是全部的書都要帶走。

我下午三點回到店裡時，立刻就有位顧客突然大步走到櫃檯，毫不客氣地大聲說「黃金標記」。我暗自嘆息，然後告訴對方珠寶區在哪裡。

總收入307.50英鎊
4位顧客

二月十五日，星期六

線上訂單：6
找到的書：6

又是悲慘的一天，而且上午九點十分電話響起時情況也並未改善：「真是丟臉死了。我不知道你怎麼能無恥到自稱是書店老闆，竟然敢寄出這種垃圾」，諸如此類的。他繼續這樣罵了幾分鐘。進一步詢問之後，原來他訂了一本書，那間書店的名稱跟我們很像（這沒什麼特別的——湯姆．瓊斯說的真是太中肯了），而他對書況不滿意。當他發現自己找錯了書店，這整件事也跟我們無關，他卻跟我說他會「採取進一步行動」，然後就掛斷電話。

有個女人抱怨店裡的溫度冷冰冰，她身上穿著看起來就像睡袋的東西，只是割開上方和底部露出頭和腳而已。書店很舊、很冷，而且胡亂生長。這棟建築位於威格頓寬廣的主要大街上，正面是大片的花崗岩。在十九世紀早期，這裡是喬治．麥哈菲（George McHaffie）的家。他是此地的市長，而他以喬治王朝風格重建了房子，樣貌就一直保留到今天。整個底層現在全都是書，上次計算的時候有大約十萬本。過去十五年裡，我們換掉了所有書架，也做了很多工作，包括結構和表面上的。顧客常說這是「阿拉丁的洞穴」或「迷宮」。為了鼓勵顧客多探索，我拆掉了內部的門，可是這麼一來——加上房子又大又舊，供暖系統也不足——就經常導致顧客毫不委婉地抱怨。

總收入336.01英鎊

8位顧客

二月十七日，星期一

線上訂單：9

找到的書：8

又是傾盆大雨。一位年長的顧客讚美櫥窗展示，把（用來接漏水的）罐子、鍋子、杯子誤認成烹調主題展示了。

我從星期六就沒見到貓了。安娜覺得牠被一隻競爭的貓霸凌了，那隻貓會在晚上過來偷牠的食物。無可否認，牠似乎消耗了很多食物，而且還多了一種尿騷味，可是船長從來不會在屋裡那麼做。

今天早上，我在舊倉庫查看箱子，發現了一本由華特・史考特爵士（Sir Walter Scott）簽名的書。這來自於我從艾爾郡（Ayrshire）一座城堡買的一套藏書。幾個月前我把書裝箱之後就完全忘了這件事。知道自己正在處理一本文學價值持續超過兩百年的書，而且還曾被創作此書的天才拿在手裡，那種時刻永遠都會令人很興奮。這種東西最好的市場不在店裡，通常是到eBay或送去禮昂騰博（Lyon & Turnbull），那是位於愛丁堡的一家拍賣場，通常能把我委託的東西賣到好價錢。我會先以底價兩百英鎊到eBay上試試，如果賣不出去，那就交給L&T。

我們的倉庫是在花園裡的一棟建築，裡面裝上了架子放書，還有一間附廁所的小辦公室。那裡還是倉庫，不過我們現在會在店裡沒有空間時用來存放成箱的書。我們是為了擴展線上庫存與銷售而蓋了倉庫（二〇〇六年）。當時的生意可以僱用一位全職員工，一開始是諾里，接著是附近布萊德納克村莊的一位朋友，工作則是列出新庫存的目標，以及處理訂單和顧客的詢問。當時有一陣子似乎還能賺點小錢，可是隨著線上市場的競爭逐漸激烈，價格便開始下降，到了二〇一二年，我們甚至賺不到足夠的錢來支付工資，於是我只好很勉強地解僱唯一剩下的全職員工，並將庫存寄給在格里姆斯比（Grimsby）一位生意較好的朋友。不過那麼做之前，我先在裡面尋找可能會提升店裡庫存品質的材料，然後打包起來帶到店裡。華特・史考特爵士的題名就在那些書箱中。如今我們買的一切（除了FBA庫存之外）全都會收進店裡，如果有哪本書值得刊登到網路上，妮奇或我就會去做。這種系統唯一的缺點是顧客很容易會移動書本，所以我們偶爾會找不到書完成訂單。

雖然史考特在這本書中簽名給瑪麗・史都華（Mary Stewart）時已經很有名氣，但那是在《威弗萊》（*Waverly*）出版並使他家喻戶曉的六年前。獻辭和贈書也令人好奇受贈人的身分：或許我的好友兼《史考特的蘇格蘭：虛構一個國家的人》（*Scott-land: The Man Who Invented a Nation*）作者斯圖爾特・凱利（Stuart Kelly）會有想法。

上午十一點鐘電話響起。是一位每隔幾個月就打來的威爾斯女人。她有著我所聽過最憂鬱的聲音，而且每次問的都是十八世紀神學。我念出我們的庫存清單給她聽時，她也一定會回答「噢，真是令人非常、非常失望」。她像這樣打電話來好幾年了，雖然一開始我會給她書名並嘗試尋找庫存裡面是不是有她可能會要的書，但經過這些年一直得到她失望的反應後，我現在放棄了，連書名都用編造的。

斯特蘭拉爾的農夫回電，願意賣出藏書，條件是要我們全部帶走。這是個困難的決定，因為那裡有一堆沒價值的東西，房子的狀態令人作嘔，而且許多書都放在很難拿到的地方。除了要花更多時間清理，我的背部狀況也不好。要把身體扭曲成不自然的姿勢鑽進小角落對我而言越來越吃力，不過我還是跟他說我會買下，並且答應下個星期二去收書。

總收入282.90英鎊
21位顧客

二月十八日，星期二

線上訂單：5
找到的書：3

今天其中一筆線上訂單叫《萬基》（*Wankie*），那是辛巴威（Zimbabwe）的一座自然保護區。

早上我收到亞馬遜的訊息，告知我說我們的線上績效從「良好」（Good）掉到了「一般」（Fair），如果沒有改善，他們就會暫停我的帳戶。自己開業最大的樂趣之一就是你不必聽老闆的話。亞馬遜正在往「萬物商店」（everything shop）的崇高目標邁進，雖然緩慢，但確實變成了個體經營零售業的老大。這樣我就必須拉更多人加入隨機閱讀俱樂部，才能夠掙脫亞馬遜越來越緊的枷鎖。績效評分是以幾項因素為依據，包括訂單缺陷率、取消率、配送延遲率、違規、賣家回覆時間。這些並不是最容易遵守的標準，所以我通常都會忽視不管，直到他們寄電子郵件說我有麻煩了。

有一個四人家庭在中午十二點半來店。他們每個人都買了一本書；每個人對「要袋子裝嗎？」的回答都不一樣。

母親：「噢，那就裝吧。」

父親：「不用。」

兒子1：「好。」

兒子2：「如果你有的話。」

下午一點鐘，卡蘿．克勞馥（Carol Crawford）出現了。我喜歡進一些新書，會向Booksource購買大約一百五十種，那家分銷商主要在賣蘇格蘭人的書。卡蘿是他們的銷售代表。她是個有魅力的女人，而我們總會先閒聊一番，然後才談生意。她剛開始來店裡時，兒子還只是個小男孩，現在已經上大學了。去年之前，她來的時候都會帶公事包，裡面裝了以塑膠板夾著書皮的資料夾和訂單。現在她只帶了一臺iPad。她差不多一年會來四次，而決定要買的書其實並不容易，尤其是從顧客無法再從新書看出知道自己應該付多少錢之後。這種情況是亞馬遜和水石書店（Waterstones）造成的，所以我又陷入了那種情況——如果我要的話——我大概可以從亞馬遜買到比Booksource這個分銷商更加便宜的同一批貨。我在她的書單上訂了大約四十種新書，每種都買兩到三本，其中主要是跟本地有關的題材，或是由我認識的人所寫。

一九八九年，英國影響力最大的出版社一致同意，如果要提供書給書店，條件是必須照定價賣書而不能打折。他們協議只要違反這件事，就停止供應任何書給肇事者。這就是所謂的淨價書協議（Net Book Agreement, NBA）。這個系統運作得很好，直到狄倫（Dillons）和水石那些連鎖商店在一九九一年興起，壓迫了小型獨立書店。他們很快就發現可以利用NBA其中一項免除受損書的條款。他們會以馬克筆在想要打折的書頁面上畫一個十字。我買書時偶爾還會碰到。出版社和連鎖店的激烈鬥爭接連發生，直到最終由公平交易局（Office of Fair Trading）於一九九七年裁定並宣告NBA不合法。

NBA其中一個優點，是它創造了金融穩定的市場，讓出版社能夠發行或許較具文化而非財務價值的書。少了它，出版社就再也沒立場冒這種風險，因此雖然每年在英國印行的書量增加，但書種卻減少了：發行更少，印刷更多。現在控制書籍市場的並非出版社，而是水石和Tesco超市，以及喬治·歐威爾稱為「聯合企業」的組織。

貓尿味越來越濃了。

總收入111.50英鎊
12位顧客

二月十九日，星期三

線上訂單：8
找到的書：5

終於，沒下雨的一天。大多數日子做的事都是打包隨機閱讀俱樂部的書，然後跟皇家郵政的新石器時代郵寄系統打交道。由於威格頓的郵局星期三下午不營業，所以我得明天早上才去見威爾瑪，看她是否能派郵差下午過來拿六大袋包裹。

今天上午我在eBay刊登了由華特・史考特爵士簽名的書。刊登到亞馬遜或AbeBooks上並沒有什麼意義。雖然AbeBooks有一個「簽名書」區，但這本不是史考特自己出的書，所以永遠不會被搜尋到。

四位年長的女士在上午十點半出現。雖然我當時正背對她們使用電腦，可是聽得見她們猜測工藝書可能在哪裡。一番討論過後，其中一個人發現我在角落，於是對其他人說：「我們何不問那位小姐就好了呢？」

諾里覺得他知道水從哪裡淹進櫥窗展示區，而且說要去修。

在《赤子之心》中，我已經讀到羅根（Logan）兒子決定把他的樂團命名為「死魂靈」（Dead Souls），結果羅根的反應是大笑，告訴他尼古拉・果戈里（Nikolai Gogol）以相同的名稱寫了一本書。我不知道這件事，覺得自己跟羅根的兒子一樣蠢。那會是我下一本要讀的書。

總收入24英鎊

4位顧客

二月二十日，星期四

線上訂單：6
找到的書：6

妮奇在上午九點十五分（遲到了十五分鐘）緩緩走進來，看著時鐘說：「噢，是那個時間了嗎？」然後就把包包、帽子跟外套丟在店中央的地板，上樓使用廁所，再替自己泡一杯茶。

總收入88英鎊
7位顧客

二月二十一日，星期五

線上訂單：5
找到的書：5

今天線上訂單有一筆是我好一陣子以來所見過最無聊的標題：《一九六六年以降英國運輸影片圖書館目錄》（*British Transport Film Library Catalogue since 1966*）。其中有非常吸引人的影片，例如《交流電力機車駕駛程序》（AC electric locomotive drivers' procedures）、《紹森德線》（Service for Southend）和《布里思基爾雪堆》（Snowdrift at Bleath Gill）。儘管一般人認為跟火車有關的書都無聊到了極點（火車迷都是愛吃香蕉三明治、穿著風帽上衣的討厭鬼這種形象大概也要負一部分責任），這些卻是店裡銷售最好的書。買這種書的一定是男人，而且大部分都留鬍子。他們一般都是店裡最和善的顧客，原因可能是他們看到鐵道區的規模之後就很開心，那裡通常有兩千本書左右。

一位穿黃色卡駱馳鞋（Crocs）的顧客問威格頓的停車計時收費器在哪裡。我說這裡沒有那種東西，也沒有停車限制，她就露出目瞪口呆的表情，然後說：「我的天哪，真是太棒了。這個地方就像困在五十年前的時光呢。」

昨晚我在船長進來以後把貓門鎖住。今天早上就沒有貓尿味了。安娜很可能說中了不速之貓的事。

總收入24.50英鎊

1位顧客

二月二十二日，星期六

線上訂單：4

找到的書：4

今天第一通電話是菲利浦斯（Phillips）太太從鄧弗里斯打來的：「你知道吧，我已經九十三歲，眼睛也看不見啦。」

我大約是在兩年前去替她的書估價——很有趣的收藏，很棒的房子。我抵達時，發現她已經為我和來看她的孫子煮好了午餐。我已經吃過了——一個沒塗奶油的三明治，搭配一種無法辨認的餡料，是從紐頓斯圖爾特那間加油站買的——可是我不想拒絕，畢竟她都大費周章了。是明蝦肉凍。今天她打來是要為她的外孫女訂一本《大象巴巴》（*Babar*）。她是少數仍會透過店裡而不直接到亞馬遜線上訂書的顧客。

有位書店的Facebook追蹤者今天來買書。她跟她男友想要搬到這裡，還有我不小心聽到她輕聲說：「別說蠢話，要不然他會po在臉書上。」我晚點會再對她寫些難聽的話。四年前我為書店設定Facebook帳戶時，曾經去看過其他的書店頁面。內容幾乎都很枯燥，也沒真正傳達出在書店工作那些毛骨悚然或欣喜若狂的感覺，於是我考慮之後決定冒險把重點放在顧客行為上，尤其是愚蠢的問題和無禮的意見。這麼做似乎效果不錯，而我越冒犯顧客，那些追蹤書店的人似乎就越開心。最近我查看了一下有誰在追蹤我，結果清單上出現了很多書店。

總收入227.45英鎊
14位顧客

二月二十四日，星期一

線上訂單：3
找到的書：3

我起床時是令人沮喪的雨天，不過上午九點半就豔陽高照。波蘭建築工人抵達了，要拆掉利蘭地樹材質的籬笆，用新的石牆取代。他們砍倒樹籬後決定放火燒掉，使得鎮上大部分地區都籠罩著濃厚刺鼻的煙霧。幾乎一整天，人們經過店門口時都搖搖晃晃，一邊咳嗽一邊咒罵。

總收入277英鎊
16位顧客

二月二十五日，星期二

線上訂單：4

找到的書：4

蘇格蘭刺青最多的男人桑迪（Sandy）帶來了一些他製作的手杖。我們協議好，他帶給我的每根手杖都可以在店裡折抵六英鎊。我會以每根十英鎊的價格賣出手杖。東西賣得很好——每週大概可以賣出一到兩根——而他會替手杖加上標籤，寫下木材的名稱以及相關的一些當地傳說。他的閱讀品味主要是蘇格蘭民間傳說和古代歷史。他不信基督教，住在斯特蘭拉爾附近，可是每隔幾週就會跟一位朋友過來，然後抽出一天造訪威格頓，在這裡吃午餐或喝咖啡，再去逛逛街。他人非常好，永遠和善可親，而且總是能說出有趣的東西。最棒的一點，是他很喜歡惹毛妮奇。

中午我做了一個三明治，接著安娜跟我就開車載著大約五十個紙箱前往斯特蘭拉爾的那間舊農舍。頭髮灰白，戴著濕花呢帽的農夫又來見我們，帶我們回到老夫妻曾經住的房子。那裡竟然比我記得的更髒。安娜和我開始將書裝箱搬到車上。那隻孤單的貓在我們每次經過時都會粗啞地「喵」一聲，然後繼續憂愁地凝視外頭，看著淹水的田地，以及遍布其上淋著傾盆大雨的牛隻。

清理放在同一個地方太久的書籍經常會遇到這種情況：結束的時候，我們全身都覆滿了灰塵和貓毛——人們幾乎不會想像風雅的書籍販賣業會有這樣的一面。我付錢給農夫，然後開著負載沉重的廂型車緩慢在滿是坑洞的車道上嘎吱行進。

清理死者遺產的經驗，對二手書業大多數人來說並不陌生，而且會讓你逐漸變得麻木，除了這次情況以外，因為死去的夫妻膝下無子。牆上的那些照片——丈夫穿著帥氣的英國皇家空軍（RAF）制服，妻子是位造訪巴黎的年輕女子——不知為何引發了一種憂鬱的感覺，這是在死去夫妻還留有孩子的交易中不會出現的。拆散這樣的藏書，似乎就像是毀滅他們特性的最後一步——是你消除了他們最後存在的證明。這位女人的藏書記錄了她的性格：她的喜好，幾乎就像是某種基因遺傳。她的姪子等了這麼久才找我們去評估那些書或許就是因為如此，就像失去孩子的人通常會有好幾年都無法移動孩子臥室裡的東西。

總收入124英鎊
9位顧客

二月二十六日，星期三

線上訂單：4
找到的書：4

今天早上一位顧客問了奈吉爾．川特（Nigel Tranter）的書，顯然很確信我們一本都沒有。我指了方向讓他到蘇格蘭作家室，我們把川特大部分的作品都放在那裡，包括他的建築資料，只少了一兩種而已。幾分鐘後，他小跑步離開了店裡，試圖不引起注意。有些人就是想要你知道他們的閱讀習慣，卻完全沒有買東西的意思。

有個傲慢到不行的女人打電話來，要求整個圖書節期間都有床位。床位是我們去年在店裡蓋的一片夾層，部分原因是為了向巴黎的莎士比亞書店（Shakespeare & Co.）致敬，部分原因是為了宣傳噱頭，還有部分原因是偶爾會需要多一個床位。當我告訴她今年我們不太可能這麼做，她似乎不想聽進去，還一直堅持至少需要九月二十九日晚上的床位。這場對話沒過多久就有了不祥的轉折，出現令人擔憂的話語：「我有一個不可告人的動機——我想跟你和安娜說話。」

原來是她寫了一本傳記。名稱叫《不，我才不坐蹺蹺板》（*No, I Am Not Going on the Seesaw*）。她在對話中穿插提到她在出版業認識的人（「我想的不是自出版，你懂吧」），她堅持自己找校對者（「我有可靠證據顯示大部分的校對都能力不足」），還會刻意暫停以強調接下來說的話很重要。

她說她覺得自己應該參與二〇一五圖書節的節目——而且又講了很久。她絕對不可能參與圖書節的節目。

看完了《赤子之心》。太喜歡了。已經開始讀果戈里的《死魂靈》。我們在黑企鵝經典（Black Penguin Classics）區就有一本。

總收入66英鎊

7位顧客

二月二十七日，星期四

線上訂單：4

找到的書：1

我在妹妹建議下，到TripAdvisor查看是否有人評論了書店。評論有九則，其中兩則提到了食物的品質。我們沒賣食物。我們從來沒賣過食物。另外兩個人抱怨店裡沒他們預期的「那麼大」。

我得到了啟發，於是寫了一則滑稽的評論，讚美老闆擁有絕美出眾的外貌、歡快愉悅的魅力、美好迷人的香味、令人驚嘆的庫存、扣人心弦的氛圍，再加上其他一長串不可能的誇飾。這則評論馬上就被移除，TripAdvisor還寄了一封很兇的電子郵件警告我別再那麼做。我直接回到他們的網站寫了另一則評論，然後鼓勵書店Facebook的追蹤者也這麼做。

午餐過後，我查看eBay，發現華特・史考特爵士簽名的書以兩百五十英鎊賣出了，於是我寫信給得標者，並寄給對方一份費用清單。雖然買書的人很可能會忽略像重要簽名或獻詞這些東西，但賣書的人也一樣。有一次，在接下書店不久後，我向一位書商買了十箱沒先看過的書，對方叫大衛・麥諾頓（David McNaughton），在這一行做了將近四十年。他想要一箱賣十英鎊，還向我保證這樣很划算。根據先前和他交易的經驗，我一點也不懷疑。不過我沒預料到會發現一本由佛羅倫斯・南丁格爾（Florence Nightingale）簽名的書，原本是致贈給她其中一位護士的。那是查爾斯・金斯萊（Charles Kingsley）的作品——我忘記叫什麼了。佛羅倫斯・南丁格爾喜歡簽名贈書給她的朋友，因此這種書還滿多的，但還是在eBay上賣到了三百英鎊。是密蘇里州一位護士買的。我寄給大衛一盒葡萄酒並告訴他發生了什麼。令人難過的是，他幾年前過世了。以現代人的角度來看，他是傳統書商的最後一代。在亞馬遜和AbeBooks出現之前——在讓人可以快速查看書和價格的網站出現之前——書商必須獲得並帶著這一切資訊，而大衛在傳記、書目、文學類的資訊方面就是一座寶庫。這些知識——幾乎一輩子才能累積起來，曾經如此受到重視，還能讓人過著好生活的能力——現在差不多毫無用處了。那些光看一眼書就能告訴你日期、出版社、作者和價格的書商已經非常稀少了，而且他們的地位也每況愈下。我仍然認識其中一兩位，他們是我在這一行中最欽佩的人。我所遭遇並做過生意的這類書商，毫無例外全都非常誠實正派——現在那感覺就像一段已經過去的時代了。

我關店時發現蘇格蘭室有一隻流浪貓。我趕牠出去時，牠就發出嘶嘶的叫聲從貓門跳走了。

總收入11英鎊

3位顧客

二月二十八日，星期五

線上訂單：6
找到的書：6

莎拉．梅特蘭（Sara Maitland）帶來三箱私人藏書要賣。我們討論了她最著名的作品《寂靜之書》（*A Book of Silence*），以及她是否能夠在除夕（Hogmanay）辦個活動：也許安靜地走一段路，然後談談寂靜的重要。莎拉住得很近，就在新盧斯（New Luce）後方的山坡上，而且偶爾會造訪店裡。見到她總是令人開心。

今天上午我去卡倫（Callum）家搬了三十箱我在他車庫裡分類的書。其中有一大部分是五百本關於高爾夫的書，我超過一年前就想要處理掉了。卡倫是很好的朋友；我認識他大約十二年，我們經常一起去山上健行、乘船出航、山地騎行。他住在柯金納（Kirkinner）附近的一座舊農舍，距離威格頓四哩左右，同住的還有他三個兒子，年紀在十至十五歲之間。他來自北愛爾蘭，比我大幾歲。他在工作生涯做過許多非常有趣的事，包括到委內瑞拉進行地質探勘，去蘇格蘭高地（Highlands）採集歐洲赤松的松果，以及擔任理財顧問。

目前他在賣自己砍的木柴，還會做些其他的事。我猜想我們相處這麼好的其中一個理由，就是我們都不認為自己適合任何職業，而雖然我們在某些事情上意見分歧，不過有共識的地方似乎更多出許多。

他車庫裡那些書是我去年向曼徹斯特（Manchester）一戶人家買的藏書。我的架上沒有空間可以擺，而且倉庫也滿了，因此卡倫願意提供他的車庫讓我暫放時，我便感激地接受。現在他需要空間了，所以我必須找其他解決方法。

下午《丹弗里斯—加洛韋生活》（*Dumfries and Galloway Life*）雜誌來到店裡拍照。我不確定這是為了什麼，但他們需要一大堆書當背景。他們拍了一個鐘頭，下午四點左右離開。

總收入51英鎊

3位顧客

三月

三月

我在二手書店工作時——如果你不在那種地方工作，很容易會把那裡想像成某種天堂，有迷人的老紳士一直在翻看著小牛皮封面的對開本——最令我驚訝的是真正愛書的人很罕見。

——喬治．歐威爾，《書店記憶》

真正愛書的人很罕見，不過有非常多人自以為愛書。後者特別容易辨認——他們進入店裡時經常介紹自己是「愛書人」，而且會堅持要告訴你「我們很愛書」。他們穿的T恤或提的袋子會有標語，確切說明他們覺得自己有多麼熱愛書，然而識別他們最佳的方式則是他們永遠不會買書。

這陣子我很難得有時間可以讀書，如果有，那種感覺就像是最純粹的享受——其他任何感官體驗都比不上。我在三十幾歲結束一段重要的關係時，唯一能做的事就是閱讀，而我累積了一堆書，沉浸其中，藉此逃離周圍和內心的世界。強納森．米德（Jonathan Meades）、威廉．波伊（William Boyd）、喬賽．薩拉馬戈（José Saramago）、約翰．布肯（John Buchan）、阿拉斯泰爾．里德（Alastair Reid）、約翰．甘迺迪．涂爾（John Kennedy Toole）和其他作家描寫的景象，讓我不會受到自己的想法煩擾，讓那些思緒在背景安靜運作。我用書在我的桌上堆了一面牆，隨著閱讀的進度，牆面會逐漸縮小，直至消失。

從更實際的意義來說，書是我買賣的商品，而世界上書本數量龐大這件事令我特別興奮。我去別人家買書時，都會有種獨一無二的期待感。那就像撒下一張網，永遠不知道自己會收集到什麼。我想書商跟古董商在處理案子時的興奮感大概一樣吧。正如果戈里在《死魂靈》中所言：「曾經，許久以前，在我年輕時，在我童年時，在那些飛逝而不復返的時光中，第一次驅車前往未知之處總會使我滿心歡喜。」

三月一日，星期六

線上訂單：5
找到的書：5

美好晴朗的一天。

我們的亞馬遜賣家評分（Amazon Seller Rating）已經掉到了差（Poor）。

一如往常，郵遞員凱特（Kate）今天上午十點送件過來。在一般帳單和慈善團體的募捐文件中，有一封皇家郵政寄來的信，告知我──為了提升效率──他們要提高運費。顯然我們全都能夠省到錢，因為他們調漲的價格低於通貨膨脹。我稍微計算了一下，得出我的包裹平均運費會從一點六九英鎊變成一點八七英鎊。這等於漲了百分之十。我上次查的時候，通貨膨脹率才大約百分之二。亞馬遜會為了因應皇家郵政漲價而提高他們對顧客收取的郵資嗎？幾乎不可能。目前我們一本書收二點八英鎊的郵資，跟每本書的實際運費價差很大，所以比較重的書會讓我們在郵資上虧本，這點讓人很不高興，而比較輕的書則會讓我們在郵資上賺到錢，這又會讓顧客不高興。唯一的贏家是亞馬遜，他們會在向顧客收取的郵資中拿走四十九便士，留給我們每本書二點三一英鎊的郵資。

午餐時間，有位顧客問我們曾不曾被偷過書。我其實不太在意這件事，儘管店裡迷宮般的布局提供了可能想偷書的人許多機會。過去我偶爾找不到書的時候會以為或許被偷走了，結果那些書最後幾乎都在不同的地方出現。不知為何，比起偷別的東西，例如一支錶，偷書在道德上犯的過錯似乎比較沒那麼嚴重。也許是因為書通常被視為具有教化意義，因此獲取書中蘊含的知識所帶來的社會與個人價值大於犯罪的衝擊。或者，這麼做的益處就算無法蓋過犯罪的事實，至少也一定能減輕影響。厄文．威爾許（Irvine Welsh）在《猜火車》（*Trainspotting*）中讓懶蛋（Renton）和屎霸（Spud）被抓到在水石偷東西，探討了這個概念。在法庭上，屎霸坦承他偷書是為了賣掉，懶蛋則宣稱他被發現偷走齊克果（Kierkegaard）的那本書是因為他想讀。心有懷疑的地方法官想挑戰懶蛋對這位存在主義哲學家認識多少，而他回答：

我對他在主觀與真理的概念很有興趣，尤其是他對「選擇」的想法；真正的選擇來自於懷疑與不確定，並且不依靠他人的經驗。我們有理由可以說那主要是一種中產階級的存在哲學，目的是要逐漸削弱集體的社會智慧。然而，那也是一種解放的哲學，因為當這樣的社會智慧被否定，社會對於個人的控制也會減弱，而且……我覺得自己有點扯遠了。我就講到這裡吧。他們討厭聰明的傢伙。你很容易因為多嘴就害自己罰款更多，要不就是他媽的被判刑更重。態度尊重點啊，懶蛋，態度尊重點。

法官宣告懶蛋無罪，可是判了屎霸有罪。

總之，我非常不喜歡監視攝影機，寧願偶爾少本書，也不想用那種擾人的方式監控店裡。這又不是《一九八四》（*Nineteen Eighty-Four*）。

貓尿味又出現了。

總收入236英鎊
14位顧客

三月三日，星期一

線上訂單：9
找到的書：8

又是美好的一天，只是很早就被一位顧客掃興，對方穿著短褲和及膝羊毛襪，撞倒了一堆書就直接讓它們散落在地上。沒過多久，一位顧客吹著口哨出現，他綁著馬尾，頭戴一頂想必是向小丑借的帽子，買了一本保羅・科爾賀（Paulo Coelho）的《牧羊少年奇幻之旅》（*The Alchemist*），而我懷疑這是刻意想要損害我對人性的信心，並且讓我的情緒更加沮喪。

我們在亞馬遜賣了一本《東方快車：一場私人旅行》（*Orient-Express: A Personal Journey*），而且在三週前寄出，結果今天被退回，還附了一張顧客寫的字條：「可惜不如預期。想要有更多插圖的版本。請換書或退款。」我懷疑這位顧客把我們當成了線上圖書館，也已經讀過了書。

艾略特在下午五點來訪，不知道會待多久。我很確定他這星期某個時間要參加圖書節董事會，不過他還沒告訴我。

總收入90英鎊
4位顧客

三月四日，星期二

線上訂單：6
找到的書：6

店裡有位常客，名字叫威廉（William）或艾格妮絲（Agnes），取決於他或她起床時比較喜歡他或她。他／她像往常一樣帶了一袋書來賣。威廉或艾格妮絲是位八十幾歲的變性人，來自歐文（Irvine），開一輛里來恩特知更鳥（Reliant Robin）。我不確定他／她是從哪個性別轉換到哪個性別，因此才會一直寫他／她。他／她戴著很大的圓形耳環，對他／她帶來的書相當興奮，而那些書跟平常一樣都是垃圾。給了他／她四英鎊。他／她花了些時間抱怨福利系統有多複雜，罵到最後大聲說「我可是個非常忙的男人兼女人」。

自從獲得「書城」（Book Town）的地位以來，威格頓吸引了越來越多人到這裡賣書與買書。書城的概念是在一九七〇年代由理查・布斯（Richard Booth）所創。他說服書商搬到威爾斯邊境（Welsh Marches）的海伊鎮（Hay-on-Wye），藉此測試一項理論：一座充滿書店的城鎮會吸引人們造訪，經濟也能再次復甦。結果成功了，這個概念最後也傳入蘇格蘭。威格頓的書城計畫於一九九八年開始實行。雖然一開始許多當地人都抱持著懷疑態度，不過這個地方的情況真的改善了，而鎮上也如同它的格言再次繁榮起來。我記得在二〇〇一年自布里斯托（Bristol）搬回這裡時，從《加洛韋公報》（*Galloway Gazette*）上讀到一份來信，有位通訊記者抱怨她在威格頓連雙襪子都買不到了，並且怪罪那些書店只是在東施效顰。這種怨恨現在都消失了，而你也得要有勇氣才敢說書城計畫沒為鎮上帶來無法估量的改善。如今連在附近的紐頓斯圖爾特市鎮都買不到襪子了。那個女人現在一定氣炸了。

貝芙丟下一箱馬克杯，她在杯子上印了《快樂的痛苦》封面。

總收入57英鎊

5位顧客

三月五日，星期三

線上訂單：3

找到的書：3

有位澳洲顧客用零錢支付一本一點五英鎊的書，可是顯然不知道那些硬幣怎麼算，花了大約五分鐘才弄好。他在這當中問：「你們會把這些一便士和兩便士的硬幣用在哪裡？」

安娜下午三點打電話來，跟我回憶起以前她那語言印象主義一個著名的例子：她朋友莎拉（Sarah）從美國來訪，我們去了加洛韋丘陵的楚爾峽谷

（Glentrool）。楚爾峽谷是片美麗的山區地帶，被幾道湍急的小溪貫穿，也有湖泊點綴，除此之外，那裡在一三〇七年還曾經發生過一場重要的戰役，代表著羅伯特·布魯斯（Robert the Bruce）對抗英格蘭統治蘇格蘭的開端，這場反抗運動的最高潮則是一三一四年的班諾克本之戰（Battle of Bannockburn）。我們跟莎拉一起走到那裡一處瀑布時，安娜向她說明：「楚爾峽谷是羅伯特·伯恩斯（Robert the Burns）最後一戰的地方。」就這樣，在一個短短的句子裡，安娜弄混了羅伯特·布魯斯、羅伯特·伯恩斯（Robert Burns）、卡斯特將軍，因而修改了蘇格蘭史上一場關鍵戰役的結果。

總收入70.49英鎊
11位顧客

三月六日，星期四

線上訂單：7
找到的書：7

上午，我把星期六從卡倫家帶來那箱高爾夫的書拿出來。我試過兩次在eBay上當成一批雜貨賣掉，可是運氣不好，所以等我檢查完裡面是否有值得拿到線上賣的東西後，大概就會把書拿去鄧弗里斯的拍賣會。妮奇這個週末可以檢查。倉庫看起來開始有點亂了。

一位把粗厚黃金十字架串在項鏈上戴著的顧客問：「你們有沒有地方是擺舊《聖經》跟教堂的東西？」我不太確定他所謂「教堂的東西」是什麼，於是指引他去神學區。我們確實有一些很漂亮也非常便宜的舊《聖經》，但是詢問的人從來都沒買過。他後來找到一本一八七〇年的袖珍版《聖經》，上面沒有標價，於是問我價格多少。我告訴他要四英鎊。他沒買。發現未標價的書一定會對人造成某種心理影響。無論你回答的價格是什麼，不管有多低，似乎都還是比顧客願意付的更高。我已經數不清有多少次，人們拿著還沒標價的書到櫃檯說：「這本沒有價格。一定是免費的。」這種事第一次發生時並不有趣，而十四年後更是徹底令人翻白眼。

就在打烊之前，有個帶著濃厚約克郡（Yorkshire）口音的女人買了一本食譜，然後告訴我：「你才不是本地人。」我回答說我是在這裡長大的。我又聽到這種話，真是逐漸要被逼瘋了。她說我的口音有種「奇怪的鼻音」。

總收入47英鎊
3位顧客

三月七日，星期五

線上訂單：4
找到的書：4

我吃完早餐下樓開店時，發現妮奇已經抵達，還把所有開關都打開了。她用平常那種旋律般的語調對我說「你好喲！」然後就蹦蹦跳跳上樓，把昨晚從莫里森超市廢料桶搜刮來的恐怖東西放進冰箱。

艾略特下午兩點離開，留下了一雙鞋，兩隻各在不同的房間。

今天上午，我正在處理幾袋書的時候，發現其中一個袋子裡有一張購物清單。字跡看起來非常像妮奇寫的。清單上的東西包括「髮膠」、「刮腿毛刀」、「女巫牌洗面乳」等等。我問妮奇關於購物清單的事情時，她一概否認，告訴我她才不會在冬天刮腿毛，還說要給我看證據。

下午兩點，我離開店裡，開車到鄧弗里斯去搭前往倫敦的火車，再到漢普斯特德找安娜一起過週末。我留下那三十箱關於高爾夫的書，交給妮奇檢查並刊登到Fulfilled By Amazon。她又一次憤恨地抱怨著，但還是勉強答應了。

在往南方的路上讀了霍格（Hogg）的《一個自辯正當罪人的私人回憶錄和告白》（*Confessions of a Justified Sinner*），想到這是在一八二四年寫的，就覺得真是一本思想極為現代的書。

總收入90.50英鎊
6位顧客

三月八日，星期六

在倫敦。

總收入305.48英鎊
28位顧客

三月十日，星期一

線上訂單：7
找到的書：4

今天是個美好晴朗的一天。卡倫打電話問我想不想去爬山，可是店裡只有我一個人，所以不行。

差不多中午的時候，一個年輕家庭來到店裡：父母帶著一位大約七歲的男孩跟一位大約九歲的女孩。男孩直接前往童書區，在那裡沉浸了一個鐘頭，直到他爸媽說該去吃午餐了，他才不甘願地從童書區附近的椅子上起身離開，還求他媽買一本《小熊維尼與老灰驢的家》（*The House at Pooh Corner*）。她來櫃檯付了二點五英鎊買下平裝本，露出惱怒的表情，說：「我從來沒碰過這麼愛讀書的小孩——他就只會讀書。他的零用錢全都拿來買書了。」

妮奇整個週末一本書也沒登記到，而她在紙條上寫了原因：「印表機沒反應。」我檢查後：她沒打開電源。

今天本地新聞是布萊德納克倒閉了。

總收入47英鎊
3位顧客

三月十一日，星期二

線上訂單：6
找到的書：6

今天又是晴朗的一天，而且也很溫暖。妮奇聰明地穿戴著圍巾、帽子和大衣出現。即使天氣冷的時候，外面也經常比店裡更暖。

今天花了很多時間整理我裝箱存放超過一年的書。這些書來自道格拉斯堡（Castle Douglas）附近一棟很大的維多利亞式房子。一年前我去取書時，雪下得很大。要走的時候，廂型車很勉強才載著東西爬上濕滑的山坡回到主要道路，我還以為我得跟賣書的那個奇怪男人一起過夜，不過幸好還是離開了。當時我沒有存放的空間，所以把箱子跟那些高爾夫的書一起放在卡倫家。今天我整理書時發現一本稀有的小冊子，上面有謝默斯．希尼（Seamus Heaney）的簽名。唯一的另一份版本在倫敦的古書商哈靈頓（Harrington）那裡，線上賣價是二二五英鎊，所以我把我的設定為一四〇英鎊。

樓上是老小姐們的藝術課——沒人冷死。

打烊的時候，我決定再次打開貓門，希望入侵者已經懶得再用頭猛撞，去找別人家撒尿。

總收入49英鎊
6位顧客

三月十二日，星期三

線上訂單：4
找到的書：3

非常安靜的一天。

就在關店前，狄肯先生出現了，他看起來激動又慌張，問我能不能為他伯母訂一本關於詹姆士一世（James I）的書，下個星期五就是她九十歲生日了。他一如往常拿出了一份《泰晤士報》的書評，然後留給我訂書用。書應該下週就會到了。

我在鎖上店後面時，聽見山腳鹽澤上那些鵝在叫，田野裡新生的羔羊發出咩咩聲，還有花園池塘裡的蛙鳴。沒有人。沒有車。如果你在蘇格蘭的鄉間長大，這些熟悉的聲音就代表了季節的變化，而且對我來說，春天的開始就是一年之中最重要的時刻，只要你在城市住個幾年，我猜你可能就會忽略這些季節變換的信號，忘了青蛙、羔羊、鵝這些春天的先驅正從水、陸、空提醒你。

總收入28.49英鎊
4位顧客

三月十三日，星期四

線上訂單：4
找到的書：4

妮奇今天上班，因為她明天放假（她通常上週五和週六兩天）。她一天的開始就是抱怨又聞到貓尿味了。我告訴她那是一隻流浪貓，以及合作社的麥克向貓保護協會（Cats Protection）借了一個陷阱打算抓住牠。她還是怪罪船長。麥克的花園跟我的相鄰，船長常去他的廚房，他的貓也會過來。那隻流浪貓也在他家到處亂尿。

艾略特請我幫忙為「開放書店」（The Open Book）的構想寫個企劃案，這樣我們才知道它是否能夠在經濟上獨立自主。如果可以，它就能夠在圖書節公司之下營運。開放書店是安娜、芬恩（Finn）和艾略特想出來的計畫：他們想要在鎮上弄一間空的店，樓上可以住宿，讓人們機會經營兩個星期，了解當書商是怎麼回事。芬恩是我從小的朋友，就住在附近。他是有機酪農，也是我所認識最聰明的人。大約十年前，他獲選為當時稱為威格頓節慶（Wigtown Festival）的志願小組主席。一年之內，他就把組織變成了威格頓圖書節公司（Wigtown Festival Company），成為一個慈善機構（表示可以獲得新的資金），而且原本的組織只有少數幾個經驗不足但充滿熱情的志願者，後來也轉變為專業熟練的組織，擁有全職的帶薪員工。經過幾年後，他現在又回到了董事會。我覺得我要為企劃案做點研究，於是在Google查詢「經營書店」。諷刺的是，搜尋結果清單第一筆是亞馬遜賣的一本書，叫《設立與經營書店完全指南》（*The Complete Guide to Starting and Running a Bookshop*）。

中午過後不久，我接到Yell.com的一個女人打電話來，是關於我的黃頁廣告和線上刊登內容。她問我的店是不是「位於威格曼郡（Wigwamshire）」，也就是她所謂的「本地區域」，接著繼續說她要給我「一個例子當成例子」。她也說我的Yell.com網站「看起來完全不一樣，但非常類似」。我不知道類似什麼。

今天有七個人帶了裝箱的書來店裡賣。每年的這個時期，我經常都是買的比賣的多。

總收入120英鎊
9位顧客

三月十四日，星期五

線上訂單：3
找到的書：2

妮奇今天不在。原來她在清理東西。今天其中一份線上訂單是關於測量放射線儀器的書，顧客來自伊朗。電話在上午十一點半響起。是妮奇打來的：「你想要我的冰箱嗎？我要丟掉所有使用電力的東西。」她只要一開口就會吐出驚人之語，完全料想不到。

母親在下午兩點出現，她帶來四個要擺在店門口的植物吊籃，裡面都種好了。儘管我抗議說我自己來就綽綽有餘，她還是每年都這樣。

總收入42英鎊
3位顧客

三月十五日，星期六

線上訂單：3
找到的書：2

今天第一位顧客是個留著稀疏鬍子的矮男人，他突然出現在櫃檯，嚇了我一跳。他露出牙齒笑著說：「你這裡還真有些東西嘛，對吧？有些東西。有些東西。」他買了一本《哈比人》（*The Hobbit*）。我把每位買這本書的顧客混合起來，在心中拼湊出哈比人的樣貌。

午餐過後，一位顧客問我們有沒有《梅岡城故事》（*To Kill a Mockingbird*）。我們沒有，可是在他離開之後沒多久，一個女人帶了兩箱書來賣，裡頭就有一本。如果這兩個人順序能交換一下就更棒了。

總收入78.98英鎊
13位顧客

三月十七日，星期一

線上訂單：7
找到的書：6

今天其中一筆訂單是一本叫《鑑定初生雛雞性別》（*Sexing Day-Old*

Chicks）的書。

本日第一位顧客是個穿著格外時髦的馬爾他女人，她告訴我馬爾他沒有二手書店。我不太清楚她到威格頓做什麼，可是她似乎很愉快，即使她什麼也沒買。就在她離開時，電話響了。是桑耶林佛教中心（Samye Ling Buddhist centre）的圖書館員，那裡位於艾斯克慕戴（Eskdalemuir），大約在六十哩外。他們在清理舊書，想要賣掉其中一些。我已經安排好下個星期去找他們。

母親在店裡頗為忙碌時出現，然後用相當大的音量開始分享她對SNP不太正面的看法。她來自愛爾蘭西部，雖然在蘇格蘭住了將近五十年，說起話來還是有兒時故鄉那種歡快的律動。或者我朋友都是這樣告訴我的——我聽不出來。我很肯定她閒聊的能力舉世無雙，而她厭惡沉默就像大自然厭惡真空。我見證過她在好幾個場合一口氣用不同方式講了十幾遍同一件事（通常是描述她那天吃了什麼午餐，或是她那天早上去了哪裡）。對比之下，我的父親是個安靜的人。他把這歸因為母親無止盡的嘮叨而讓他沒機會說話。他長得很高，有六呎三吋，受訓成為工程師，但在快要三十歲時轉為務農。他們一起建立了幾項事業，還讓兩個妹妹跟我能上寄宿學校。

家人和朋友突然造訪的情況並不少見，當然也不只是我母親的專利。來訪的熟人經常公然談起我認為不適合陌生人聽的內容。我常覺得或許書店對大多數人而言主要扮演著消遣的角色，這種地方平和、安靜，能夠讓人逃離現代生活的殘酷嚴厲與數位需求，所以我的家人和朋友很樂意不請自來，當個不速之客，打斷我正在做的事，而且不太在意或毫不在意這是我的工作場所。如果我是在合作社或圖書館工作，我懷疑他們還會不會這麼輕率地隨意來訪。我也不覺得他們敢在其他工作場所完全陌生的人面前如此暢所欲言。

關門後，我打電話給狄肯先生，讓他知道他訂的詹姆士一世傳記已經到了。

總收入41英鎊

4位顧客

三月十八日，星期二

線上訂單：2

找到的書：2

早上又冷又濕，於是我生了火。到上午十一點左右，有五位顧客進門；沒有半個人買東西。後來一個身材削瘦，穿著帽T的高個子男人進來，問我們有沒有藥理學方面的書，原因是「他們剛讓我用這種新的海洛因替代品，我想要多了解一點」。

狄肯先生在午餐時間出現，付錢拿了他訂的書。他伯母的生日在星期六，所以他應該來得及寄給她。

總收入82.99英鎊
9位顧客

三月十九日，星期三

線上訂單：2
找到的書：2

上午十點半，我上樓去泡茶。回到樓下時，聞到一種熟悉的泥土味。我才坐下開始整理書目沒多久，就有一個非常邋遢，留著鬍子的矮愛爾蘭人從一處架子後方大聲說話。這個人的外表（和氣味）掩飾了他對書的非凡知識。他每年大概來兩次，都會開著他的廂型車載一堆好東西給我，而他顯然就住在那輛車上。這次他帶來四箱關於鐵路的書跟兩箱關於拿破崙的書，我則是給了他一七〇英鎊。

下午兩點電話響起。是議會的一個女人打來，她的工作是替有學習障礙的人找工作：

女人：我們有個年輕人在找書店的工作。他有亞斯伯格症候群（Asperger's syndrome）。你聽過亞斯伯格症候群嗎？

我：有。

女人：嗯，你知道有些亞斯伯格症候群的人會對某件事特別在行，像是數學或畫畫？

我：對。

女人：嗯，他不是那樣。

於是我答應試用他一段期間。他星期二開始上班。

在打烊之前，我把隨機閱讀俱樂部的書全部貼好郵票並裝袋，接著（希望能夠）哄勸威爾瑪派郵差明天開車來載走。

在購買、定價、登記、販售書籍多年以後，你會對某些出版社非常熟悉：Macmillan在二十世紀初期發行量很大；Blackie and Son有由塔爾文・莫里斯（Talwin Morris）繪製的獨特封面插畫；A. & C. Black以蘇格蘭旅遊指南著名；Fullarton和Cassell這兩家短命的出版社以及Newnes和Gresham在十九世紀中期採用以木漿造紙的革新技術，而且出版物的特色是頁面有如上了蠟；Ward Lock出了一系列紅色封面的英國旅遊指南；位於紐頓埃伯特（Newton Abbot）的David & Charles在地區鐵路方面的書無人能及；Hodder and Stoughton所出版「國王的英格蘭」（*King's England*）系列曾經頗受歡迎，如今則是無人聞問；還有Nelson，他們為約翰・布肯作品發行的紅布版本仍然賣得不錯。

其他出版社在設計或風格上比較沒那麼突出，大多以內容取勝。例如Hopper and Wigstead為法蘭西斯・葛羅斯（Francis Grose）出版的《蘇格蘭古物》（*Antiquities of Scotland*）中，就包含了伯恩斯詩作〈湯姆遇鬼記〉（*Tam o'Shanter*）第一次發行成書的版本；威廉・克里奇（William Creech）出版了約翰・辛克萊爵士（Sir John Sinclair）第一本《蘇格蘭統計報告》（*Statistical*

Account of Scotland）——並將「統計」（statistic）這個詞引進英語；約翰·威爾森（John Wilson）替伯恩斯的《蘇格蘭方言詩集》（*Poems, Chiefly in the Scottish Dialect*）推出了基爾馬諾克（Kilmarnock）版本；約翰·默里（John Murray）出版了《論處在生存競爭中的物種之起源》（*On the Origin of Species by Means of Natural Selection*）；威廉·史特拉漢（William Strahan）為這世界帶來了亞當·史密斯（Adam Smith）的《國富論》（*Inquiry into the Nature and Causes of the Wealth of Nations*）。

較為近代的出版社也有相當的影響：企鵝（Penguin）推出未刪減的英國版《查泰萊夫人的情人》（*Lady Chatterley's Lover*）而被告上法院；莎士比亞書店勇於出版了《尤利西斯》（*Ulysses*）；小型出版社，例如威廉·莫里斯（William Morris）那間短命的Kelmscott Press；還有Golden Cockerel Press，創造Gill Sens、Perpetua和其他字體的藝術家艾瑞克·吉爾（Eric Gill）則為他們設計出一套跟出版社同名的字體。可以列舉的還有很多，不過這些出版社——這些個體——冒險為世界帶來了新的想法，而且有各自獨特的方式，包括他們的題材、設計、字體排印和生產價值。

總收入131.33英鎊

10位顧客

三月二十日，星期四

線上訂單：4

找到的書：4

腰包戴夫（Bum Bag Dave）在開店後不久就出現，買了三本航空書籍。他很有見識，不修邊幅，留著濃密的鬍子，而且有點偏執，認為當地一家法律事務所不知為何想要害他。他的綽號來自於他身上永遠有至少兩個腰包，一個掛在脖子，另一個繫在腰部。他在特別的場合會多戴幾個，而且幾乎也總會帶公事包或帆布背包。他住在附近的索比（Sorbie），整天搭公車到處去，盡可能使用所有的公共設施——例如圖書館之類的。他今天離開時，問我開往惠特霍恩（Whithorn）的公車何時離開。我跟他說我不知道，他回答：「你應該要知道那種事的。你應該要提供公共服務才對。」我倒不知道這件事。他還戴了一只每隔幾分鐘就會發出嗶聲的電子錶，以及至少一支似乎不停發出各種討厭噪音的手機。

中午過後不久，有位老先生打電話來。他找到一本我們在網路上賣三英鎊的書，想要直接購買。由於他聽力不好，又不清楚狀況，所以整個過程花了半小時。我在跟他講電話時，郵差出現並拿走了五袋隨機閱讀的書。

下午五點十五分，腰包戴夫仍然帶著他那些嗶嗶叫裝置到處晃，還問我們有沒有寵物類的書。我告訴他有，可是我們打烊了。到了下午五點二十五分，他還是在店裡遊蕩，一邊咕噥著律師們要敲他竹槓。

總收入107.49英鎊
14位顧客

三月二十一日，星期五

線上訂單：5
找到的書：4

妮奇今天回來上班。我們如往常吵了一架，因為她弄得一團亂，還會把書放錯架子。她威脅要辭職，而她每個月都會這麼來一次。

我在午餐時間離開前往桑耶林，那是位於艾斯克慕戴的一處藏傳佛教中心。途中我在鄧弗里斯火車站接了安娜，她要暫時脫離一下倫敦的生活。

自從我上次在二十年前造訪以來，桑耶林已經擴展到相當的規模，壯觀的樣貌在荒涼的蘇格蘭高沼地上顯得很不協調，當中點綴著金色的佛像、寶塔和彩色寺院與建築，也有少數半廢棄的活動房屋及中心初期的其他遺跡。我們找到圖書館，見到了圖書館員瑪姬（Maggy）——一個六十幾歲坐輪椅的女人。

圖書館又新又大，書都成堆放在地板沒擺上架子。我查看他們想要處理掉的庫存，給她開了一五〇英鎊。顯然她預期的價格更高，不過我跟她說我很樂意留下這些書，讓他們找別人來看的時候，其他在那裡工作的志工就異口同聲說：「不要！」於是我也得帶走所有的垃圾，但其中還是有些不錯的東西——小說和紀實文學混雜在一起，這些書你通常是在某個人的家裡看到，不會料想到出現在西藏修道院的圖書館。想必他們已經把所有適合自己書都收起來了。

安娜完全迷上了桑耶林——景觀和建築之間的對比，甚至是那個地方不同區域之間的對比，其中有些看起來真的來自東方，其他看起來則可能像是議會在第二次世界大戰結束不久後蓋的。

我們開回威格頓，接近書店時，安娜的神態顯得放鬆了。她進店裡第一件事就是本能地去找船長，一會之後就跟牠團聚了。

蘇格蘭室其中一盞燈的變壓器掛了。我已經厭倦更換那些電線上的燈泡，所以從eBay買了三盞二手黃銅吊燈。

伊莎貝（Isabel）來作帳。她和丈夫在紐頓斯圖爾特附近有座農場，而她非常精通會計套裝軟體SAGE。她答應替我整理帳目，讓我不必做每個星期最令人畏懼的事。她通常是週三過來，不過她其中一個女兒這星期要在音樂會中表演，所以她延期了。她今天的臨別贈言是「你的帳戶裡有很多錢」。以前從來沒人對我說過這種話。

總收入122英鎊
11位顧客

三月二十二日，星期六

線上訂單：3

找到的書：3

太陽照了一整天，溫暖到可以打開前門。妮奇在她慣常的時間出現（遲到十五分鐘），接著我們開始整理從桑耶林帶回來的書。妮奇找到找到一家叫「舊衣換現金」的公司，他們會以每噸五十英鎊的價格買舊書。她跟他們預約星期三來店裡拿書，這樣我們應該就能處理掉桑耶林的一大堆垃圾。

幾星期前有位女人買了一本《無人哭泣之地》（*Where No Man Cries*），作者是艾瑪·布萊爾（Emma Blair）。她說了一件令我很驚訝的事：布萊爾其實並不是女人，而是一個六呎三吋，愛喝啤酒又菸抽不停的格拉斯哥人（Glaswegian），本名叫伊恩·布萊爾（Iain Blair），他是因為替自己取了個女性筆名才以言情小說獲得成功。布萊爾的書是過去二十年來蘇格蘭圖書館借閱次數最多的作品。在成為作家之前，布萊爾是位演員。他的職業生涯結束得很唐突：他被叫去參與《法櫃奇兵》（*Raiders of the Lost Ark*）試鏡，因為等得太久了，所以當史蒂芬·史匹柏終於進入房間問：「你可以明天再來嗎？」他就回答：「不，我他媽的不行。」他死於二〇一一年。

吊燈送達時，諾里正好在店裡整理一些被誤送到店裡來的油漆。他主動說要把吊燈拿去修好，因為那些已經很舊了。

總收入160.38英鎊
17位顧客

三月二十四日，星期一

線上訂單：8
找到的書：5

就在我從廚房拿著茶回來時，差點被一位顧客撞掉杯子，他穿著一件大約短了六吋聚酯纖維材質的褲子以及一件工裝夾克，問：「你這裡死過人嗎？有沒有人從店裡的折疊梯摔死？」我告訴他：「還沒，不過我希望今天或許是我的幸運日。」

在今天的電子郵件中，有一位寄件者是前員工薩拉（Sara），她幾年前曾在學校放假時替我工作。「喲賤人，我需要一份推薦信。附件是格式。你這混蛋寫好一點，要不然我會來解決你。」於是我寫了這些內容並寄給她。

The BookShop
電話 01988 402499 www.the-bookshop.com
17 North Main Street, Wigtown DG8 9HL
二〇一四年三月二十四日星期一

敬啟者

薩拉・皮爾絲（Sara Pearce）推薦信

薩拉就讀於道格拉斯尤爾特高中（Douglas Ewart High School）時，每週六會到威格頓北大街（North Main Street）的The Book Shop書店工作，持續了三年。我是以最寬鬆的定義來指稱所謂的「工作」。她要不是整天站在店外一邊抽菸一邊對想進來的人咆哮，要不就是看第四頻道（4OD）重播的《聖橡鎮少年》（*Hollyoaks*）。雖然她一般而言還算準時，但她出現時經常都是喝醉或嚴重宿醉。她通常很粗魯也很挑釁。她很少聽話做事，而且她在這裡的三年期間也從來沒有自己主動做過任何有幫助的事。她的後方總會留下一道垃圾痕跡，通常都是Irn-Bru飲料瓶、薯片包、巧克力包裝紙和香菸盒。她一直會偷公用的打火機跟火柴，也會冒犯我並頻繁使用暴力。
她是位珍貴的員工，我會毫不猶豫推薦她。

總收入109.39英鎊
12位顧客

三月二十五日，星期二

線上訂單：3
找到的書：3

今天有兩份訂單是一九六〇年代英國北部的公車時刻表。

亞斯伯格症的志願者安德魯（Andrew）在十一點出現。議會的那位女人陪著他來，要確保他安全抵達以及一切都準備就緒。她建議我讓他負責將犯罪書籍按照字母順序整理。中午的時候他已經整理到字母B；然後他就回家了。

安德魯離開之後沒多久，一位極為無禮的老女人說她要賽門・蒙提費歐里

（Simon Sebag Montefiore）寫的史達林（Stalin）傳記。我們在俄羅斯書區有一本，而她拿到櫃檯來。這是一本非常新的書，外觀很完美，顯然沒有讀過——原本的價格是二十五英鎊。她問要多少；我指著標示六點五英鎊的貼紙。她推開書，然後轉身離開，一邊咕噥著說：「太貴了。」我很肯定她會再回來，所以我把書重新標價為八點五英鎊。

安娜的朋友露西（Lucy）來拜訪。她會待到星期一。

總收入34.50英鎊
7位顧客

三月二十六日，星期三

線上訂單：5
找到的書：4

美好晴朗的早晨。繼續整理從桑耶林帶回來的書。

伊莎貝今天來作帳。她上次開心說「你有很多錢」的那種情緒早已不再，這次她離開時說的話則是對店裡危急的財務狀況慎重提出告誡。我猜是她說我有很多錢之後，我決定付清一些過期的帳單才會這樣。

「舊衣換現金」公司的人沒出現，他們應該要來拿我們沒辦法賣掉和輪替的書才對。

卡蘿安（Carol-Ann）下午五點抵達。她在這裡過夜，因為她明天早上要去斯特蘭拉爾上班，而且從這裡去比她住的達爾比蒂（Dalbeattie）還近得多。卡蘿安十幾歲的時候，每週六都會來店裡工作；現在她二十幾歲，已經成為我們的好朋友了。她跟安娜格外親近，還總是在策劃做些不可能的事，幸好從來沒成功過。

妮奇明天要上班，她決定睡在節慶用的床位。有她、卡蘿安、安娜和露西在，房子裡似乎住滿了人，也很吵鬧，她們全都說了很多話。

總收入95.75英鎊

8位顧客

三月二十七日，星期四

線上訂單：5
找到的書：5

露西、卡蘿安和妮奇早餐都要吃培根捲，所以我早晨前半的時間都在跟煎鍋相處。我問妮奇「舊衣換現金」的人為什麼沒出現，她說她沒跟他們確認收書的事，因為「你的脾氣暴躁，所以我決定不煩你。」現在她跟他們約好了，所以希望他們會快點過來，讓店裡可以清出一些空間。要處理掉的書差不多有四十箱，大約半噸重。

今天的首要之務是清理桌面的書擺到架上，這樣我們才能處理更多新的庫存，那些新書似乎堆得到處都是，包括在朋友家的棚子裡。午餐過後，我去了紐約斯圖爾特的銀行存款，回來時發現妮奇已經幾乎打開了所有箱子（公然藐視我「一次開一個箱子」的規定），而且也只清理了大概半張桌面——這是我在離開之前唯一要她做的事。接著就是大聲爭吵，讓露西看起來很不好意思，找了個藉口上樓去。另一方面，卡蘿安則是笑得像隻土狼，還刺激我們進一步衝突。

有人在Facebook貼了一個連結，網站上是一些匈牙利圖書館員拿著封面有臉部照片的書遮住自己的臉。晚上我試圖說服露西和安娜也這麼做，不過要用我大約一年前買的一九八〇年代色情雜誌。目前情況還不順利。

總收入128英鎊
15位顧客

三月二十八日，星期五

線上訂單：4
找到的書：4

抱怨史達林傳記太貴的那個老女人回來了。她發現我提高了價格，告訴我不能那麼做。我跟她說我可以。她大發脾氣，但還是買了，然後一邊咕噥著再也不會進來這個地方。

妮奇跟平常一樣九點十五分到，而在短暫重複昨天的爭執後，我們又針對她應該在店裡做什麼事另外吵了一架。我們同意每天早上用清單列出必須做的事，這樣就不會有誤解。後來我發現她加了幾項內容，包括「多次提醒尚恩回電」、「認真對待尚恩」、「不要浪費寶貴時間在Facebook的鏡頭前閒晃」、「對顧客拿來賣的書提出至少三倍高的價格」。令我高興的是她最近有一位不太積極的追求者。每次他看見她的車（藍蠅）停在書店附近，就會進來打招呼並跟她聊天。無論什麼時候，他總是醉醺醺的，而且他會試圖使用過量到令人難以忍受的Brut 33古龍水來隱藏酒氣。妮奇似乎毫不掩飾地表現出對他的厭惡，不過這樣好像反而更激發了他的熱情。

午餐過後我去合作社買牛奶。麥克說他抓到了那隻在他家跟在我店裡亂撒尿的雄貓。船長可以放心了。牠已經焦躁了好幾個星期，而且店裡充滿了貓尿味。

安娜、露西和我下午去加洛韋莊園（Galloway House Gardens）採野生大蒜，晚上就用橄欖油、帕馬森乾酪跟胡桃製作蒜醬。這是安娜每年最重要的一項活動。

妮奇在桑耶林的那些書中找到一本《隨性所欲》（*Vamping Made Easy*）。令人失望的是，這本書在講鋼琴音階。

狄肯先生在快打烊時過來訂一本書，也確認他伯母很高興收到了詹姆士一世的傳記。

總收入97英鎊

10位顧客

三月二十九日，星期六

線上訂單：6

找到的書：6

妮奇今天休假，所以店裡又只剩我一個人。今天有六筆訂單，其中一本是關於蘇格蘭的中世紀詩，要寄到巴格達（Baghdad）。

一對老夫婦在午餐之後出現，帶著一個裝滿書的Farmfoods超市袋子。這絕對不是好的開始。他們在清理一位阿姨的房子時，發現了幾本舊書，原來是一套不完整的狄更斯（Dickens）全集，出版於一九二〇年代，書況很可怕。他們想要估價。丈夫才拿出第一本書，我就告訴他完全不值錢。他顯然不相信我，繼續拿出其他的書，一本接一本，然後問：「那本呢？」我試著解釋如果那些書都是同一套的，那麼他再拿給我看也沒意義，可是過了五分鐘後，他還在拿書出來。

我在傍晚上樓，不過到廚房時，又有人叫我下去。一個長得很高的文青站在店裡，他留鬍子，戴一頂花呢帽，手裡拿著一個裝滿書的Tesco超市袋子。就書的品質來說，用Tesco袋子裝的會比Farmfoods袋子裝的好，但也只好那麼一丁點，而且這次的書確實比較好，不過我已經有充足的庫存，於是拒絕了，但其實主要原因是他一直叫我「兄弟」。

總收入105英鎊
12位顧客

三月三十一日，星期一

線上訂單：5
找到的書：5

今天早上晚了半小時開店，因為我忘記已經轉為夏令時間了。「季風」資料庫發生故障，於是我檢查設定。結果我意外發現妮奇在描述我們線上刊登內容時一些「頻繁使用」的說明：

「沒有墨跡」
「看起來沒人讀過」
「有些漂亮的圖片！」

通常我在描述書本時使用的說明是：

「前蝴蝶頁上有前主人的名字」
「封面前板上有無色壓印，五道裝訂繩線」
「書頁有毛邊，斜邊封面」

可是，正如妮奇經常說的，這些術語只有在跟同行的其他人談話時才會用到。跟完全不懂書籍行話的人打交道時說這些沒有用處。伊恩（Ian）是來自格里姆斯比的一位書商朋友，他經常跟他太太談起這件事，她認為書籍行話的時代已經過去，網際網路也讓這一切變得多餘，只有拍賣目錄例外。我在二〇〇一年買下書店時，網際網路還沒完全變形成巨大的零售機器，那時許多書商會將庫存目錄寄給郵寄名單上的顧客，因此他們必須詳細描述要賣的書，但是如「金色壓花」、「左頁」或「右頁」、「八開本」、「花飾」、「版權頁標記」這些詞彙已經變得幾乎跟賣書扯不上邊了。就我所知，這一行裡再也沒人會寄送目錄，而隨著實體書店迅速且必然地式微，我怕我們可能也會走上同樣的路。但我們的時代在出版與賣書的歷史中並非第一次過渡期。正如珍・坎貝爾於《書店之書》（*The Bookshop Book*）中指出，在古騰堡（Gutenberg）發明活字印刷以及第一批賣給「大眾」的書籍問世之後，「佛羅倫斯（Florence）的著名書商維斯帕香諾・達・比斯蒂奇（Vespasiano da Bisticci）對書籍不再採用手寫感到憤慨，一氣之下收了書店，並成為史上第一個預言書業將會消亡的人。」

我們在亞馬遜的狀態又衝回了「良好」。

本日天氣宜人，於是午餐時間我在書店前漆了長椅。一位跟我有點頭之交的年長鄰居從旁邊經過（幾年前我曾買下她死去妹妹遺留的書）。她推著她的購物推車要去合作社，結果在店前停了下來，開始聊天。她跟我說她十五年前在她的花園長椅上花了不少錢，因為那是她第一次擁有花園，想要對自己好一點。我問她在威格頓之前住過哪裡，她舉出了一些地方，包括東京，而她也曾在耶路撒冷協助編出第一部希伯來文字典。我不知道她的人生原來這麼有趣。唉，這就是以貌取人的危險。我每天對待顧客就是這樣，把人們當成製造噪音的小丑，說不定他們曾經率領士兵登上諾曼第（Normandy）的海灘，或是在開創性的醫學研究中擔任先驅。

午餐過後，我載安娜和露西到鄧弗里斯搭火車回倫敦（兩個人各帶了一罐蒜醬），在下午四點左右回到店裡。

今天營業最後一個鐘頭，有一家六個人待在店裡——媽媽、爸爸，以及四個年紀介於六至十六歲的女孩。他們拿書來結帳時，那位母親跟我說他們早上出門散步，儘管天氣晴朗，女孩們還是很痛苦。她問她們為什麼這麼不開心，她們則是異口同聲回答只想要來這家書店，因為她們已經兩年沒來，很興奮能夠再次造訪。他們花了一七五英鎊，帶著六袋書離開。這種事極為罕見，不過真的發生時，卻能讓我愉快地想起自己選擇進入賣書世界的原因，以及書店對許多人而言有多麼重要。

我的母親在下午四點鐘出現，留下一盒共三顆復活節用的Creme Egg巧克力蛋。我不會太愛吃巧克力，但我喜歡簡單的口味。安娜非常偏愛極濃的黑巧克力，卡倫也是，他們經常聯合起來取笑說我的喜好就跟小孩一樣。在很少見的情況下，我會特別想吃甜甜的牛奶巧克力，而Creme Egg正是我要的。

關店之後，我去合作社買鮮奶和麵包。麥克在那裡工作，他跟我說貓保護協會已經把他抓到的那隻亂撒尿的貓絕育了。他跟他女友艾瑪（Emma）決定留下牠。

總收入288.48英鎊

14位顧客

四月

四月

雖然我們店裡的庫存特別有趣，然而我們顧客之中能夠分辨出好書與壞書的人或許還不到十分之一。

——喬治．歐威爾，《書店記憶》

當然，某個人覺得好的書，另一個人可能覺得差；這完全是主觀看法。我有個朋友是在倫敦的高級珠寶商。有一次我問他在拍賣會時怎麼決定要買和不買什麼。他說他剛踏進這一行時，買的都是看起來不令人討厭，而且是他認為大家都會感興趣的東西。他很快就發現這些東西賣得不太好，也很少得到高價，於是他改變了策略——「現在，如果我看到會引起我強烈反應的東西，就會買下來。不管我非常喜歡或徹底討厭那東西，我都能保證一定可以賣到好價錢。」

許多書商都有專攻的領域。我沒有。店裡充滿了各式各樣我能夠塞得下的書。我希望每個人都能找到想要的，但就算擺了十萬本書，很多人還是會空手而歸。他們花二點五英鎊買一本Mills and Boon出版的書或者花二點五英鎊買斯賓諾莎（Spinoza）的《倫理學》（*Ethics*）破舊平裝本都沒關係。我希望每一個人都能從閱讀經驗中獲得相同的樂趣。

四月一日，星期二

線上訂單：2
找到的書：2

諾里來店裡把舊燈換成吊燈，讓蘇格蘭室整個上午都陷入黑暗。吊燈比將整個地方營造成醫院走廊氣氛的那些舊燈看起來好多了。我二〇〇一年接管書店時原本有二十二盞，這些年來已經替換到只剩四盞了。

安德魯（有亞斯伯格症的志願者）十一點鐘出現，工作到中午。他現在把犯罪書籍整理到了C字母開頭，可是當有人問他鐵道書在哪裡，他就會變得非常慌亂，必須坐下來才行。

今天上午我收到母親寄來的電子郵件，她是借父親的**iPad**寫信，因為她的「變鈍」了——我可以趕快找時間過去修理嗎？我回覆說會盡快處理。

下午三點，我開車去紐頓斯圖爾特的銀行，在打烊前回來，正好「舊衣換現金」的人也來取書，給了我二十五英鎊。他們是根據重量付錢，帶走了半噸書。

今天的郵件中有菲利浦斯太太（「九十三歲，眼睛也看不見啦」）的信，上面只寫寄給「蘇格蘭威格頓書商尚恩・貝西爾」，而由於住在加洛韋的人實在太少，所以信順利寄達了。她跟往常一樣，要為外孫女訂一本書：這次是羅伯特・路易斯・史蒂文森（Robert Louis Stevenson）的《綁架》（*Kidnapped*）。

總收入71英鎊
10位顧客

四月二日，星期三

線上訂單：1
找到的書：1

今天第一位訪客是個髮型狂野的女人，她經常來店裡丟下《蘇格蘭西南部綠色手冊》（*Green Handbook for Southwest Scotland*），小冊子裡全是順勢治療師和水晶治療師的地址。她出現的時候我在講電話。每次她出現的時候我都在講電話，所以我一直沒機會告訴她別再帶小冊子來，因為根本沒有人會拿起來看。

緊接著是一對快七十歲的夫妻，他們穿著緊身的彈性纖維自行車服。他們拿了四本溫萊特（Wainwright）的湖區（Lakeland）登山書到櫃檯，書況都是近全新。男人把書放在櫃檯上，問：「這些你要多少給我？」於是我加總金額。總共是二十英鎊，而我告訴他可以算十七英鎊。他很明顯皺起了臉，然後回答：「不能算十五英鎊嗎？」我說這樣就是打七五折了，結果他說：「有問有機會嘛。」最後他們勉強吐出十七英鎊，在離開的時候留下了一股怨恨之氣。

總收入115.94英鎊
10位顧客

四月三日，星期四

線上訂單：6
找到的書：5

今天有個不好的開始：卡蘿安上午八點五十分打電話來，跟我說她在外面，問我為什麼還沒開店。我告訴她書店是上午九點開門，接著下樓讓她進來。我忘記她前一天下午打過電話問我能不能跟她的客戶在廚房見面。她工作的公司會幫助人們小規模創業，涵蓋的區域很大，所以她常常利用書店開會。她立刻指責我不修邊幅，而且開始有禿頭的跡象。不久之後出現的妮奇對這兩點都很認同。

母親又寄電子郵件給我，要我幫她處理變鈍的iPad。

午餐過後，我開車到格拉斯哥（Glasgow）去看一批關於鐵路的書。結果那些是非常棒的藏書，都是全新的。賣家是個老人，要處理掉他死去弟弟的遺物。我用四百英鎊向他買了八箱。鐵路方面的書大概是店裡最暢銷的主題，這是我在十五年前買下書店時絕對料想不到的。

今天的結尾是威格頓書商協會（Association of Wigtown Bookseller, AWB）

下午五點半在這裡舉行的會議。茶、餅乾之類的，跟往常一樣。討論內容主要是關於現在釀酒廠關閉之後，五月的節慶期間我們要在哪裡集會。這有點尷尬，因為主題是威士忌，大部分的活動也都預計在釀酒廠舉辦。五月節慶是由AWB主辦，也就是我們少數幾個在威格頓開書店的人。我們沒有預算，因此節慶的資本很小。雖然它缺少像九月節慶那樣的財務支持與名聲，但也已經逐漸成為威格頓的文化事件了。辦理節慶的其中一位全職員工安（Anne）在安排節目方面提供了莫大幫助，我猜沒有她可能就辦不成活動了。

會議相當順利，跟平常一樣討論著新的標示、誰做什麼工作、喬伊絲的肩膀骨折了，諸如此類的事，不過最精彩的部分是有人提起為威格頓烈士（Wigtown Martyrs）製作一個手機應用程式的話題。我們大多數人對這個想法不是略微支持就是沒意見，但有兩個公司的人意見完全相反，發生了爭執，指責彼此頑固或偏頗，我們其他人只能尷尬地看著。

威格頓烈士是兩個女人，她們拒絕接受當時（十七世紀晚期）的宗教束縛。那段時期，在宗教教義的眾多規定中，有一項是將國王視為教會的法定領導人。蘇格蘭境內有反對的聲音，那些反抗的人就是所謂的聖約者（Covenanter）。他們遭受政府勢力的殘忍迫害，後來稱為「殺戮時代」（The Killing Times）。瑪格麗特．威爾森（Margaret Wilson）和瑪格麗特．

麥克勞倫（Margaret McLaughlan）這兩個女人就是因為信仰被處決的聖約者。她們被綁在木樁上，在威格頓山腳下的岸邊等著潮水漲進來。他們把年紀大的瑪格麗特綁在較遠處，希望小瑪格麗特看到她溺水後會改變心意聽話。她沒有。在處決地點的鹽澤上有一座紀念碑——「烈士之樁」（Martyrs' Stake）——她們的墓則安置在鎮上的蘇格蘭教會墓地。她們被帶去淹死之前，是關在監獄的牢房裡。這間牢房現在稱為烈士囚房（Martyrs' Cell）。

真是令人遺憾，威格頓最著名的女兒們竟然如此不光彩地死去。威格頓為這世界帶來了許多重要人物，包括海倫・卡特（Helen Carte），她和丈夫理查（Richard）一起經營卡特歌劇團（D'Oyly Carte Opera Company）；肯・洛區（Ken Loach）的編劇保羅・拉維提（Paul Laverty）曾經上過威格頓現已廢止的天主教學校；植物學家約翰・麥康奈爾・布萊克（John McConnell Black）和足球員戴夫・凱文（Dave Kevan）也都是威格頓之子。的確，曾經住在鎮上一段時間的演員詹姆斯・羅伯森・賈斯蒂（James Robertson Justice）因為太愛這裡，甚至在某些場合中謊稱自己出生於此。

總收入301英鎊

14位顧客

四月四日，星期五

線上訂單：3

找到的書：1

三筆訂單，全都來自亞馬遜；只找到一本。其中一本找不到的書是羅利・史都華（Rory Stewart）的《走過夾縫地帶》（*The Places in Between*），根據妮奇的登錄是在蘇格蘭室Q6架上，結果那是一本關於阿富汗的書，作者是個在香港出生的男人。或許是那個聽起來像蘇格蘭的名稱讓她混淆了。我把郵件袋拿給威爾瑪時遇到了喬克（Jock），他在約翰・卡特（John Carter）還是書店老闆時曾在店裡工作。喬克最有名的就是他那冗長又不切實際的故事。內容通常是有人想要騙他，後來他發現了對方的伎倆並打敗他們。情況幾乎每一次都會演變成打架，而他一定會贏。他說的話非常難理解，原因是他有濃厚的口音並使用方言，以及他沒有牙齒。今天他跟我說他每星期都會替一個女人整理花園。根據喬克的說法，由於她視力很差，所以開車技術不太好。「她有白內臟。」

下午十二點十五分，一位顧客打電話告訴我，他向我們買了某套「三部曲」中的第一本書。他連郵資共花了七點二英鎊，而他非常滿意。現在他想買第二集，可是網路上只有我們賣第二集，價格是二百英鎊，但他不打算付。他想要拿到跟第一集一樣的價格。我試著解釋那是網路上唯一的版本，而且更加稀有，價格還是二百英鎊不變。他跟我說他覺得很「噁心」，就掛斷電話了。

跟安娜談話過後，我考慮在倫敦辦一場隨機閱讀俱樂部活動——或許讓一位作家演講，但觀眾在演講開始之前不會知道作家是誰。我寄了電子郵件給羅伯特·特維格（Robert Twigger），他很樂意幫忙。羅伯是威格頓圖書節的常客，十天的活動期間通常都住在我這裡。他是個作家，得過許多獎項：他最出名的作品大概是《憤怒白道服》（*Angry White Pyjamas*），這為他贏得了「希爾年度最佳運動書籍獎」（William Hill Sports Book of the Year）。他是冒險家也是探險家，是個極為有趣的人，我覺得自己非常幸運，能夠認識他並跟他成為好朋友。在二〇一一年發生埃及革命之前，他一直跟家人住在開羅，後來他們決定搬回英國。他目前住在多塞特（Dorset）。去年九月圖書節時，我發現艾略特把我一盞桌燈的插頭拔掉，插了他的Kindle。我告訴羅伯這從許多角度看都是一種冒犯，而他認為最好的復仇方式就是下載一本叫《二鳥在林：拳交的藝術》（*Two in the Bush: The Fine Art of Vaginal Fisting*）到那部裝置上。我好奇他太太會不會大吃一驚。

卡倫和我在打烊後去喝一杯，接著我就趕去合作社買些牛奶。麥克在上班，他看起來很難為情。我問他那隻剛被絕育的流浪貓情況如何，他說昨天有個女人來合作社臭罵了他一頓，指控他偷走了她的貓。顯然她從牠跑掉後就找了好幾個星期。她聽到牠的蛋蛋被割掉後可不太高興。

總收入103.99英鎊
12位顧客

四月五日，星期六

線上訂單：3
找到的書：2

妮奇一如往常遲到十五分鐘，還準備好了一個藉口，儘管聽起來再怎麼不可能，我都知道那是事實。今天說的是她開車時把正在吃的奶油泡芙（來自莫里森超市廢料桶）掉到大腿上，必須停下來清理她的裙子，免得巧克力融進去。我用一個不同的杯子替她泡了杯茶，而不是她慣用的那個麥當勞格紋馬克杯。她對骨瓷特別挑剔，而普通的瓷製馬克杯顯然會令她過度慌亂。她才抵達不久，全身倒滿Brut 33古龍水的追求者「臭凱利」（Smelly Kelly）接著出現，試圖說服她跟他一起參加某種家庭聚會。她不答應。

今天有一筆訂單是一本叫《狂歡史》（*A History of Orgies*）的書。

隨機閱讀俱樂部本日有一位新成員登記加入。

上午十一點，有個體型非常龐大的女人帶來了六箱烹飪書，大部分的主題都是關於節食。我以七十英鎊向她買下。

午餐過後，我把星期四在格拉斯哥載回的八箱鐵道書搬進來。我將箱子疊在店裡前方時，有個男人（刻意站在我每次搬進箱子都必須說「借過」的位置）問：「還有更多箱書嗎？」彷彿他發現了什麼陰暗的祕密。我告訴他有，結果他大聲笑了起來，還持續好長一段時間，讓人很不舒服。

如果你每天都要面對很多各式各樣的人，你會開始注意到他們的行為模式。其中我比較好奇的是人們的笑點。我不知道那位顧客為什麼覺得一個書商把裝著書的箱子搬進店裡有這麼好笑。會引人發笑的事通常一點也不有趣，人們則往往因為自己無聊的意見或觀察而笑起來。這似乎偶爾會被當成某種標點符號，用來代表一個句子的結束。有一次我向住在坎布里亞（Cumbria）的一家人買了一套心理學書籍，其中有本書是羅伯特．普羅文（Robert R. Provine）的《笑》（*Laughter*）。根據他的說法，只有靈長類動物具備笑的能力，而且「雖然語言有成千上萬種，方言的數量更多，但每一個人笑的方式大同小異」。笑也不僅是幽默感的產物；演講者通常會比聽眾多笑百分之二十。除此之外，笑顯然是社交時簡略表現友善的方式，但我還是搞不清楚顧客的笑點。

下班後，我去我父母的家修理媽那台「變鈍」的iPad。他們有個朋友在場，而我們聊了很久關於寵物的事，他也坦承說他從來不會給狗吃自己不吃的食物。因此有些時候他會吃狗罐頭。

總收入345.87英鎊
23位顧客

四月七日，星期一

線上訂單：6

找到的書：6

有一筆訂單是企鵝出版的約翰・史坦貝克（John Steinbeck）信件，幾週前我們刊登的價格是五英鎊。這在網路上賣了二十四英鎊。刊登時，我們的價格跟網路上最便宜的版本一樣，後來那本一定賣出了，於是我們被調整成第二便宜的售價，也就是二十四英鎊。這種模式通常也會反向運作，如果書商削價競爭，線上賣的書就會變得更便宜。

我們的亞馬遜賣家狀態又從「良好」掉回了「一般」，這都拜週五和週六未完成的訂單所賜。

賣了一本《節食者性交瘦身指南》（*The Dieter's Guide to Weight Loss During Sex*）給一位美國女人。

我在整理一個男人週六時用垃圾袋裝著帶來的書時，發現其中一本書裡有一塊維多利亞式的編織書籤，上頭繡著「我愛小貓咪」幾個字，底下還有一張貓的圖片。

店裡今天特別忙，肯定是因為學校放假。下午五點鐘，有個女人問她先生離開了沒，我說我不知道她先生是誰或長什麼樣子。她露出不高興的表情就離開了。

在法夫（Fife）剛結束營業的克雷爾書店（Crail Bookshop）寄來電子郵件。他們有一萬兩千本書要賣，提議讓我看看要不要買。我拒絕了。這類庫存通常都會篩選過，把最好的書挑走，然後整批出售。

另一封電子郵件來自愛丁堡的一位收藏家，對方有一萬三千本書要賣。我回覆詢問了更多資訊。

總收入239.37英鎊
33位顧客

四月八日，星期二

線上訂單：4
找到的書：4

上午十點十五分，有個女人走進來大喊：「我來對地方了！書！」接著她喊叫了一個小時問我各種問題，一邊有如「高雅的鵝」搖搖擺擺地在店裡來去，就像果戈里在《死魂靈》裡描述索巴克維奇（Sobakevich）的妻子那樣。不出所料，她什麼也沒買。

安德魯十一點出現，工作到中午。他整理好了以C字母開頭的犯罪書籍。就在我泡完茶下樓時，有個男人從店裡擺古董的桌上拿了一只銅手鐲到櫃檯，問：「C'est combien?」（多少錢？）我不知道他為什麼選擇講法語。他根本不是法國人；他是蘇格蘭人。

艾略特四點鐘過來，馬上就脫掉鞋子。五分鐘內我被絆了兩次。

有四位顧客說船長胖成了什麼樣子。

店裡忙亂了一整天，不過我還是讀完了《死魂靈》。

總收入451.41英鎊

33位顧客

四月九日，星期三

線上訂單：1

找到的書：1

妮奇今天很不尋常地準時上班；她偶爾會早到十分鐘，但通常會遲到十五分鐘。她抵達時抓著梳子和牙刷，然後就跑上樓打扮。她下樓的時候看起來跟之前一模一樣。我問她為何這麼驚慌，她回答：「別在開車的時候吃炒菜。車子顛了一下，結果大部分的菜都撒在我袖子上，還掉進我的乳溝。」

她在一個美國家庭進店裡時躲去吃午餐了。一家三代。祖父拿了三本書到櫃檯，用力放下，對我大吼「這些，小伙子」，然後把信用卡甩向機器，說：「你們收信用卡吧？」這時他的孫子在店裡橫衝直撞製造混亂，父親則是對他們大喊。他拿的是十八世紀蘇格蘭史，一套四冊，標價一百英鎊，接著問我們的巴登諾克（Badenoch）主題區在哪裡。我跟他說我們沒有關於巴登諾克的特定區域，他還是繼續講下去，告訴我他的家族就來自那裡，彷彿那比其他任何地方都好。他們離開之後，店裡真的明顯平靜許多，不過也該為他們說句話，畢竟他們買下了那套一百英鎊的書。扯平了。

即使你跟顧客說你沒有他們要找的那本書，他們也經常堅持要大費周章不厭其煩告訴你想要那本書的原因。雖然我想得到幾個可能的解釋，但我最相信的是這代表一種知識上的自慰。他們想要你知道他們懂這個主題，就算他們自以為是發表的意見錯了，他們也會喋喋不休說下去——還會刻意控制音量，不只讓被逼到角落的書商聽見，也要讓附近所有人知道。

芬恩、安娜跟我在廚房開會時，艾略特一邊大聲講電話一邊衝了進來。他不但沒為打擾我們道歉，反而還踢掉了鞋子，然後繼續講。最後我們只好移師到客廳，因為我們的音量根本不及艾略特的一半。

妮奇留下來過夜。艾略特提議到酒吧請吃晚餐，於是我拉著妮奇去了。我們喝了幾杯就回來。妮奇直接爬上節慶用的床睡覺，艾略特跟我則在離她頭上幾呎的樓上製造噪音。

總收入537英鎊
24位顧客

四月十日，星期四

線上訂單：3
找到的書：3

早上七點就被艾略特的混亂交響樂吵醒：為了洗澡、泡茶、打包而到處重踩、跺腳、碰撞，最後他在上午七點半離開。沒過多久我就聽見妮奇在樓下做著一模一樣的事，噪音聲響不及艾略特的一丁點。

妮奇提議我們做些小海報，請顧客讀出自己最愛的書中一段文字，在店裡拍成影片，而我勉強答應了，然後強迫卡蘿安拍一段。妮奇從童書區替她選了一本給十一歲孩子看的書。她看起來非常不悅，但還是讀了一些。

總收入424英鎊
31位顧客

四月十一日，星期五

線上訂單：3
找到的書：3

美食星期五。今天妮奇帶來她從廢料桶搜刮到的兩個蛋塔。她在她的車上時不小心坐到了其中一個。

上午十一點，我泡完茶下樓時，有個穿襪子配涼鞋的顧客過來找我搭話，說：「我想要談談你那本《公車售票員海恩斯》（*The Busconductor Hines*）的價格。標價是六十五英鎊。那一定是搞錯了。」於是我上網查看，果然我們那本是最便宜的第一版，而且書封近全新。他發出嘖嘖聲，最後拿了平裝版的同一本書到櫃檯，價格是二點五英鎊。上個星期也發生過類似的情況，那次是伊恩・M・班克斯（Iain M. Banks）的《費爾薩・安德金》（*Feersum Endjinn*）。

午餐時間，我聽見一群二十出頭的顧客在討論這間店。其中一個人說這是她到過「最酷」的店。我猜她所謂的酷是指溫度。

我關上書店後門時，發現池塘裡有好幾堆蛙卵。

總收入182.49英鎊

19位顧客

四月十二日，星期六

線上訂單：4
找到的書：2

每年這個時候，妮奇都會穿著那套黑色滑雪裝出現。她看起來像是要去某個工業屠夫的冷凍櫃，不像是書店的人。今天早上她告訴我，她「懶得」處理皇家郵政系統上的訂單，叫我可以星期一再弄。我已經放棄跟妮奇爭論這種事了。以前，我請她做事情時，她都會熱心地點頭，然後完全忽視我說的話，繼續去做她想做的事。不過她很可靠也很勤勞，還是個特別有趣的人。而且她愛這間書店，會盡力改善庫存的品質並讓生意更好。唯一有點可惜的是我們對這方面的作法有不同意見。

今天吹寒冷的東風，於是我在上午十點生了火。顧客很多。我在店裡穿梭把書上架時，發現三個年輕男孩安靜地坐在節慶床上閱讀。通常我會阻止顧客爬上節慶床，主因是小孩幾乎都把那裡當成遊戲區，搞成一團亂，害我必須去善後。那裡有一條繩子擋著，但這些男孩一定是從下面鑽了過去。他們全神貫注安靜坐在那裡，只有鐵石心腸的人才有辦法叫他們離開。

今天晚上我開始看《第三個警察》（*The Third Policeman*），那是一位前女友在多年前給我的，我一直沒機會讀。

總收入479.97英鎊
36位顧客

四月十四日，星期一

線上訂單：3
找到的書：2

今天最後一位顧客是個年輕的義大利女子，她買了薄伽丘（Boccaccio）的《十日談》（*Decameron*），一套兩本，一六七九年出版，擺在架上至少十年了。在新卡姆諾克（New Cumnock）有間幾乎要廢棄的義式咖啡廳，主人是個老女人，她死後幾個月，其中一位遺囑管理人找我們去處理她的書，而那套書就是從咖啡廳樓上公寓裡清理出來唯一像樣的東西。

二〇〇三年一月，陰暗又下著凍雨的週一夜晚，我在打烊之後開車去見接下處理公寓物品這項吃力不討好工作的一個女人。那個地方的情況很可怕；屋頂嚴重漏水，花卉壁紙正在剝落，裸燈泡從覆滿蜘蛛絲的電線垂下，上方則是條板外露和灰泥碎裂的天花板。所有東西看起來都像好幾年沒清理過了。住在那裡的人很明顯是個老處女；寢具全為粉紅色，還蓋著一層貓毛。室內大概有兩千本書，貓毛也積得很厚，而且除了《十日談》以外，每一本書都來自「書友俱樂部」（The Book Club），那是大部分書商會不計代價避開的一家出版社（它們幾乎沒有任何市場）。我在廢物堆中尋找可能不會讓我白跑一趟的東西時，女人告訴我們，房客是獨生女，父親是一九二〇年代來到蘇格蘭的義大利移民。他遇見一個蘇格蘭女人並結了婚，一起在公寓下的空屋開了間咖啡廳。那裡很快就變成鎮上最繁忙的地方，熱鬧喧囂且生意興隆。

遺囑執行人找到一個蓋滿灰塵的五斗櫃，拉開其中一個抽屜，拿出一本黃色相簿，裡面有數百張那個地方全盛時期的黑白照片——人們掛著笑臉，每張桌子都坐滿，還有人在跳舞。義大利人的妻子於一九七〇年代過世，幾年後他臨死時，將工作交給了唯一的女兒，可是時代已經不同，生意一落千丈，最後結束了營業。樓下的大玻璃窗都被條板封住，曾經忙碌的地方變得一片死寂，只剩下雨水穿透屋頂滴在地板上的聲音。那位年輕的義大利人娶了蘇格蘭妻子，生意蓬勃發展，也生了一個小女兒，而當初鼓起勇氣移居到另一個國家，學習新語言，白手起家並展開新生活的他充滿樂觀，絕對不會料想到命運讓他的夢想落入這麼悲慘的結局。我很肯定那一套兩本的《十日談》是他從義大利帶來的少數財物之一，我也好奇那套書在他家族流傳了多久，最後變成新卡姆諾克一間潮濕公寓裡的遺產，沒有人能夠繼承。可是現在那套書會在今天買下它的年輕女子手中獲得新生，而誰又知道接下來幾百年它會有什麼際遇呢？

總收入248.28英鎊
21位顧客

四月十五日，星期二

線上訂單：3
找到的書：2

刺青異教徒桑迪來訪，想看看手杖的數量是否需要追加。我們已經至少一個月沒賣出任何一根了。

議會來電，跟我說安德魯再也不來了，因為他覺得這裡實在太累。我才慢慢開始喜歡他呢。

狄肯先生下午四點二十分過來，要訂珍妮．厄格羅（Jenny Uglow）的《賭徒》（*A Gambling Man*），這本我剛好有，今天稍早才上架。他很高興，人也變得隨和了。

總收入179.99英鎊
12位顧客

四月十六日，星期三

線上訂單：5
找到的書：5

兩個非常可愛的紅髮女孩今天早上過來，問這裡是不是船長的店。她們一定是本地人，或者可能是在Facebook上追蹤了書店。船長的名氣顯然超乎我預期。我們正聊到船長最近變得有多胖的時候，一個穿著超緊身短褲的男人來到櫃檯，買了一本《壁爐成功祕笈》（*The Book of Successful Fireplaces*）。

下午稍早，有個大約跟我年紀相仿的男人一進來就踢掉鞋子留在門邊。我想我沒什麼立場批評他；我在夏天期間也很常打赤腳走來走去，但我不確定自己會不會在別人的店裡這麼做。

總收入340.35英鎊
35位顧客

四月十七日，星期四

線上訂單：3
找到的書：3

妮奇穿著整套夏天服裝出現，滑雪裝現在會在冬季衣櫥裡一直待到十一月。今天的裝扮是一件以某種蕁麻纖維製成的長裙，一件自製的渦旋花紋襯衫搭配一件褐色短上衣（同樣也是自製的）。她很可能會被誤認為低成本改編《羅賓漢》（*Robin Hood*）的臨時演員。

今天訂單的其中一本書叫《女性指導》（*The Female Instructor*），是早期維多利亞時代的「家庭幸福指南」。在現今的背景下，這本書讀起來比較像家暴指南。

下午有位顧客詢問能不能錄下他讀最愛的書，於是我架設好三腳架，讓他坐在火堆旁。他讀的內容很美；他選擇的是《寒冷舒適的農場》（*Cold Comfort Farm*），而且帶有抒情的威爾斯口音。他讀完之後，我跟他和他太太閒聊，問他們來做什麼。她說他們要去拉恩（Larne），而我回答：「為什麼？那是個爛地方。」結果他們就住在拉恩。

總收入319.70英鎊
30位顧客

四月十八日，星期五

線上訂單：5
找到的書：5

很棒的週五。

今天上班的是凱蒂（Katie），因為妮奇要去做耶和華見證人做的事。凱蒂是醫學系的學生，在店裡工作了幾個夏天，而且對我沒有半點尊敬。她小時候就跟母親和妹妹從牛津搬來這裡了。

一位顧客來到櫃檯，說：「我在W開頭的小說區找不到任何萊德・海格德（Rider Haggard）的書。」我建議他去H開頭的地方找。

總收入197.89英鎊
18位顧客

四月十九日，星期六

線上訂單：3
找到的書：3

今天又是凱蒂替補妮奇上班，於是我請她包裝隨機閱讀俱樂部的書（現在已經有一百六十三位會員），並且處理好皇家郵政的帳單。我去郵局問威爾瑪能不能派郵差來取件，她說郵差星期二可以（復活節星期一＝銀行休假日）。

店裡正要打烊時，菲利浦斯太太打電話來（你知道吧，我已經九十三歲，眼睛也看不見啦），她想不起來蓋斯凱爾夫人（Mrs Gaskell）的第一本小說叫什麼，希望我能告訴她。

總收入250.49英鎊
17位顧客

四月二十一日，星期一

線上訂單：3
找到的書：2

第一位顧客帶來一本用氣泡袋和衛生紙包裝的書。那是一本以拉丁文寫成的神學作品，出版於一七一六年。他要求估價，而我建議合理價格差不多是四十英鎊，結果他（憤怒地）告訴我，邦瀚斯估的價是五十英鎊。

今天訂單其中一本書是《液態黃金：利用尿液種植的知識與原理》（*Liquid Gold: The Lore and Logic of Using Urine to Grow Plants*）。

總收入162.43英鎊
18位顧客

四月二十二日，星期二

線上訂單：3
找到的書：3

上午十一點電話響起，對方問：「你們店裡的讀書活動要怎麼做？」進一步談話後，原來他是寫奇幻作品的，想要讀他最新的書，主題是美人魚——「背景設定在大海。」很難想像背景還能設定在哪裡。

下午兩點鐘，有位顧客來到櫃檯，拿著一本一九二〇年代出版，關於如何釣鮭魚的漂亮插圖書，是在園藝室裡找到的。那本書沒有標價。他問要多少錢，而我自認為慷慨地說：「可以算給你二點五英鎊。」他嘀咕著走了出去。「我要在亞馬遜上用更低的價格買。」於是我立刻上網查，發現亞馬遜最便宜的版本要二十二英鎊。現在店裡的售價是十二英鎊，但我不覺得他會回來。

就在我要打烊時，一個女人從莫菲特（Moffat）打電話來，說有一套法律藏書要賣。通常我會避開這些書，因為它們不好賣，但你永遠不知道會找到什麼好東西，於是我排定在星期六過去一趟看看。

郵差在下午四點三十分過來拿走了隨機閱讀俱樂部的七袋包裹。

總收入286.49英鎊

22位顧客

四月二十三日，星期三

線上訂單：2

找到的書：2

今天開店前一個鐘頭裡只有一位顧客，是個身上有三氯酚（TCP）氣味的男人，這段時期我正要把新的書上架。他有一種不可思議的能力：無論我要去店裡任何地方擺放哪個主題的書，他都會正好擋在書架前。

總收入233.48英鎊

19位顧客

四月二十四日，星期四

線上訂單：3
找到的書：3

妮奇今天上班，這樣她明天就能休假。她決定在店裡吃早餐，而不是在車上。通常她會在開車上班途中狼吞虎嚥，這也總會導致大部分食物掉在她的粗麻布裙子和羅賓漢披風上。

有位年長的顧客告訴我，她的讀書俱樂部接下來要讀《德古拉》（*Dracula*），可是她不記得作者寫了什麼。

我發現母親拿來的三顆復活節巧克力蛋有兩顆不見了。

總收入160.70英鎊
14位顧客

四月二十五日，星期五

線上訂單：3
找到的書：3

妮奇今天不在，所以不會有來自莫里森超市廢料桶的噁心美食。

午餐過後，有位顧客帶來四箱書：「你一定會喜歡的，這些全都是暢銷書。」我選了幾本，說要給他五英鎊。他看起來很反感，用宣布的口吻說他寧願拿給慈善商店，很有信心地向我保證「他們很看重品質」。

出版業的暢銷書現象似乎不代表在二手書業中就能成為同樣厲害的搖錢樹。相信暢銷這概念的人或許永遠只會在最熱門的時候買下新書，不會在熱潮退去後買舊書。另一個原因或許是丹・布朗（Dan Brown）和湯姆・克蘭西（Tom Clancy）在世界上發行的數量太龐大了，所以對書商或收藏家來說沒半點稀有的價值。在新書市場被認為暢銷的東西正好是二手書業中的滯銷品。顧客經常無法理解這種事，還以為他們的初版《哈利波特：死神的聖物》（*Harry Potter and the Deathly Hallows*）很值錢，但其實發行量有一千兩百萬本。隨著作者的成就與名氣增加，接下來發行的數量也會提高。因此初版精裝本只發行四千七百二十八本的《皇家夜總會》（*Casino Royale*）會比第一版發行八萬二千本的《金鎗人》（*The Man with the Golden Gun*）昂貴許多。

總收入243.40英鎊
20位顧客

四月二十六日，星期六

線上訂單：3
找到的書：2

妮奇今天上班。我問她知不知道櫃檯後方母親給我那盒三顆裝的復活節巧克力蛋是怎麼回事。剛開始她一概否認，後來才告訴我把一顆蛋給了「一個被店裡地毯絆倒所以在哭的小孩」。我問她有沒有吃，她回答：「可能只有一點點。」那個在哭的小孩顯然就是她。最後她坦承都是她吃的，還告訴我：「我不知道為什麼。我根本不喜歡巧克力蛋啊。」

上午十點有位顧客到櫃檯問：「童書在哪裡？」我指向童書區，回答：「穿過那扇門就是了。」對方從我剛指的方向轉了一百八十度，用手指指著她幾秒鐘前才進來的門，說：「什麼，那扇門嗎？」

午餐過後，我開車到莫菲特去看幾年前關閉的一家律師事務所藏書。差不多有四十箱。大部分都不怎麼有趣，因此我只選了民事法院的書，大約一百五十本，都是相當標準的法律書籍裝訂方式。我會放到eBay上整批出售。像這種裝訂的書通常一碼長度可以賣到約三百英鎊，所以我滿想知道這些能賣多少。總長度有七碼。

我回到店裡時聞到一種臭味，絕對是臭凱利的Brut 33古龍水，不過幸好我晚了幾分鐘沒遇到他。

總收入269.99英鎊

24位顧客

四月二十八日，星期一

線上訂單：4
找到的書：4

我開店不久後就有通電話打來，是關於一位顧客從線上訂購的一本書。書在星期六寄達，而她不太高興，因為最後五頁被撕破了：「我很在意撕破的書頁，會讓我起雞皮疙瘩。我可以退還嗎？」我勉強答應讓她寄回來退款。

下午四點半，一個留八字鬍戴棒球帽的男人問：「你們該不是賣書的吧？」然後就捧腹大笑起來。

總收入92.96英鎊
13位顧客

四月二十九日，星期二

線上訂單：3
找到的書：2

三月時到過店裡的馬爾他女人前來自我介紹（當時她抱怨馬爾他沒有二手書店）。她的名字叫崔西（Tracy），當時過來是擔任英國皇家鳥類保護協會（RSPB）的代表，到「魚鷹室」（Osprey Room）做一項專訪。過去六年裡，有一對魚鷹會回到威格頓外的一處巢穴；RSPB在鎮公所設置了直播巢穴的畫面。她夏天要過來工作，不過得仔細想想要做什麼，因為今年還沒見到魚鷹的跡象。

三位顧客一進店裡就抱怨什麼都看不見，因為外面太亮了，他們的眼睛還沒適應。這類情況並不罕見，而且那種口氣通常都在暗指我要為顧客虹膜的不隨意反射動作負責。

我在下午店裡安靜的時刻讀完了《第三個警察》。

總收入121.98英鎊

12位顧客

四月三十日，星期三

線上訂單：0
找到的書：0

今天是凱蒂上班。她大部分的時間都在為新進的書標價並上架。

我最後一次點起店裡的暖爐，下次就要等到秋天了。從五月到十月期間，店裡夠暖和，所以不必生火。而且燕子、魚燕、毛腳燕會在五月出現，毛腳燕還會在柴薪間築巢。我不想打擾牠們繁殖。

今天上午沒有訂單，這通常表示「季風」出了問題，於是我寫電子郵件過去，希望他們會處理。

有位顧客帶了一套關於緬甸的書來賣：大約五十本。他拒絕我八十五英鎊的出價。

午餐過後，我開車到鄧弗里斯的火車站接安娜——她回來參加春季節慶，不想錯過威格頓的任何活動。根據她對貓咪的悉心照料，有時候我懷疑她想念牠的程度就跟想念我一樣。

我們從鄧弗里斯回來後，一位顧客問我們有沒有舊的《蘇格蘭人雜誌》（*The Scots Magazine*）。一聽到我們沒有，他不知為何把這當成了信號，開始長篇大論告訴我他在找哪一期，以及背後的原因。

打烊之前，我查看收件匣，發現羅伯·特維格寄了電子郵件告訴我他明天會來訪。

總收入147.50英鎊
14位顧客

五月

五月

雖然男人不讀小說並非事實，但他們的確會避開某些類型的虛構作品。大致說來，所謂一般的小說——普通，有好有壞，像高爾斯華綏（Galsworthy）那種跟水一樣平淡的作品正是英文小說的基準——似乎只為了女性而存在。男人會讀值得尊敬的小說，要不就是偵探故事。

——喬治．歐威爾，《書店記憶》

儘管《福爾賽世家》（*The Frosyte Saga*）的電視連續劇大獲成功，今日的顧客卻已經徹底忽略歐威爾所謂「像高爾斯華綏那種跟水一樣平淡」的書了，而傑佛瑞．法諾爾（Jeffery Farnol）、丹尼斯．惠特利（Dennis Wheatley）、瓦維克．狄平（Warwick Deeping）、O．道格拉斯（O. Douglas）、奧希茲女爵（Baroness Orczy）——他們在全盛時期曾被爭相閱讀的作品——現在也只能積滿灰塵和死掉的青蠅。關於女人比較愛看小說這件事，歐威爾的性別刻板印象時至今日仍大致正確，不過他斷言只有男人「會讀值得尊敬的小說」從現今的標準來看，至少就顯得過時了。根據他的看法，我偏愛小說（但不包含偵探故事）的閱讀口味想必很不尋常。除非是我特別喜歡的主題，例如加洛韋——我目前在讀丹恩・樂福（Dane Love）的《加洛韋高地》（*The Galloway Highlands*）——否則大部分的紀實文學在我看來似乎都不容易讀，但一本好小說卻能靠文字獨有的方式，身歷其境帶你進入完全不同的世界。

整體來看（至少我的書店如此），買小說的仍然大多是女人，男人則很少買紀實文學以外的書，而作家伊恩・麥克尤恩（Ian McEwan）幾年前在倫敦做過一個完全不科學的實驗，也證實了這個趨勢。他決定在一段繁忙的午餐時段免費送出他的一本書。流露出感激之意的差不多都是女人，表現出懷疑反應的則幾乎都是男人。這讓麥克尤恩在《衛報》（*The Guardian*）上做出結論：「當女人停止閱讀，小說就會死去」——歐威爾在某種程度上也許會同意此觀點。雖然要預測顧客會買什麼是件難事，不過男人直奔鐵道書籍的情況還真是多到不可思議。

在威格頓圖書節期間（九月的最後十幾天），每次都是紀實文學的活動能夠招來最多人。詩好像幾乎吸引不到什麼觀眾——店裡的情況也反映了這個可悲的事實。詩對每日進帳的貢獻少之又少。奚尼（Heaney）、休斯（Hughes）、奧登（Auden）、艾略特（Eliot）、麥迪米德（MacDiarmid）、溫迪・柯普（Wendy Cope）和其他少數詩人的作品銷售接近停滯，而丁尼生（Tennyson）、庫伯（Cowper）、布朗寧（Browning）、羅威爾（Lowell）的詩作則靜置在架上，偶爾才會被某個好奇的顧客擾動一下。這些都是詩的化石，或許有一天會被文學古生物學家挖掘出來，擦去塵土。

五月一日，星期四

線上訂單：0
找到的書：0

今天又沒有訂單，也還沒有「季風」的消息。

妮奇來到店裡時，穿著她的中世紀披風跟一件黃色長褲，褲子看起來就像暴露於過量輻射下的蛋黃色。她宣布要把她的廂型車改造成一間行動DIY材料店，藉此補貼她的收入。她在午餐休息時間消失，後來出現時帶了一顆巨大的真菌，是從「烈士之樁」附近一棵樹採的，位置就在威格頓丘陵（Wigtown Hill）底部，超過鎮上最遠一戶人家的幾百碼外。她認定那可以食用，很可能就是「木雞菇」（Chicken of the Woods）。她一整天幾乎都在試著說服我吃一點。我唯一能確定的事就是她想要害死我。

「季風」終於回覆我的電子郵件，從遠端登入我們的系統，修復了無法產生訂單的問題。

下午過了一半，妮奇跟我針對演化的問題發生爭執（我們剛進入往常的「也許你是猴子但我不是」階段），這時狄肯先生出現了。原來是他還沒看完《賭徒》就把書弄丟了，所以想要再訂一本。他一離開，關於演化的激辯又繼續了。

總收入99.50英鎊
10位顧客

五月二日，星期五

線上訂單：3
找到的書：3

今天又是妮奇上班。我開門時，發現特維格帶著他的包包等在外頭。昨晚我上床睡覺前忘記留一道門了。我道了歉，他回答：「沒關係，兄弟。我喜歡睡外面。」

今天是威格頓春季圖書節（Wigtown Spring Festival）的第一天。這是由威格頓書商協會舉辦的小型系列活動。活動在邀請講者和宣傳方面沒有太多預算，所以規模很小，客流量也遠不及目前預算將近四十萬英鎊的九月圖書節。九月圖書節的活動會在店裡或我們負擔得起的小場地舉行，參加的也通常都是本地人。

妮奇回去山腳下又採了更多木雞菇。她在廚房把它們煎熟。特維格主持起一項賭注，要看她能不能活到明天。

安娜跟我今天花了很多時間搬動樓上客廳的家具，因為那裡要舉辦一場威士忌晚餐。總共賣了十六張票。外燴由瑪麗亞（Maria）負責，她是個澳洲女人，幾年前跟丈夫和孩子搬來這裡。他是位教師，而她做起了外燴生意。她非常熱情。無論什麼事對她而言都「好極了」。餐點很棒，威士忌也很棒，而我們都喝了太多。

妮奇在節慶床位過夜，保證說明早她會開店，讓我可以睡懶覺。

總收入182.49英鎊

13位顧客

五月三日，星期六

線上訂單：4
找到的書：4

上午八點半，樓下沒有任何動靜，於是我下去開店。妮奇還在呼呼大睡。經過昨晚的威士忌晚餐，維特格、妮奇跟我今天早上依然頭昏腦脹。

午餐過後，我跟安娜開車到鄧弗里斯去接她的朋友蘿拉（Lola）。蘿拉在電影業工作，跟安娜一樣是住在倫敦的美國人。她是個嬌小的女人，黑色頭髮，而且非常機智。安娜把她介紹給另一位朋友黛安娜（Diana），她也是移居倫敦的美國人，同樣也在電影業。蘿拉和黛安娜開了一家製片公司，很想把安娜的書拍成一部故事片。回家途中，我們去了特利維城堡（Threave Castle）。城堡位於迪河（River Dee）中央的一座島上，要搭一艘掛載船外機的小船過去。那是「黑」道格拉斯（Douglas）伯爵家族的據點，在十四世紀由一位喜歡被稱為「無情者阿奇博爾德」（Archibald the Grim）的加洛韋領主所建。此處很明顯是要打造成令人敬畏的要塞，而非奢華的住所。

我們到家時，我的妹夫艾利克斯（Alex）已經到了，而且正在準備下午六點的演講，主題是關於一家新的威士忌酒廠。艾利克斯在一間叫「艾德菲」（Adelphi）的公司上班。公司剛起步時，經營策略是向酒廠購買珍貴的麥芽威士忌，裝瓶之後再以自有品牌出售。不過他老闆決定生產他們自己的威士忌，於是他們在英國大陸最西端的艾德麥康（Ardnamurchan）蓋了一座酒廠。以一位看似相當靦腆的人而言，艾利克斯的演說非常棒。事實上，從任何標準來看，那場演說棒極了，再搭配他大方發送的試喝威士忌，簡直棒上加棒。

總收入417.57英鎊
28位顧客

五月四日，星期日

線上訂單：3

找到的書：2

我在上午十一點準備開店（特維格中午要到樓上演講），結果發現鎖故障了，門打不開，於是我們倉促製作告示牌指示大家由側門通行，我再開車到紐頓斯圖爾特去買替換的插鎖。下午大部分時間我都在嘗試不破壞門將其打開，這樣才能換上新的鎖。這不算是春季圖書節最專業或最有收穫的一天，但特維格的演講很完美，參加的人也很多。安娜向大家介紹他，並且表達感謝。

安娜和蘿拉在和煦的春日裡漫遊鎮上，她顯然很高興能帶蘿拉四處去她在威格頓最愛的地方，就像一位過於興奮的導遊。安娜很適應威格頓的生活，還出乎我意料交了很多朋友，這都拜她完全不會害羞所賜。她最喜歡的本地人是個經常飆騎一輛電動代步車的男人，牌照上寫著他的名字「吉比」（Gibby）。他兩年前過世時，她幾乎快發狂了。徹底融入當地生活的她，跟威格頓大多數人一樣，過個街都可能會花上二十分鐘，就看你在路上遇到的是誰。

今天開始讀特維格的《憤怒白道服》。雖然我已經認識他好些年了，卻從來沒讀過。

總收入128.50英鎊
13位顧客

五月五日，星期一

線上訂單：2
找到的書：2

銀行休假日。

妮奇今天上班，這樣安娜跟我就可以招待蘿拉。我們在瑪吉家吃午餐，接著我們三人（安娜、蘿拉、我）為要來吃晚餐的十位朋友料理了一隻羊腿。瑪吉是劍橋的學者，幾年前在威格頓買了間房子。她是荷蘭人，有兩個女兒，在各自的科學領域都是領導者。女孩們還小的時候，她住在加洛韋，後來搬去劍橋。她又搬回來了——部分原因是受安娜的書影響。瑪吉是威格頓的珍寶：聰明至極、幽默有趣、寬宏大量。

崔西在午餐時間打電話給我，告訴我她在午休時看到幾隻燕子。春天已經到來。

特維格上午十點離開，要回去多塞特。

又晚睡了，靠的是紅酒和艾利克斯在星期六演講時剩下的威士忌。

總收入106.99英鎊

13位顧客

五月六日，星期二

線上訂單：3

找到的書：3

諾里來代班，因為妮奇星期二要挨家挨戶向人們宣傳耶穌的事蹟。我開車到鄧弗里斯——安娜跟蘿拉想要去拍賣會。安娜離開時帶了兩箱垃圾，她通常都會買這麼多。從未錯過任何一場拍賣的帽子戴夫很明顯缺席了，於是我跟潛艇水兵安格斯閒聊許久，討論他沒來的原因。我們天馬行空猜測他可能發生了什麼事。我們三個人一整天在鎮上又吃又逛，還去了凱爾拉弗洛克城堡（Caerlaverock Castle），後來在下午五點送蘿拉去火車站，然後回家。

郵件之中除了一般的帳單和即期匯票，還有狄肯先生的書。

總收入120.50英鎊

13位顧客

五月七日，星期三

線上訂單：8

找到的書：7

午餐時間，我在狄肯先生的電話上留言，說他可以隨時來拿書。

總收入140.01英鎊

18位顧客

五月八日，星期四

線上訂單：4
找到的書：4

一位友善健談的顧客告訴我，他要處理掉叔叔的海洋史藏書，東西就在他位於格拉斯哥西區（West End of Glasgow）的公寓。我下個星期會過去看看。

狄肯先生在下午三點左右來拿書。他離開時，我注意到他左腳沒穿鞋。

總收入180.83英鎊
19位顧客

五月九日，星期五

線上訂單：2
找到的書：2

今天早上我開店時，有位顧客帶了兩箱書等在門口，全都是企鵝出版的，大部分是綠皮犯罪小說，這也是目前銷售最好的類別。在我以六十英鎊買下它們的十分鐘後，妮奇出現了，她問我花了多少錢。我要她猜，於是她大略翻了一下，說二十英鎊。

這次美食星期五招待的是吉普林先生牌（Mr Kipling）的巴騰堡（Battenberg）蛋糕，來自莫里森超市的廢料桶。我們整天都在為企鵝版的書標價、上架，並且爭執在店裡賣東西時應該如何考量亞馬遜的價格。妮奇完全支持要比亞馬遜便宜，可是我相信大部分顧客都能夠理解我們還有開銷，所以沒辦法總是比亞馬遜的最低價還低。

總收入192英鎊
14位顧客

五月十日，星期六

線上訂單：6

找到的書：6

池塘裡的蛙卵幾乎全都消失，變成了好幾百隻小蝌蚪。

總收入170.70英鎊
14位顧客

五月十二日，星期一

線上訂單：5
找到的書：3

午餐過後有個男人找我搭話，他穿著一件連帽防風雨衣，口齒非常不清楚，來到櫃檯旁邊時靠近得讓人不舒服，然後問：「喂，你們專攻什麼？」我回答「書」，而我得坦承這麼說很蠢。果然，他並不高興，說：「別跟我耍嘴皮子。」我毫無意義地接續之前的話說：「為什麼不行？」想當然耳，這場對話最後變得不太愉快。事實上，他後來就變得太討人厭了，我只好濫用職權叫妮奇應付他。

總收入84.50英鎊
14位顧客

五月十三日，星期二

線上訂單：5
找到的書：5

看來我們跟AbeBooks之間出了問題，因為今天只有亞馬遜的訂單，於是我檢查了一下，發現我們在那裡的線上庫存從原有的一萬本書掉到了四百五十本。我寄電子郵件要他們看看是什麼問題。我估計少了在AbeBooks的銷售，一週大約會損失一百英鎊。AbeBooks是最適合賣值錢書的地方，而我們在網站上的平均銷售額差不多有三十英鎊，等於在亞馬遜網站的六倍，因此雖然我們透過AbeBooks上賣的書量不大，價值跟亞馬遜比較起來卻很可觀。

兩對燕子開始築巢了，一對在書店跟隔壁之間的小巷裡，另一對則在柴薪間。

中午有位顧客把一隻亂叫的小狗拴在書店前一張長椅，然後跟他太太進來逛。一個鐘頭後牠還在吠叫。他們什麼都沒買。在他們離開後不久，有個男人出現，他左眼上綁了一個看起來像是蛋杯的東西，說要找「生命靈數」（numerology）的書。我還得問他那是什麼意思。

總收入107.99英鎊
12位顧客

五月十四日，星期三

線上訂單：3
找到的書：2

上午十一點，有位顧客拿了一堆要給她先生的鐵道書籍來櫃檯。她付錢時告訴我：「另一半千萬別找鐵路員工啊。」講得好像我一直在認真考慮這件事一樣。

今天早上的收件匣：

致蘇格蘭最具聲望之書店的老闆：

收信愉快。

我是寫奇幻和超自然故事的獨立作家，目前出過三本電子書，還有一本最新發行的中篇小說，內容是關於我最愛的地方：海洋。對，我就是相信美人魚存在的那種人，或者我也喜歡稱呼他們為阿斯佩里尼（asperini）。這本中篇小說《白皇后》（*The White Queen*）是迷你系列小說《無盡浪潮之外》（*Beyond Endless Tides*）的第一集，當中有許多阿斯佩里尼．秀爾（asperini shawl）【原文如此】努力尋求安穩的未來，因為他們明白由於浮游生物的數量越來越少，所以世界上的海洋生物無論大小都即將滅絕。這些秀爾認為他們生存的關鍵是完全捨棄海洋，到陸地上生活於人類之中，而他們把人類稱為諾札（nghoza）。要這麼做，唯一的方式就是跟諾札交配並成為諾札。並非所有阿斯佩里尼都相信該這麼做，例如茉格（Morg）就很努力想找別的方式。

茉格遭到強迫跟一位諾札交配，幸好她父親的一位朋友幫助她逃脫了。她知道去哪裡能找到其他阿斯佩里尼，也很快找到了他們，但她並不確定他們對於跟諾札交配的想法。令她開心的是有個家庭接納了她，可是當她的老秀爾出現，她就只有逃跑一途。在跟這個家庭裡的一個年輕男子離開之前，她獲知有位叫「白皇后」的美人魚——書中稱為里格弗（lighur）——能夠看到未來，或許是所有阿斯佩里尼生存的關鍵。茉格跟伊索斯（Ethos）一起前往南方，尋找神祕的里格弗。

我就先講到這裡，不過要是你想多知道一點就告訴我一聲吧。

今天我寄電子郵件給你，是因為我很有興趣在你那裡舉行一場朗讀會，也想辦個巡迴簽書活動，而我會在二〇一四年九月十九日星期五過去。能夠安排在這個日期嗎？我知道現在以電子郵件敲定這個日期可能太晚了，所以請告知我最適合您的時候。前提是你願意照顧像我這樣的無名做家【原文如此】。

我會自己帶朗讀會結束後要簽的書，當然，若您想要購買，我會替您準備一些，可以折扣或退貨，以較低定價折三十五%給您。我在亞馬遜的Createspace賣四點九九英鎊，在feedaread網站則是賣五點九九英鎊；因為頁數問題，他們不讓我賣得更便宜些。

期待與您見面，

祝好

刺青異教徒桑迪帶來三根手杖，換了三本書。

總收入324.47英鎊

29位顧客

五月十五日，星期四

線上訂單：2

找到的書：2

今天是個暖和舒適又晴朗的一天。

「觀察家叢書」（Observer's books）文獻目錄《觀察家叢書之觀察家指南》（*Observer's Book of Observer's Books*）的作者來店裡抱怨我們的「觀察家

叢書」庫存不若以往。我大概數了一下，算出我們大約有一百五十種類別。

妮奇今天看店，好讓我開車載安娜到鄧弗里斯搭火車回倫敦。我們中途到蓋特豪斯（Gatehouse）的加洛韋小屋（Galloway Lodge）跟卡蘿安和拉迪（Ruaridh）一起吃午餐。加洛韋小屋是拉迪開的。那是一間大餐廳，而拉迪是我從小就認識的朋友。他對我粗魯無情又毒舌，一直都是這樣。下午四點半到家，發現有位顧客正在向妮奇講述她如何訓練她的貓像人一樣上廁所，甚至還會沖馬桶。妮奇露出了混合著輕蔑與入迷的微妙表情。

總收入75.50英鎊

9位顧客

五月十六日，星期五

線上訂單：3

找到的書：2

今天又是陽光普照的美好日子。又是妮奇來上班。

吃完午餐，我開車到格拉斯哥去看那位顧客上週提及的海洋史藏書。天氣溫暖晴朗，屋子則坐落在格拉斯哥西區一條漂亮的喬治王朝風格大街上。自稱為大衛（David）的他在門口招呼我，帶我進入二樓令人讚嘆的客廳，在那裡，春日的陽光透過窗戶照亮了整個空間。地上有大約二十箱書，書脊向上。我翻看時，大衛告訴我他死去的叔叔在戰爭期間是位海軍軍官，這些是他一輩子累積下來的藏書。他還說他跟妻子是在幾年前買下格拉斯哥這間房子，當時他得到了一份他所謂「如果拒絕會不禮貌」的工作。我挑出藏書中最好的貨，寫了張七百英鎊的支票給他。

離開後，我覺得應該趁著在格拉斯哥的時間買雙新鞋，於是把車停在米契爾街（Mitchell Street）的立體停車場，然後去弗雷澤百貨（House of Fraser）。我發現我的車跟停車場的限高差不多。我（帶著一雙新的粗皮鞋）離開時，原本應該是設計給小型車用的柵欄舉了起來，但在我整部車通過之前就降下，有一道鏈條卡在車子後門上，結果整根柵欄都被扯下。幸好，上A77公路之前，它在車子開到牙買加街（Jamaica Street）半途中掉了。

在我買下書店的二〇〇一年十一月，有個老人在店裡的海洋史區翻閱書籍。他來到櫃檯問：「你什麼時候要生火？」困惑的我問他是什麼意思。他回答：「燒你的書啊。我從來沒看過這種垃圾。它們唯一的用處就是拿來生火。」這是我第一次遇到這麼無禮的顧客，當時我還因為對書店、庫存以及自己做的事充滿不安全感而痛苦不堪。幸好，另一位顧客目睹了這件事，也感受到我的不安，於是挺身而出，說：「其實我在其他書店從沒看過這麼棒的海洋史書區。如果你不喜歡，那你就離開吧。」他離開了。

總收入127英鎊
11位顧客

五月十七日，星期六

線上訂單：3
找到的書：3

在隔壁開店的費歐娜（Fiona）今天早上進來店裡，有點慌張地告訴我，在這週末舉辦的美食節有現場烹飪示範，而他們需要一座大帳篷。我有一組彈出式遮陽篷，是去年夏天為了在花園辦一場活動買的。

妮奇跟我檢查了去年四月加入隨機閱讀俱樂部，但在收到提醒後尚未續訂的會員清單。俱樂部的人數又變少了，下降到一百三十七位會員。確認哪些會員還在，哪些不在之後，我們就開始包裝這個月的書並處理郵資。

臭凱利正好在妮奇去午休時出現。我猜她的鼻子現在已經訓練到能夠提前聞出Brut 33古龍水的氣味，讓她有足夠的時間預警，在他抵達之前逃離。他發現她不在後很失望，只好勉強跟我聊了一下。原來他下個星期要去醫院接受臀部手術。

一位北愛爾蘭顧客（穿藍色背心的老人）拿著兩本書到櫃檯問：「你可以算我多少？」總價是四點五英鎊，所以我告訴他沒辦法給他折扣，因為這都已經比亞馬遜寄書的郵資還便宜了。他不甘願地接受，咕噥著說：「好吧，希望我下次來的時候你還在這裡。」從他的語氣，我不太確定他意思是指我拒絕給四點五英鎊打折會讓顧客大批流失，再也不回來而導致倒閉，或是他真心希望書店能夠撐過這些困難的時刻。

今天其中一筆訂單是本傳記，叫《E・D・莫瑞爾：其人其作》（*E. D. Morel: The Man and His Work*）。作者是F・西摩・考克斯（F. Seymour Cocks）。

總收入119英鎊
19位顧客

五月十九日，星期一

線上訂單：5
找到的書：5

上午十點，一位顧客進來問我們有沒有關於蘇格蘭姓氏的書，於是我指引他去看布雷克（Black）的《蘇格蘭姓氏》（*Surnames of Scotland*）。他看了一下，就告訴我這「太廣泛了」。他一離開，店裡就沒有人，於是我去郵局問威爾瑪晚點能不能派郵差過來。壞脾氣的北愛爾蘭人威廉完全不理會我說：「早安啊，威廉。是不是很棒的一天呢？」

我回到書店時，有對年輕夫婦帶著兩箱書在櫃檯等，裡面全都是完好如新的現代小說。他們剛結婚，要搬進他們的第一間公寓，彼此達成協議把各自的書處理掉一半。這種情況令人覺得可愛又老派。我給了他們四十五英鎊買下書。

有位顧客拿了幾本書到櫃檯，包括伯恩斯的基爾馬諾克版詩集，是非常破舊的複製本。總價是十四點五英鎊——他沒殺價。我問他要不要袋子，結果他回答「大概吧」。我很確定店裡是第一次有人說出這種答案。

郵差在接近下午五點時抵達，收走了五袋隨機閱讀俱樂部的書。

總收入110.99英鎊
15位顧客

五月二十日，星期二

線上訂單：5
找到的書：5

又是溫暖和煦的一天，妮奇在店裡，於是下午我跟卡倫去大約八哩外的基洛特里森林（Kirroughtree Forest）自行車道騎車。我們兩個都順利完成了紅色環道，不像幾年前剛開始那幾次還會發生意外。前面十幾次，我們其中一個人最後都會撞上樹，要不就是誤判轉彎處，結果一頭摔進水溝裡。

總收入217.50英鎊
16位顧客

五月二十一日，星期三

線上訂單：6
找到的書：5

今天所有訂單都來自亞馬遜，其中一筆是派翠西亞・溫渥斯（Patricia Wentworth）的初版作品，應該要賣五十英鎊，結果才賣四英鎊。會有這樣的差異，是因為「季風」附的比價軟體被設定成比對亞馬遜網站上的最低價。我們刊登這本書時是最便宜的價格，可是後來卻為了要跟我們削價競爭的另一本書相比而降價。偶爾會有人為了搶便宜，造假刊登販賣昂貴的書，但卻是低到荒謬的價格。接著他們會等比價軟體運作，讓真正要賣的書降到他們假造的售價。他們會買下書，然後移除假的刊登內容。

有位買了一本佩皮斯（Pepys）日記的顧客看到櫃檯前方的愛因斯坦語錄（「只有兩種東西是無限的，也就是宇宙和人類的愚蠢，而我對前者並不確定」），然後問：「那真的是愛因斯坦講的嗎？」看來這句話很有爭議，許多人都不認為是他說的。

下班後我坐在花園，看著燕子跟毛腳燕俯衝和繞圈。

總收入309英鎊
15位顧客

五月二十二日，星期四

線上訂單：4
找到的書：4

今天第一位顧客是個澳洲女人，她無法發出字母T的音，所以我搞不清楚她要找「諾迪的書」（Noddy books）還是「黃色書刊」（naughty books）。結果，在我指引她到情色文學區之後，才發現她是想找伊妮德．布萊頓（Enid Blyton）的書。

有個奇怪的現象：顧客第一次來到店裡時，幾乎都會走得很慢，彷彿在預期某個人告訴他們進入了禁區，而且他們停步的地方總是門口。當然，這會讓他們後方的人惱怒至極，而由於那個人通常是我，所以我永遠都處於惱怒的狀態。人類學家堅稱人在進入新的空間時，本能反應是停下來留意四周是否有潛在的危險，不過除了一位脾氣被擋住門口的人磨到瀕臨暴力邊緣的惱怒書商之外，書店裡到底潛伏著什麼危險還是個謎團。

兩位顧客問書螺旋是怎麼回事。書螺旋是兩道用書以螺旋形堆疊成的大型柱狀體，再塗上一層玻璃纖維樹脂。書店正面的兩側各有一座。去年有某個小孩想放火燒其中一座——沒有成功，因為最後樹脂裂開，滲進了雨水。我已經請諾里用混凝土再製作一對，要在九月的圖書節擺出來。

總收入324.49英鎊
20位顧客

五月二十三日，星期五

線上訂單：5
找到的書：4

今天很陰冷，一點也不像春天。大氣狀況影響了店裡調整到英國廣播公司第三台（BBC Radio 3）的收音機。如果空氣潮濕，它就收不到訊號。今天它大部分時間都完全無聲，偶爾才會突然出現幾秒的馬勒（Mahler）或蕭斯塔可維奇（Shostakovich）。

今天上午又有一群七十幾歲、穿著彈性纖維服裝的自行車騎士入侵店裡，多數人都買了一兩本書，還大力誇讚書店跟店裡的書。

他們離開後，有位顧客拿了一本書到櫃檯，指著四十英鎊的標價說：「這是什麼價格？不可能是四十英鎊吧。」我說對，這本書是四十英鎊。他把書丟在櫃檯，結果彈了一下掉到地上，撞壞了一角。他看著書幾秒鐘，然後就一言不發離開了。

今天賣出的書大部分都是我幾週前在格拉斯哥買下的鐵道書籍。我猜想是不是鐵道迷的圈子裡傳出消息說那批藏書到了這裡。去年我在斯特蘭拉爾買的一批鳥類學藏書也發生過相同情況。好幾個星期都有鳥友來店裡，而我才幾天就回本了。

總收入281.99英鎊
18位顧客

五月二十四日，星期六

線上訂單：4
找到的書：4

整天都晴朗暖和。妮奇當班。她在eBay上一口氣買了一千枝筆。儘管我已經有一盒品質好上許多的筆，她還是堅持要把那些難看的紅色小筆帶來店裡。目前大概有十幾枝筆散落在室內各處。我一直把它們收進容器，可是她會再拿出來重新放到店裡各個地方。

我拿郵袋去給威爾瑪時，向威廉道了早安，還提起了溫暖和煦的天氣。他回答：「是啊，過不久就會下雨了。」

上午十一點在樓上客廳有一場關於加拿大詩人羅伯特・塞維斯（Robert Service）的演講，講者是泰德・考恩（Ted Cowan）教授。泰德大部分的演講都會吸引很多人，這次也是。演講開始不久後，兩個穿著西裝非常體面的年輕人進來店裡，操著美國口音問我們有沒有《摩門經》（*The Book of Mormon*）。我仔細看，發現他們都別著黑色名牌，上面印的是「耶穌基督後期聖徒教會」（Church of Jesus Christ of Latter-Day Saints）。妮奇很明顯對他們露出懷疑的表情，就像我們的貓看到狗進入店裡那樣。他們一走到聽不見的範圍外，她就說：「我不喜歡那種人。他們的想法非常奇怪。」

總收入420.20英鎊
34位顧客

五月二十六日，星期一

線上訂單：6
找到的書：5

上午九點〇五分，有位顧客進來想賣一箱基督教科學會（Christian Science）的書。他跟我說很多成員已經從中免費拿走了一些書。他竟然一邊告訴我這些，一邊還想把書賣給我。連基督教科學會成員都不想拿關於基督教科學會的免費書，我當然不會花錢買下，尤其是上面還沾滿了貓毛。

稍晚，我問一位顧客要不要袋子，他回答：「太想要了。」

過去幾天，從格拉斯哥收來的那批書已經賣了大約四百英鎊。在我上星期賣出的所有書當中，那些差不多就占了一半。

總收入408.88英鎊
46位顧客

五月二十七日，星期二

線上訂單：3
找到的書：3

有位顧客在我們的新書區看Birlinn出版社重印巴納德（Barnard）的《英國威士忌釀酒廠》（*The Whisky Distilleries of the United Kingdom*），那時我剛好經過要去擺放新的書，聽見他小聲對朋友說「亞馬遜比較便宜」。他連等我走遠再講的禮貌也沒有。

總收入426.50英鎊
21位顧客

五月二十八日，星期三

線上訂單：7

午餐過後，阿拉斯泰爾．里德和萊絲莉．里德（Leslie Reid）打電話來寒暄。他們住在紐約，每一年都會到加洛韋待幾個月享受春天。阿拉斯泰爾出生於附近的惠特霍恩，是蘇格蘭教會的一位牧師之子。他是個極有天分的作家，已經八十幾歲了。他是位詩人，也替《紐約客》（*The New Yorker*）寫文章。近年來，他開始重視自己在加洛韋的出身，把那形容為「冷峻的起源」；每年春天他跟萊絲莉都會返回此地，而童年好友的溫暖擁抱，以及春天那些熟悉氣息與聲響所勾起的回憶，會帶他回到因為旅遊癖發作而周遊世界之前的時光。他把聶魯達（Neruda）和波赫士（Borges）的詩引進了歐洲。儘管他的根在這裡（或許也正因如此），他卻毫不掩飾自己對蘇格蘭生活中某些方面的厭惡。他在《行蹤》（*Whereabouts*）一書的引言寫道：「〈挖掘蘇格蘭〉（Digging up Scotland）與〈難以忘懷〉（Hauntings）這兩個作品代表我逐漸接受了自己冷峻的起源，但即使我難以忘懷某些蘇格蘭的景觀與天氣，卻永遠無法習慣那裡人們謹慎提防的風氣。」

那些文字是在一九八七年寫的，而我猜想他會每年造訪這裡，或許就表示現在他確實習慣了蘇格蘭人的風氣。春天最快樂的事情莫過於見到他們兩人，請他們吃晚餐，一起喝威士忌，還有在這段期間裡至少讓他們回請一次。能夠認識萊絲莉和阿拉斯泰爾真是莫大的殊榮。他一直過著最逍遙自在的生活，而他喜歡說這根源於他在惠特霍恩第一次看到愛爾蘭旅人經過牧師住宅。他問父親他們要去哪裡，他的父親回答：「他們不知道。」這激發了阿拉斯泰爾的想像力，我也猜想這輩子如果有人問他要去哪裡，他的回答一定會是「我不知道」。

總收入192英鎊
19位顧客

五月二十九日，星期四

線上訂單：5
找到的書：5

一位顧客在上午九點十五分出現，身穿一件釣魚背心，留著過度照料的鬍鬚，他靠在櫃檯上，傲慢自負地問我們有沒有關於「大博奕」（The Great Game）的書區，彷彿他就是印度的克萊武（Clive）。

有對老夫妻買了一本關於蘇格蘭音樂的書，在結帳時說他們找到一本史蒂夫・史密斯（Stevie Smith）的精裝版詩集，在一九七〇年出版時售價是一英鎊。他們很訝異這本書我賣「多少」，答案是六英鎊。這種情況發生時，我常會解釋不是所有東西越老就越不值錢，而且價值都是相對的。如果那本書今天再發行，售價可能至少要十二英鎊。約翰・卡特（我就是在二〇〇一年向他買下書店）碰到顧客指控他把兩先令六便士的書賣到一英鎊是牟取暴利時，他通常會回答：「如果你拿得出兩先令六便士，那就賣你兩先令六便士。」我接下生意時，約翰對我非常好，一開始還陪著我處理了幾次購書交易，在我正式接收書店前還花了一個月時間教我各種訣竅。他給我的其中一項寶貴建議：「我的座右銘跟羅馬軍隊一樣都是SPQR——薄利多銷（small profit, quick return）。」

下午三點十五分，四個身材魁梧的美國人進來找「老《聖經》」，於是我帶他們看了許多時期的版本，最早可追溯到一六四四年。他們什麼都沒買，而且每個人都堅持稱呼我「先生」。

總收入271.49英鎊
13位顧客

五月三十日，星期五

線上訂單：3
找到的書：3

平靜無事的一天。大部分時間都在看書。

總收入114.98英鎊
12位顧客

五月三十一日，星期六

線上訂單：3
找到的書：3

店裡又過了平靜的一天。古董書區的一些書重新標價了，包括湯瑪斯・裴南特（Thomas Pennant）的《一七六九年蘇格蘭遊記》（*A Tour in Scotland*）第三版（一七七四年）。遊歷蘇格蘭的書籍在十八世紀中期似乎很流行，通常還有插圖。

最著名的遊記大概是詹姆斯・鮑斯威爾（James Boswell）和山謬・強森（Samuel Johnson）在一七八五年到赫布里底群島（Hebrides）的旅行——主要原因是作者及其旅伴早已聲名遠播。他們在旅途中帶了一本馬丁・馬丁（Martin Martin）的《蘇格蘭西部群島記述》（*A Description of the Western Islands of Scotland*，一七〇三年），強森還對內容加以批評（他的典型作風）。裴南特的這本書來自艾爾郡的一棟大房子，裡面有間很棒的圖書室收藏著這類好東西。丹尼爾・狄福（Daniel Defoe）在裴南特和鮑斯威爾之前就寫了《大不列顛全島環遊記》（*A Tour Through the Whole Island of Great Britain*，一七二四—一七二六年），而目前古董書區裡其他的蘇格蘭遊記還有加內特（Garnett）的《蘇格蘭高地與西部群島遊歷考察》（*Observations on a Tour Through the Highlands and Western Islands of Scotland*，一八一一年），內附地圖與精美的銅版插圖，而坎貝爾（Campbell）的《從愛丁堡到北不列顛部分地區》（*A Journey from Edinburgh to Parts of North Britain*，一八〇二年）同樣也有細膩的銅版插圖。這類作品敘述風土並搭配當代插圖，以最精確的方式形容了那段時期的生活，所以它們不只是漂亮的書，而是無價的社會歷史記錄。在一批藏書中找到這樣的東西總是一大樂事。

卡倫跟我約好下班後去騎自行車，下午五點整出發，於是我迅速準備打烊，四點五十五分就開始鎖門。我告訴店裡唯一的顧客——在蘇格蘭室的一個女人——說我要關門去參加一項重要的會議。她不甘願地拖著腳步走到前廳，然後開始看起烹飪書。正當我（再次）提起我的重要會議並試圖引導她往門口去，卡倫就緩步進來了，他一身自行車服，拿著打氣筒，大聲說：「喲，你準備好去騎車了嗎？」女人在一連串的嘖嘖聲中離開了。

總收入179.48英鎊

24位顧客

六月

六月

街上總有一堆不算太嚴重的瘋子，而他們很容易被吸引到書店，因為書店是少數可以待很久又完全不必花錢的地方。最後你會能夠一眼就認出這種人。他們說大話時，總給人一種落伍又無所事事的感覺。

——喬治．歐威爾，《書店記憶》

現今的情況跟歐威爾那個時候有點不太一樣了。或許國民保健署（National Health Service）已經照顧到當時在書店糾纏著他日常生活那些「不算太嚴重的瘋子」，又或許是他們找到了其他同樣省錢的方式來轉移注意力。雖然我們有一兩位還算符合描述的常客，不過現在更普遍的情況是顧客會在店裡待個短短幾分鐘，在兩手空空離開時說：「這間店可以讓人待上一整天呢。」要不就是某對年輕夫妻非得在最容易擋到人的地方停放他們那部巨大又發出尖叫聲的裝甲嬰兒車，自己則筋疲力盡坐在柴爐旁的扶手椅上。現在，如果顧客露出那種「無所事事」的表情，你幾乎可以確定那是因為他們在等藥師（隔壁第三間）配好處方藥，或是等威格頓的修車廠打電話來通知已經完成驗車並且可以取車了。

六月一日，星期日

雖然亞馬遜看似讓顧客受惠，但在看不見的地方卻有許多人受苦，這都拜它對賣家設下的苛刻條件所賜——過去十年裡，作家會看到自己的收入直線下降，出版社也是，這表示他們再也不會冒險為沒沒無聞的作家出書，而且現在也沒有經紀人了。就算不是削價競爭，亞馬遜似乎也很重視比對價格，以至於某些銷售看起來根本不可能賺到錢。受到壓榨的不只是獨立書店，更包括出版社、作家，最終則是創意。悲慘的事實是，除非作家和出版社聯合起來堅決對抗亞馬遜，否則整個產業將會受到重創。在今天的《星期日泰晤士報》（*Sunday Times*）就有亞曼達・佛曼（Amanda Foreman）一篇寫得很好的文章。

六月二日，星期一

線上訂單：3
找到的書：3

洛莉（Laurie）回店裡上班的第一天。不出所料，「季風」出了一大堆問題。洛莉是愛丁堡納皮爾大學（Napier University）的學生，但她厭惡那個地方，也毫不掩飾自己的輕蔑之意。過去幾個夏天她都會來店裡工作。今年夏天我也僱了她，這大概是最後一次，之後她就要進入醜陋的世界去尋找一份真正的工作了。

自從十三年前買下書店以來，這是我第一次不得不關掉收音機，沒有選擇的餘地。羅伯·考恩（Rob Cowan）在第三台的節目《古典樂之必要》（*Essential Classics*）本週請到的來賓是泰瑞·魏特（Terry Waite）。

經常跟我就公眾議題交換意見的崔西在午休時間過來，正好有位顧客也到了櫃檯。那位顧客把一本書放在櫃檯上。我拿起書查看價格時，發現我們貼在第一頁的標價旁邊有用鉛筆寫著「59p」的舊字跡。在隨後對於正確價格的爭論中，我看見崔西正努力憋住不笑出來。顧客不甘願地接受了價格，說：「我只是想花掉一些零錢而已。」這時崔西終於克制不了，開始歇斯底里大笑起來。顧客花了五分鐘才算好零錢，全都是兩便士和一便士的硬幣。

總收入330.49英鎊
16位顧客

六月三日，星期二

線上訂單：2
找到的書：2

晚了五分鐘開店，因為鑰匙卡住了。今天第一位顧客帶了兩本萊德．海格德的初版作品到櫃檯，各是八點五英鎊。在我想著「那些書售價實在太低了」的同時，他問：「你可以算十三英鎊就好嗎？」我絲毫不肯砍價，而他回答：「哎呀，總得問問嘛，是吧？」於是我告訴他，不，不一定要問。

下班後，我去阿拉斯泰爾和萊絲莉在加里斯頓（Garlieston）向芬恩（Finn）與艾拉（Ella）租的小屋吃晚餐。阿拉斯泰爾說起他第一次前往美國的事，當時他是經由倫敦過去的。他剛從聖安德魯斯大學畢業，那裡有位講師把一位朋友的電話給了他，對方在倫敦，名叫湯姆（Tom）。阿拉斯泰爾準時抵達倫敦，打電話給「湯姆」問對方能不能讓他過夜。「湯姆」原來是T．S．艾略特（T. S. Eliot）。另一位也來吃晚餐的朋友史都華．韓德森（Stewart Henderson）問：「他聞起來像什麼？」阿拉斯泰爾不假思索回答：「像發霉的講道壇，那一定就是他想散發的氣味。」

史都華是位詩人，在廣播第四台上有節目，包括《每週精選》（*Pick of the Week*）。後來我問他為何想提出那個問題。他回答說有一次他在採訪英國銅管樂團的最後一位在世者，那個樂團在第二次世界大戰前曾應希特勒要求，為他辦了一場私人音樂會。受訪者是個老女人，顯然不明白史都華想要她回答的不僅只有「是／否」。最後，他絕望地問她：「希特勒聞起來像什麼？」結果她完全打開話匣子，給了他所有想要的材料。

總收入125.38英鎊
19位顧客

六月四日，星期三

線上訂單：3
找到的書：3

今天店裡意外地平靜，讓我有機會整理一些永遠雜亂堆疊在店裡的幾箱新庫存，把其中一些標價並上架。店裡會一直進新的貨，所以要保持整齊有序簡直像是在戰鬥，尤其現在我們還得上網查看價格，藉此判斷一本書值不值得刊登。這大幅拖延了整個過程。

今天最精采的部分無疑是我母親出現了，她興奮地抓著我至少在六年前買的一本書，當時我常把新買的貨存放在父母家的小屋。我以為我已經全部清空了，可是她找到一個箱子，翻查之後發現一本葉慈（W. B. Yeats）的《迴旋梯》（*The Winding Stair*），是有簽名的限量版本。這個版本只有六百四十二本，其中六百本有葉慈簽名。我母親並不是喜歡讀書的人，很少看她這麼雀躍，但重點不在於書的價值——而是她拿著的書，也曾經握在某人手裡，那個人來自她的出生地，是該世代中最出名的詩人。今天剩下的時間，我都在納悶自己到底怎麼會買了這本書卻忽略掉，也試圖回想它一開始是打哪來的。

總收入157.48英鎊
20位顧客

六月五日，星期四

線上訂單：2
找到的書：2

大約是上午十點，妮奇跟我正在閒聊借東西給別人的風險時，有位顧客打斷了談話，問我們有沒有「休息室」。面面相覷一陣子後，妮奇打破了沉默說：「如果你要休息，壁爐旁邊有個舒服的位子。」像這種時候，妮奇的價值真是不可計量。

臭凱利出現，一如往常渾身都是Brut 33古龍水味。他現在拄著一根手杖，但向我保證說他很快就會身強體壯。他鍥而不捨追求妮奇的事實在太勵志了，尤其是她從未給過他任何正面反應，也好幾次當面直接告訴他不感興趣。

開車到格拉斯哥，向住在拜爾斯頓（Bearsden）的一對退休夫妻買了十五箱書。

總收入115.50英鎊
10位顧客

六月六日，星期五

線上訂單：2
找到的書：2

妮奇昨天多上了一天班，今天有洛莉代班，於是我去盧斯灣釣魚。雖然什麼也沒釣到，不過能暫時離開書店休息一下很值得。艾略特寄電子郵件說「書店樂團」（The Bookshop Band）這個週末要過來，正在找表演的場地，另外還有他能不能到這住幾天。我答覆說我很樂意在星期日為他們開店，以及我當然也很歡迎他來住。

總收入109.49英鎊
7位顧客

六月七日，星期六

線上訂單：2
找到的書：2

洛莉看店，今天舒適又晴朗。

她的第一位顧客是個威爾斯女人，對方來這裡度假，帶了十箱關於蘇格蘭的書想賣掉。她丈夫從車上把書搬進來。其中一些滿有趣的——大約占總數的百分之二十——可是書況全都很糟。在我查看前三箱書的時候，女人在她清單上把我拿走的書做了註記。這一定代表有人替他們的書估了過高的價格，每次都是這樣。她偶爾會拿起一本書，咕噥著說「噢對，那非常稀有」，要不就是「值錢」或「初版」，好像這樣就能影響我給她的出價。等她不再說話時，我向她出了六十英鎊要買下大約二十本書。她立刻回答：「噢不。噢不不不不不。」於是我馬上離開，去泡了一杯茶。五分鐘後我回來，她和她那位不堪其擾的先生帶著書消失了。

艾略特下午四點鐘抵達，跟往常一樣毫不拘束，這表示他把小皮箱裡的東西丟得屋裡到處都是。

總收入128英鎊
20位顧客

六月八日，星期日

我在下午兩點開店，「書店樂團」正好抵達。他們設置器材，下午三點半開始演出。他們很棒。「書店樂團」的成員有班（Ben）、貝絲（Beth）、波比（Poppy）。他們正在蘇格蘭和英國北部巡迴，而艾略特說服了他們來威格頓這間書店表演。他們帶了一位叫約翰（John）的朋友幫忙處理器材。他們的獨特賣點是主要在書店演出，而且所有的歌曲都以他們讀過的書為依據。店裡滿是來看他們表演的人：卡倫也帶了他的孩子過來。晚上吃完飯，大家開始喝酒，他們又拿出了樂器，唱起民歌（約翰的專長）。我們又喝又唱到凌晨三點。

六月九日，星期一

線上訂單：3
找到的書：2

帶著可怕的宿醉起來開店。

今天Facebook有一則來自黑粉保羅（Paul）的訊息：「我們以前爭論過，在你自以為是對我解釋你的網站是要描寫日常之前，要記住網際網路涵蓋的範圍很廣，所以你對自己生意造成的壞處可能比好處多。例如我因為你在Facebook上的可悲貼文還有過度膨脹的自信與態度，從幾年前起就不再去你的店了。我真的覺得你應該停手，因為在背後說顧客壞話很明顯是非常幼稚的作法。長大一點，去找個比大放厥詞更有幫助的嗜好吧。」

晚上我跟艾略特和納塔莉・麥羅伊（Natalie McIlroy）去喝酒，後者是今年圖書節的其中一位駐場藝術家。納塔莉的計畫是找到三十一棵本地產的加洛韋蘋果樹，在廣場上一棟空建築裡造一座室內果園。她會在圖書節結束時以對獎的方式賣出那些樹。我的花園裡已經有一棵。樹上結的果實還真大。今年有三位駐場藝術家——納塔莉、在紡織品上作畫的女人安努帕・加納德（Anupa

Gardner），以及艾絲翠・潔可（Astrid Jaekel），她去年替鎮公所窗玻璃加上了超棒的剪影藝術。今年艾絲翠要用夾板製作人形立牌，放在每一間店門口前。艾絲翠是德國人，不過是在愛爾蘭鄉下長大，後來才搬回德國。她有一種非常奇特的混合口音。

在上週從格拉斯哥買回來的書當中，有一套蘇格蘭登山俱樂部（Scottish Mountaineering Club）的雜誌，事後想想，我應該把它們留在那裡才對。它們幾乎賣不出去，而且蘇格蘭登山書籍區的架子上也塞滿了這類東西。

總收入294英鎊
17位顧客

六月十日，星期二

線上訂單：3
找到的書：2

今天洛莉上班，我大部分時間都在花園，所以在她十二點半午休期間才有唯一一次跟顧客的互動。顧客問：「你們有沒有關於本區歷史的小冊子？」我回答：「沒有，可是我們在蘇格蘭室有很多關於本地歷史的書。歡迎你過去看看。」顧客開始移動——是往門口的方向——還一邊說：「噢不，我們不要書。我們只對免費的小冊子有興趣。」

書店後方的花園很狹長（長五十公尺寬七公尺），在這棟屋子的全盛期（喬治王朝時代晚期）應該是一座菜園。因此這裡施滿了石灰，不利於杜鵑花、木蘭、映山紅和其他杜鵑科植物，這些都是我喜歡種的。園裡有一株看起來很茁壯的山茶，會在四月開花，不過花朵幾天內會變成褐色，很快就謝掉了。

我買下這個地方時，花園裡主要都是岩石造景和矮針葉樹，但這些年來我已經全部改種，所以在春天會迸發出各種色彩與香氣，有梔子花、芳香的鐵線蓮、紫藤、莢蒾、月桂、各種地被植物、原生的樹木與灌木。藉由花盆和杜鵑科的堆肥，我甚至還種了映山紅跟杜鵑。這裡是我最喜歡的地方，而每年這個時節，白天長而溫暖，晚上獨自坐在這裡真是無比的享受。蝙蝠會在黃昏出現，到時拿著一杯威士忌，坐在長椅上看牠們輕快飛過，在漸暗的天光下劃出輪廓，那也是一大樂趣。有一次，一隻蝙蝠在追獵物時太靠近我，在突然轉向離開時還讓我臉上感到了翅膀拍動的微風。老一輩的加洛韋人稱牠們為「飛鼠」，或許喜歡輕歌劇的人能夠理解。

總收入184.89英鎊
19位顧客

六月十一日，星期三

線上訂單：2
找到的書：2

今天是洛莉來上班。

她去午休時，有位顧客開始翻起一箱還沒標價的書，找到一本企鵝版的《三腳樹時代》（*The Day of the Triffids*），上面用鉛筆寫著十二便士的價格（可能是來自一九七〇年代的慈善商店）。我告訴她我們的售價是一點五英鎊，結果她認為這很令人「憤慨」，如果是這樣，她就「不如從圖書館借」。

我覺得「憤慨」可能就是她的出廠預設值。

午餐過後，我開車到鄧弗里斯，在下午四點半從火車站接了安娜。五點四十五分到家。

燕子的蛋全都孵化了：一個巢裡有三隻，另一個巢有四隻。希望船長不會殲滅牠們。

總收入127.50英鎊
15位顧客

六月十二日，星期四

線上訂單：6
找到的書：5

又是洛莉當班。今天舒適晴朗，安娜顯然很高興能遠離倫敦回到加洛韋。父親在開店不久後打電話來，問我要不要去釣魚，所以早上大部分時間我都跟他搭著船，在艾爾利格湖（Elrig Loch）釣鱒魚。我們釣到了六、七條野生褐鱒。艾爾利格湖距離威格頓大約六哩。蓋文・麥斯威爾（Gavin Maxwell）就在附近度過童年，也在《艾爾利格之屋》（*The House of Elrig*）中寫過那裡。那棟屋子現在是姓科納（Korner）一家人所有，他們在一九三〇年代離開歐洲，當時納粹的威脅正開始要變得嚴重。一九三八年，第二次世界大戰期間，「墮落」的奧地利藝術家奧斯卡・柯克西卡（Oskar Kokoschka）逃到歐洲，後來他們收留了他。當地有許多傳聞說柯克西卡把裝好框的素描送給對他好的本地農夫和其他人，那些人卻無法理解這位在現代藝術方面的天才，於是客氣地收下東西，把素描丟進字紙簍，再將照片放進框裡。

父親跟我常一起釣魚，在暖和的日子裡沿著艾爾利格湖岸漂流，水面上掀起漂亮的漣漪，真是快活極了。水量足夠時，我們會到附近的盧斯河釣鮭魚，而我很小的時候就跟著他到那條河釣魚了。我們都會這個季節的天氣很敏感：如果夠溫暖就去艾爾利格湖，而當天空有雲遮蔽（不會太亮）又吹著舒服的微風，我們會到船庫碰面，然後去釣鱒魚。如果有足夠的雨讓盧斯河水位上漲超過一呎，我們就會改到河岸碰面，然後去釣鮭魚。要是兩邊的情況都適合，那麼河一定優先於湖。

父親第一次帶我去釣魚是我兩歲時，我也是在那個年紀第一次釣到鱒魚。

事後想想，釣到那條魚的當然是父親，不過捲線的是我，而在那一刻，我上鉤了，就跟那條鱒魚一樣。小時候——四、五歲大——我會堅持跟他去河上。他是個對釣鮭魚很有熱情的人，並不想讓我這個小男孩煩擾分心。於是他把原本屬於他父親的一根破舊鱒魚竿給我，先拿打包機的一段綑繩綁在樹上，然後走到跟水邊有一段距離的地方，用繩子另一端綁住我腰間。這樣他就能夠到每個水池釣魚，同時確認我在夠近的安全範圍內，而我也可以在不會掉進水裡的情況下胡亂揮動釣竿——但我完全相信自己能釣到東西。

午餐過後回到店裡，談了今天最大一筆交易：喬治王朝時代的紅木便器椅。我大約十年前在鄧弗里斯的拍賣會以八十英鎊買下它，拿來當成美化環境的花盆，裝進一株大部分時間都擺在客廳的波士頓腎蕨。最後我決定要處理掉它。我不記得原因了。也許是我買了看起來沒那麼像馬桶的東西來裝波士頓腎蕨。有位美女很喜歡它，而我們以二百英鎊賣給了她。妮奇總愛拿它來嘲弄我，還確信它永遠賣不出去，這下證明她錯了，她一定會抓狂的。

總收入342.49英鎊

15位顧客

六月十三日，星期五

線上訂單：2
找到的書：2

今天妮奇跟洛莉都在店裡。

妮奇進來時，盯著便器椅原本的位置看：「那個醜死的東西在哪？可別告訴我有個白痴買走了。哎呀不可能，才不會有人那麼蠢。」

有個戴貝雷帽長得像雪貂的男人到櫃檯說：「只是想提一下，你們在鐵道書籍區放了一本《心靈勇者》（*The Railway Man*）。那並不是關於鐵路的，你們應該把它擺到別的區。」

不。我應該拿那本書揍你才對。有一種顧客很喜歡指出某本書放錯區了，好像要表現出比你懂更多書的樣子。如果某本書擺錯區了，那大多是因為顧客而不是店員放的。

在星期四從格拉斯哥帶回來的書中，有一本《書商約翰・巴斯特私想錄》（*The Intimate Thoughts of John Baxter, Bookseller*），一九四二年出版。很多次在替買回來的書標價時，我會忍不住去翻閱其中一些，而這本看起來又跟我特別有關，於是我把它放到一旁，在打烊後開始讀。

總收入164.50英鎊
15位顧客

六月十四日，星期六

線上訂單：3
找到的書：3

妮奇當班。開車到鄧凱爾德（Dunkeld）去慶祝一位朋友的五十歲生日。

總收入188.28英鎊
26位顧客

六月十六日，星期一

線上訂單：1
找到的書：1

今天是洛莉上班。

安娜和我從鄧凱爾德開車去斯圖爾特・凱利位於邊區（Borders）的家載書，然後跟他一起到愛丁堡的夏宮（Summerhall）度過下午。斯圖爾特是位作家、記者、文學評論家以及前布克獎（Booker Prize）評審。評審的身分讓他每天都會收到出版社給的幾十本書，希望能得到他的評論。他會把這些書堆起來，等到數量夠多，我就可以開車到他家載。他是圖書節的常客，是卓越的知識分子，也是一位很好的朋友。夏宮原本隸屬於皇家迪克獸醫學院（Royal Dick School of Veterinary Studies），俗稱「迪克獸醫」，是愛丁堡大學（Edinburgh University）的獸醫學院。他的一位愛爾蘭慈善家朋友買下了夏宮，而現在那裡充滿了藝術家與創意人才。在那裡漫遊時，我想起了我爺爺，一九三〇年代他就是在同樣的那些建築裡取得了博士學位。

我請洛莉在我們離開時把當天顧客問他的一些事記下來。她的筆記寫著：

「為什麼威格頓要叫威格頓？」
「為什麼威格頓是書城？」
「威格頓有幾家書店？」

最後兩個問題在一年裡平均每天會出現兩次。這表示十五年以來，我已經聽過那些問題九千三百六十次。現在我很難再鼓起熱情回答了。或許該是時候開始想一些無腦的新答案了。

我們在下午七點回到威格頓。

總收入114.50英鎊
12位顧客

六月十七日，星期二

線上訂單：2
找到的書：2

又是洛莉當班，天氣一開始看起來不太好，後來就變得溫和晴朗。今天的兩筆訂單都來自AbeBooks，沒有亞馬遜的，這種情況極為罕見。我讓她打包隨機閱讀俱樂部六月要寄出的書。我們的會員數又回到大約一百四十人。她貼好郵票，然後在皇家郵政的網站登記。這個月的郵資費用是二四四點一二英鎊。我已經通知威爾瑪了，她明天會派郵差過來拿五個郵袋。

由於天氣舒適，所以我大部分時間都在花園裡忙。氣溫到下午中段就變得太熱了，於是安娜跟我去了加里斯頓的海灘，到海裡游泳。

我正要關店鎖門時，電話響了。是個本地女人打來的，她有書要賣，大部分都是佛里歐出版社（Folio Society）的書：

「你得來我家看，我不能出門。」

「下星期二可以嗎？」

「只要不是早上就好，護士星期二早上會來替我腿上的傷口換藥。會流汁的瘡，已經好幾年了。那會滲出最噁心的膿液。」

我約好在二十四日下午去拜訪她。

總收入237.49英鎊
17位顧客

六月十八日，星期三

線上訂單：2
找到的書：3

今天兩筆線上訂單都來自亞馬遜，沒有AbeBooks的訂單——跟昨天相反。又是豔陽高照的一天，不過我被困在店裡，因為妮奇和洛莉兩個人都沒空。吉姆．麥克馬斯特（Jim McMaster）上午九點出現，在店裡閒逛了一下。他翻看了從格拉斯哥帶回來的那幾箱書，過去兩週裡我們只整理並上架了其中一些而已。吉姆是來自伯斯郡（Perthshire）的書商。他進入書業時是替海伊鎮的理查．布斯跑腿。跑腿人會買書再賣給書商，通常是應人要求——例如布斯可能會對吉姆說：「我需要五百本關於非洲野生生物的書。」吉姆就會開著車子或廂型車出發，到全國各地的書店搜索便宜貨，直到湊滿五百本書。吉姆對於書籍的知識有如百科全書。我在二〇〇一年剛起步時，他提供了莫大的幫助，每一次來店裡都會給予指點。他是少數還會去其他書商店裡找新貨的書商，有時當我向別人買了大量的書——像是二〇〇八年我向愛丁堡附近古雷恩（Gullane）一戶人家買了一萬兩千本書——吉姆就會過來整理一番，把大批書籍轉手給他在這一行裡的熟人。他在二手書業聲名遠播、深受尊重，而且也受人喜愛。奇怪的是，今天早上我在讀《書商約翰・巴斯特私想錄》時，有一段話令我想起了大衛・麥諾頓，之前我就是從他那裡買到了佛羅倫斯・南丁格爾簽名的書。吉姆和大衛都是老派人物，而巴斯特的文字引起了我的共鳴：

我說這些老傢伙可是書業的支柱。他們如落葉般逐一凋零之後留下的缺口，任何年輕進取的銷售員都無法填補，他們所留下的回憶，則遠比自作聰明的人頭上那股臭髮油味更加芳香，那些人來找我討工作時都帶著自信的語氣，一副要教我怎麼做生意的樣子。

我並不是說吉姆特別老，或是有凋零的危機。

上午十一點電話響起——是狄肯先生打來的：「抱歉通話品質不好。我正在巴塔哥尼亞（Patagonia）。你可以幫我訂一本布魯斯・查特文（Bruce

Chatwin）的《巴塔哥尼亞高原上》（*In Patagonia*）嗎？我下個星期就回去了。」

有位美國女人花了一個鐘頭把童書區架上的書拿下來，再用她的筆電到亞馬遜查價格。她就在我面前這麼做，簡直無恥至極。在我有機會指責她這種行為之前，郵差剛好過來拿隨機閱讀俱樂部的郵袋，等我跟他把東西搬上車時，她已經消失不見了。

店裡整個下午都很安靜，直到四點五十九分，一對中年夫婦閒晃進來，男人自己哼著什麼，聽起來很討厭。兩個人直接去看斯圖爾特・凱利那幾箱還沒標價的新貨，把書拿出來堆得地上到處都是。他們五點十分離開，東西都沒放回去，也什麼都沒買，還大聲抱怨書店應該開到七點才對。顧客會被裝著新貨的箱子吸引，就像飛蛾撲火。

任何書商都會告訴你，就算在架上整齊擺放好十萬本書，還把店裡設置得明亮溫暖，只要你把一箱沒打開的書放在某個陰冷昏暗的角落，沒過多久就會有顧客去翻找了。一箱未經整理與標價的書，吸引力簡直大得驚人。想撿便宜顯然是部分原因，但我覺得更深層的理由是這就像拆禮物。重點在於未知帶來的興奮，這點我能有同感——買書完全就是這樣。每當開車去做買賣，無論是私人、機構或公司的藏書，我也一樣會稍微心跳加速，期待這批貨裡可能有相當特別的東西；實際上也通常會有，例如早期寇培柏（Culpepper）的搖籃本、書皮如新的伊恩・佛萊明（Ian Fleming）早期作品、一本漂亮的小牛皮精裝書，或者只是你從來沒見過的東西。我還沒發現以人皮裝訂的書，不過我認識的某位書商曾經在道格拉斯堡一戶人家中找到一本。

總收入163.99英鎊
17位顧客

六月十九日，星期四

線上訂單：6
找到的書：5

今天是妮奇上班。她想把廂型車轉變成行動商店的計畫暫時中止了，原因是車子的後門打不開。她決定改成向議會買一輛舊的行動圖書館車，再拿來改造。

上午我開始整理漢米許・葛爾森（Hamish Grierson）在我到鄧凱爾德時拿過來的書。漢米許是退休的古董商兼藏書家，所以是位常客。這批書的題材主要是關於史前史，書況很好。我到AbeBooks網站上查看其中一些較有趣的書在別人那裡賣多少，好給他比較公道的價格，而當我告訴妮奇打算付給他一百英鎊，她又跟往常一樣回答說我應該把金額減半。

由於天氣晴朗和煦，安娜很堅持要跟我去爬凱恩斯摩山（Cairnsmore），那是在威格頓灣遠端一座小山丘上的花崗岩隆起地帶。我們下午三點離開，四點半抵達山頂，然後在六點半回到家。跟安娜一起做這種事永遠很有趣：每次提議的人都是她，然後才剛開始冒險不久，她就會大肆抱怨起來，講話越來越難聽，覺得越來越痛苦。接著，成功之後，她又會宣告說：「哇，那真是太棒了。」有一次我們決定到加洛韋丘陵的林間車道騎四十哩。一路上她抱怨的情況逐漸加劇，騎了大約二十哩路以後就下車躺在一顆石頭上，說：「把我留在這裡。救你自己吧。」

總收入155.44英鎊

23位顧客

六月二十日，星期五

線上訂單：5
找到的書：5

今天店裡有洛莉，於是我上午開車載安娜去鄧弗里斯搭火車回倫敦。我不確定她何時會再回威格頓。我想這取決於她要做的那些事是否順利，包括《火箭》的劇本、一部NASA紀錄片、一本青少年小說，以及她和她朋友羅米利（Romiley）正在寫的一份浪漫喜劇劇本。

午餐過後我打電話給漢米許・葛爾森，告訴他要用一百英鎊買下書。他對此不太高興，抱怨說裡面包含了一些很有價值的書。這是壞消息，因為妮奇已經替大部分的書標價並上架了。他說他星期一會回電再詳談。

快打烊時，有個男人打來問我能不能去看看他在「校舍」（Schoolhouse）的藏書，位置在洛根港（Port Logan），是斯特蘭拉爾南方一座漂亮的漁村。我約好明天下午過去一趟。

總收入164.50英鎊

15位顧客

六月二十一日，星期六

線上訂單：3
找到的書：3

妮奇當班。

就在下午一點半前，我想起跟人約好要去洛根港看藏書，於是立刻出發。我開過頭到了鄰近一個幾乎同名的地方，叫「老校舍」（Old Schoolhouse）。我敲了門，出現的是一對老夫婦，他們說我超過了「鮑伯（Bob）和芭芭拉（Barbara）的家」，然後為我指引正確的方向。我離開時，老先生說：「替我向你父母問好。你父親跟我以前常在洛辛奇狩獵展（Lochinch Game Fair）上解說內容。」雖然我不知道他是誰，不過依照他們的指示，我開了一小段路找到了正確的人家，出來招呼的是芭芭拉和兩隻狗。

屋子原本是維多利亞時代的學校，改建得很漂亮，還有能夠一覽愛爾蘭海

（Irish Sea）的驚人美景。這裡很久以前有座已經毀壞的突堤，後來由湯瑪斯．泰爾福德（Thomas Telford）於一八一八年設計的碼頭和鐘樓取代。留存至今的景象或許正如謝默斯．希尼所描述，是「被錘上蹄鐵的海灣」。鮑伯和芭芭拉是對退休夫婦，他們帶我到屋裡的圖書室。由於進入室內的門很矮，所以鮑伯跟我都必須低下頭。他們讓我查看書，其中大部分都是近全新的平裝書。

我們聊了一下住在這種偏遠村莊的生活，而我很訝異我們竟然相處得這麼融洽：多數買賣都只有基本對話而已。我挑選出五箱書，給了他們六十五鎊，然後載回來。其中有一些非常棒、非常好賣的書：海明威（Hemingway）、史坦貝克（Steinbeck）、錢德勒（Chandler）、布肯等作家的全集版，以及許多企鵝版的現代經典。他們對書的品味跟我極為相像，讓我好奇自己是否因此才覺得他們這麼好相處，以及要是我不知道我們的閱讀喜好如此相近，我還會不會這麼喜歡他們。

阿拉斯泰爾和萊絲莉夫婦過來吃晚餐。每次問阿拉斯泰爾想喝什麼，他的回答必定是「威士忌」。這次我已經先準備好了一瓶拉弗格（Laphroaig）。可惜的是安娜已經回倫敦了，因為阿拉斯泰爾竟然曾經跟她的英雄喬瑟夫．坎伯（Joseph Campbell）一起搭車到莎拉勞倫斯學院（Sarah Lawrence

College）。她一定會激動到瘋掉的。阿拉斯泰爾曾和許多二十世紀的傑出人物往來，有一次著名的事件是他引起西班牙的羅伯特・格雷夫斯（Robert Graves）勃然大怒，因為他跟對方的繆思女神瑪格・卡拉絲（Margot Callas）私奔了。

總收入196.90英鎊
25位顧客

六月二十三日，星期一

線上訂單：8
找到的書：5

今天是洛莉上班。她的貓昨晚生了小貓，而她幾乎一整夜都在照顧牠們，所以今天等於幫不上忙。

漢米許・葛爾森再次來電談他的書。他很不高興其中有些被低估價值，於是列了份清單。洛莉查看後發現那些書已經刊登到網路上了。她一直在處理這個月第一週從格拉斯哥帶回來的書，而她把他的書跟那些搞混了。至少我們已經弄清楚，而我也可以替他算出合理的價格。

總收入385.98英鎊
26位顧客

六月二十四日，星期二

線上訂單：5
找到的書：5

今天洛莉當班，於是我把隨機閱讀俱樂部六月的書從店裡搬到花園讓她打包。訂戶的數量大約有一百五十人。

午餐之後，我就去找上週打電話來說腳流膿的那個女人，要看她的藏書。她家在大約十哩外的克里頓（Creetown），而我買了差不多二十本佛里歐出版社的書，包括一些書況很好的約翰・布肯與少數幾個人的作品。她非常年長，而且足不出戶。她家是一棟有海景的現代化平房，在車道上擺著一輛生鏽的舊福特Capri，車身撐高，輪子都拆掉了。一個看起來甚至比我還不懂車的中年男人正在笨手笨腳修理引擎零件。交易進行得很乾脆，後來我們也聊了一下她賣書的原因。她從約克郡退休過來這裡，而她孫女得到了牛津的工作機會，所以她想要賣書換點現金資助她。我給她七十英鎊買了一箱半的書。

原來《書商約翰・巴斯特私想錄》幾乎跟威廉・Y・達爾林的《破產書商》一樣有趣。在「編者按」中，奧古斯塔・繆爾（Augustus Muir）將吉米・史格里文（Jimmie Scriving）形容成「一個年輕的流氓，心裡想的就只有吃東西」。

漢米許・葛爾森來電，跟我談好以二二五英鎊買他的書。

總收入123英鎊

14位顧客

六月二十五日，星期三

線上訂單：3

找到的書：3

洛莉當班。訂單的其中一本書是《醫療保健專業人員的正統派猶太生活方式指南》（*A Guide to the Orthodox Jewish Way of Life for Healthcare Professionals*）。

郵差凱特送信過來時，狄肯先生正好出現。信件中有個包裹就是他要的《巴塔哥尼亞高原上》。他付了錢就走人，絲毫沒透露他到巴塔哥尼亞做什麼，也不給我機會提問。我也不是一定要問。這不關我的事，但那裡有全世界最棒的漁場，而我得承認我很好奇他是不是為了捕鱒魚才去的。

今天大部分時間我都在肯湖（Loch Ken）的加洛韋活動中心（Galloway Activity Centre）拍影片。他們蓋了兩間生態小屋，需要透過影片宣傳。這些年來我在那裡替人拍片賺的錢全都投資在相關器材上，所以我們現在有許多設備，包括一組搖臂、幾部非常棒的攝錄影機、麥克風，甚至還有一架無人機。安娜在布拉格上電影學院，可是我除了一個「創意聲音製作」（Creative

Sound Production）的碩士學位之外，一切都是自學的，因此也許能力還不足。雖然影片製作公司皮克托（Picto）的收入跟書店相比起來較少，但要是賣書這一行幹不下去，而我也有更多時間，那麼我相信我們可以在這個領域做得很好。不過目前這只算是能讓我賺點錢的嗜好，再說我也從來不會主動尋求工作：我們能應付的工作量已經足夠。再多就不行了。

晚上，廣播第四台的《前排》（*Front Row*）節目中有一段在談作家詹姆斯・派特森（James Patterson）所發起對抗亞馬遜的運動。他堅決擁護實體書店，並且大肆批評亞馬遜。他在訪談中宣布打算拿出二十五萬英鎊補助英國書店，而每一項鼓勵孩童閱讀的倡議最高可領到五千英鎊。看來這是擴大隨機閱讀俱樂部規模納入童書的絕佳機會，同時還能大幅改造令我頭痛不已的官方網站。

總收入343.67英鎊

33位顧客

六月二十六日，星期四

線上訂單：3
找到的書：2

線上訂單有一本書是《一位鐵路看守員的親身經歷：鐵道上的驚險故事》（*Experiences of a Railway Guard: Thrilling Stories of the Rail*）。

刺青異教徒桑迪在午餐過後出現，留下了十幾根手杖。自從他上次造訪以來，我們已經賣出很多根了。今年的這個時候賣得特別好。他花三十三英鎊餘額買了關於凱爾特（Celtic）神話的書。

下午稍早，有位年輕女子帶了三箱書來賣。大部分都是以小牛皮裝訂的常見作家套書：吉朋（Gibbon）、史考特（Scott）、麥考利（Macaulay），諸如此類的。這些書不算特別珍貴或搶手，不過擺在書架上很好看，偶爾還真的會有人因為這個理由而買。這些是很好的結婚禮物。她從祖父母那裡繼承了這些書，但沒興趣留存，於是我給了她二百英鎊買下。在標價時，我發現大約在一八三〇年出版的史考特《詩集》（*Poetic Works*）第一卷空白頁上有八個手寫的名字（字跡不相同），這些都是活生生的人，而我只知道名字。我很好奇接下來會寫上誰的名字。

總收入184英鎊
15位顧客

六月二十七日，星期五

線上訂單：4
找到的書：4

今天是妮奇上班。她出現時，要我幫忙把她想拿到店裡賣的某個東西搬下車。天氣很好，而她一打開廂型車側門就讓我感到驚恐，因為我看到了一輛電動代步車。昨天她跟她的朋友艾瑞絲（Iris）去道格拉斯堡，不知為何，對方竟然是個電動代步車專家。她們在一間慈善商店的櫥窗看見它時，艾瑞絲告訴妮奇它的售價非常便宜，於是妮奇就衝進去買下了。我跟她說我才不要在店裡開始賣電動代步車，最後則是勉強答應讓她擺在店門外，掛上一塊「待售」的牌子。她試騎到合作社再折返。我們在上午打賭她永遠賣不出去。下午五點，她就以一百五十英鎊的價格把它賣給了安迪（Andy），他是威格頓的居民，來自南非，最近被診斷為癌症末期。

於是我輸了打賭，必須帶妮奇到「犁人」（The Ploughman）請她喝一杯；那是威格頓的酒吧，名稱取自約翰．麥尼利（John McNeillie）的作品《威格頓犁人：生命段落》（*The Wigtown Ploughman: Part of His Life*），此書於一九三九年由Putnam出版，至今仍在印行。我們跟卡倫和其他幾位朋友坐在人行道上曬太陽，待了一兩個小時。

今天是蘇格蘭學校學期最後一天，所以希望現在生意會隨著人們來加洛韋度假而有起色。生意的高峰期與低谷期都取決於學校放假的時間點。

總收入261.99英鎊

20位顧客

六月二十八日，星期六

線上訂單：3
找到的書：3

今天又是妮奇上班，她差不多又回到了星期五／星期六上班的慣例。我上午五點半出發，先坐渡輪到貝爾法斯特（Belfast），然後搭火車去都柏林（Dublin）拜訪克蘿達（Cloda）。她是我在布里斯托時認識的朋友。現在她接下家裡的事業在都柏林開藥局，而我們經常交流關於顧客的事蹟。她的故事通常比我更戲劇化，一般都會扯上海洛因成癮者、搶劫未遂等等。我很珍視跟她的友誼，因為這能讓我覺得自己不是朋友圈裡唯一會被大眾逼瘋的人。而雖然亞馬遜尚未像對付其他領域那樣將觸手伸及處方藥，不過克蘿達的獨立藥局在面對如Lloyds和Boots這類連鎖藥局時也遭遇了相似的問題。

我在下午稍早抵達都柏林，找到了克蘿達位於斯通巴特（Stoneybatter）的家。我們一起吃午餐，而我也第一次見到她六個月大的寶寶艾莎（Elsa），然後我們再開車到碼頭接安娜，她是從倫敦經由霍利希德（Holyhead）過去的。克蘿達邀請我們去南都柏林的一座公園聽露天音樂會，主角是小妖精樂團

（Pixies）和拱廊之火樂團（Arcade Fire）。這是我好幾年來第一次參與那種活動。她的另一半里歐（Leo）和朋友羅伊辛（Roisin）也在場。那是個溫暖的夏夜，從頭到尾都很棒。我請一位利物浦人喝了一杯，後來他要給我半顆搖頭丸，但我婉拒了。

總收入143英鎊
15位顧客

六月三十日，星期一

線上訂單：5
找到的書：5

我一定要記得申請詹姆斯·派特森的補助金。

總收入203.45英鎊
15位顧客

七月

七月

每家二手書店都會經常出沒兩種眾所周知的討厭鬼。一種是腐朽而散發舊麵包皮氣味的人，他們每天都會出現，有時候還一天好幾次，就是想要賣沒價值的書給你。另一種人則會下訂大量的書，卻一點也不想付錢。

——喬治．歐威爾，《書店記憶》

現在當然還是不乏闖進店門想要賣無用之書的人。幾乎每天都會有一波這種人湧現，尤其是春季期間。平均來說，每天差不多有一百本書以這種方式進門。其中——同樣也是平均來說——我會付錢的不到百分之三十。剩下的我會希望他們帶走，不過通常他們都是要清空某人的房子——死去的阿姨、祖母或父母——而他們不會想再跟那些書有什麼瓜葛，所以寧願把書留在店裡。在面對剛經歷喪親之痛的這些情況中，我往往無法拒絕對方的懇求。我們以前會把這些書堆在貨板上，拿到eBay賣，但即使是那樣的市場似乎也已經枯竭了。如何處理這種滯銷存貨對我們和許多書商而言是越來越大的問題。

至於歐威爾所指的另一個類型——訂書卻不打算付錢的人——這種人直到幾年前當然還有。現在幾乎不會有人找我們訂書了，原因是他們在家就可以輕鬆訂購。或是在任何地方。為顧客訂書從來就不是特別賺錢的差事，但還是能夠稍微補貼店裡的收入，而現在連那點小錢也沒有了。

七月一日，星期二

線上訂單：4
找到的書：2

洛莉今天沒辦法來上班，因為她的貓被車撞了，必須帶去看獸醫。遺憾的是牠死了，留下四隻非常年幼的小貓讓她照顧。

今天上午其中一筆訂單是《煤礦消防員口袋書》（*The Colliery Fireman's Pocket Book*），一九三五年版。出於某種原因，妮奇登記時把這本書列在化學區，可是書不在那裡。

安娜的公寓租約這個月底到期，所以她問我能不能開廂型車到倫敦，把她所有的東西載回威格頓。

在書展賣書並專攻高檔貨的書商馬修（Matthew）出現，從格拉斯哥那批大部分還裝在箱子裡的書中挑出了一些。他也是少數仍會到書店買東西的書商之一。十五年前，書商就是常客，會進來店裡把自己專長的書買光。現在他們的數量非常罕見，能見到就很稀有了。馬修經營的是珍本書，主要拿到書展上賣：不是地區性的書展，而是在奧林匹亞展覽中心（Olympia）、約克（York）等地辦的大型古書展，在那種地方，一本書的平均價格是成千上萬英鎊，不是幾十塊而已。他只買狀況良好的書，通常都是現代初版。他會周遊全歐洲找書買，再拿到書展賣，而他談起生意時就像一隻小獵犬。

總收入291.44英鎊
21位顧客

七月二日，星期三

線上訂單：6
找到的書：6

因為要照顧小貓，所以洛莉今天又不在了。今天其中一筆線上銷售的訂購者是倫敦某個叫基斯．理查茲（Keith Richards）的人，另一個人的名字更扯，叫傑若米．野豬手（Jeremy Wildboar-Hands）。

諾里奇（Norwich）的一位寡婦寄電子郵件過來，想要把她亡夫的藏書賣給我。我回信問是什麼書。

總收入280英鎊
21位顧客

七月三日，星期四

線上訂單：3
找到的書：1

今天我應該要開車到倫敦替安娜載公寓裡的東西，可是因為洛莉要照顧小貓來不了，所以我延期了。安娜似乎不在意，而且她可以在公寓住到月底，還不會被趕到大街上。

今天很溫暖，不過有幾位顧客進來時穿得好像現在是一月。

小燕子開始飛了。船長正在緊盯著牠們。

諾里奇的寡婦回信，告訴我她亡夫有什麼藏書。結果大多是情色作品。她會把東西寄來店裡。

總收入247.88英鎊
17位顧客

七月四日，星期五

線上訂單：4
找到的書：3

妮奇今天來店裡上班。接下來兩天我都不在，要先去幫安娜搬家，再到薩默塞特（Somerset）參加我表妹蘇西（Suzie）的婚禮，而妮奇一聽到這件事就掩飾不住自己的高興。

我跟妮奇好好道別了一番，在上午十一點耀眼的陽光下出發前往倫敦，下午七點抵達漢普斯特德，但途中我先到鄧弗里斯的拍賣會放了書。通常我會把真正稀有的貨寄去禮昂騰博的愛丁堡拍賣場，而鄧弗里斯的拍賣標準變得越來越挑剔，所以我無法再把垃圾丟到那裡去，但我偶爾會買下我認為在店裡不行，在那裡卻可以賣出的東西：例如裝訂良好的套書。在拍賣會，這類書通常都由古董家具商買下，因為他們賣書櫃時，如果上面擺了好看的書，就會更容易賣出去。

總收入307.89英鎊
36位顧客

七月五日，星期六

線上訂單：3
找到的書：3

又是妮奇當班，由於她沒聯絡我，所以我天真地以為一切都很好。

安娜和我在今年最熱的一天從倫敦開車到湯頓（Taunton）。車子沒有空調，而我們在M25公路上困了三個小時。

蘇西的婚禮很盛大，所有人都到場替他們慶祝。我們又跳又喝直到深夜；我母親在距離宴會約一哩處訂了間很大的度假屋，我們有十幾個人在那過夜，包括來自愛爾蘭的親戚，以及我妹露露（Lulu）跟她先生史考特。大家聚在一起時總是很有趣，而跟我們非血親但有關係的親戚們也熱烈討論起白塞爾家族的人有多麼優柔寡斷。我們的情人／丈夫／妻子形成一個小團體，開始講起我們無法控制情緒的事蹟；他們頻頻大笑，然後一定會異口同聲說「我家的也是那樣」。

總收入351.46英鎊

35位顧客

七月七日，星期一

線上訂單：5
找到的書：4

在拯救孤兒小貓一個星期之後，洛莉終於回來上班了。

安娜跟我從湯頓開車出發，在晚上七點前回到了威格頓，正好能參加鎮公所的一場會議，內容是關於在柯克代爾（Kirkdale）建造風電場的計畫。我們開會之後表達了反對意見，理由是從威格頓（越過海灣）可以清楚看見它，而我們不確定能否拿到這類建設通常會用來收買周邊居民的錢。風電場的年營收預計在三千萬英鎊左右，給居民的金額（這要由委員會決定）只有十萬英鎊，也就是營收的百分之零點三。由於開發所帶來的視覺衝擊都來自我們這一邊的海灣，就算有好處，我們拿到的應該也不多，因為我們距離最遠。離風電場最近的人可以因此獲取最大的利益，而且其中絕大多數的人還不會看到它。這讓馬查爾斯半島的許多人很憤怒。

總收入213.48英鎊

七月八日，星期二

線上訂單：3
找到的書：1

今天第一筆訂單是一本關於平交道歷史的書。

洛莉來上班，又是美好晴朗的一天。

今天花了很多時間編輯肯湖的加洛韋活動中心影片。我下樓讓洛莉去午休時，她告訴我一位顧客因為她吃蘋果太大聲而「噓」了她。結果後來對方就刻意用聽得見的音量輕聲說著「現在的小孩啊」還有「她不知道這是書店嗎？」

有位顧客帶來三本音樂書籍，而我給了他十英鎊。

妮奇傳來訊息談論本週工作的事，讓我有非常不祥的預感。訊息結尾寫著「等著看我這禮拜為你準備了什麼吧！你一定會愛死的！」

該是換掉廂型車的時候了。它已經開了十七萬兩千哩，我也開始懷疑它是

17位顧客

否還能應付長途旅行，於是我去了威格頓汽車公司（Wigtown Motor Company）找文森討論換車的事。

總收入254.98英鎊
25位顧客

七月九日，星期三

線上訂單：3
找到的書：3

洛莉今天又能來上班，不過她得帶著小貓，因為家裡沒人餵牠們。

去斯特蘭拉爾看那位波蘭牙醫的可怕時刻或許到了；今天早上我起床時牙齒痛死了。我不想去看牙醫跟他身為執業醫師的能力完全無關，而是因為我上次去過的經歷，當時他拔掉了一顆智齒。不久後我在莫里森超市偶遇一位老朋友跟她兩個孩子，拔牙的創痛隨即變得微不足道。他們看起來都很驚恐。我回到家看鏡子時，才明白原因。我大部分的臉因為麻藥而顯得像中風一樣僵硬，下巴都是血，很多還滴到了衣服上。

那位憂鬱的威爾斯女人又打電話來，我還來不及回答沒有她要的書，她就一如往常流露出失望的語氣。

總收入334.99英鎊
28位顧客

七月十日，星期四

線上訂單：3
找到的書：2

今天還是洛莉上班，天氣也很好。

早上的電子郵件中，有兩位顧客很生氣，各自抱怨我們寄錯了書。下訂鬥牛書的顧客收到了創意蠟燭製作的書，而創意蠟燭製作者則收到了鬥牛書。儘管我們已經答應退款並修正錯誤，鬥牛士還是在亞馬遜留下了負面評價：

上面列出那本我訂購的書並沒有寄來。結果出錯寄成一本叫《創意蠟燭製作》（*Creative Candlemaking*）的書。這兩本書的內容簡直天差地別。我已經聯絡了供應商——威格頓書店——並告訴他們這個錯誤。他們已經承認並答應在我退回未訂的書之後寄出正確的書。

文森打來說他在因弗雷里（Inverary）找到一部廂型車，里程數是五萬哩，賣一萬英鎊，所以我要找銀行再談一筆貸款了。

總收入89.29英鎊
14位顧客

七月十一日，星期五

線上訂單：2

找到的書：2

妮奇今天回來當班了——又是美好晴朗的一天，美中不足的是有她在。今天早上她宣布再也不參與我們為Facebook拍的影片，原因是我在我們對最後剪輯版本達成同意之後又修改了一個地方；原本她在影片中會運用才智談論各種主題，讓追蹤書店頁面的人都看得很開心。不過她答應擔任攝影師，讓我成為受害者。

我在花園發現一位顧客正盯著池塘看，門上明明有一塊「非請勿入」的牌子，她得先打開才能過去。

有位顧客帶了三本書到櫃檯，指著其中兩本說：「我要這兩本；那一本你得放回架上。」後來他問能不能用Tesco超市會員點數支付他要的那兩本書。

總收入149.90英鎊
14位顧客

七月十二日，星期六

線上訂單：2
找到的書：2

又是妮奇來上班。天氣已經變了，現在既潮濕又陰鬱。

線上訂單越來越少了：可能又是「季風」出了問題。

今天是「威格頓鎮民週」的第一天，書店門口廣場正對面「加洛韋」（The Galloway）酒吧的前老闆譚姆・丁沃爾（Tam Dingwall），在鎮廣場對一群淋著毛毛雨的年輕人唱起〈痛碎的心〉（Achy Breaky Heart），藉此揭開序幕。鎮民週是威格頓例行活動中的一件大事。其中有各式各樣稀奇古怪的活動，完全是以當地人為對象，而非遊客。裡頭有智力競賽、為孩童設計的活動（例如鹽澤上泥濘的自然漫步）、划船比賽，以及各種小鎮慶典，包括稍微過時的威格頓公主（Wigtown Princess）加冕典禮。我們還有各種針對各種奇妙事物的獎項，像是「最佳裝飾捲筒衛生紙」（Best Decorated Toilet Roll）。感覺就有如回到了一九五〇年代。

有位顧客問他同伴哲學區在哪裡。對方回答：「我不知道，你得問那個小伙子。」小伙子？我可不這麼想。

有位老先生買了一箱書，其中有一本維多利亞時期的家用《聖經》。現在想要這種東西的人已經少之又少了。這本裡面包含了一封手寫的信，日期為一八七九年二月二十二日，是從卡恩沃斯（Carnwath）寄出的：

親愛的母親
我們滿心歡喜給您寫信
對您的承諾於此履行
在這古老光榮的土地
我們過得平安順利
毫無抑鬱。
我很高興地告訴您
朋友全都安然無虞
瑪莉詠（*Marion*）不在的時期
望您一切如昔
請謹記
照顧好自己

珍妮（*Janet*）臨行在即
週一上午將與埃列克（*Aleck*）
朝那座大城前行
她已準備就緒
在此也讓您獲悉
她很快就會回到卡盧克（*Carluke*）。
愛您，
瑪姬（*Maggie*）。

在書中找到舊信件其實不足為奇，不過以這種押韻方式寫的就很稀有了。有一次我買了一本《智慧七柱》（*The Seven Pillars of Wisdom*），裡面就有超過一百封慰問一位寡婦的信件，其中許多寫信的人根本沒見過她，但他們的生活都跟她的亡夫有所接觸。這種事總會激起我的好奇心，讓我很難不去猜想他們是誰，包括寄信人與收件人。

總收入367.91英鎊
33位顧客

七月十四日，星期一

線上訂單：6
找到的書：5

洛莉今天來上班了。看來有某個家人在照顧小貓。她抵達後不久，一位顧客來到櫃檯說：「早晨好，先生！能否請您指引我到擺放以軍事史為主題的書架區？」

打烊時，書架特別凌亂，這是店裡來了一大堆小孩之後必然的後果。有些家長可以接受讓子女在店裡撒野，儘管會打擾其他顧客並留下一片狼藉。不過大部分的父母都很好，孩子也很有教養。所有四歲男孩看到一整架書，書脊對齊書架邊緣排好時，似乎都會展現出一種本能。他們好像不能抗拒盡量把書往內推到書架後側的衝動。整齊排列好的書對小男孩而言是無法抵擋的誘惑，他們會再也克制不了弄亂書的渴望，就像他們忍不住會拉貓的尾巴或跳進小水坑。

妮奇最近提醒我，她認為我堅持讓店裡井井有條算是某種強迫症，而她真心相信顧客喜歡地上到處堆滿書，也不在意書是否依照主題或類別整理過。

總收入223.98英鎊
21位顧客

七月十五日，星期二

線上訂單：2
找到的書：2

今天還是洛莉當班。我在樓上工作時，她進來辦公室說有位顧客帶來了一幅威格頓的版畫。那是幅漂亮的加框版畫，時間是十九世紀中期，內容展現了鎮上不復存在的建築風格。他要價五十英鎊，而我很樂意付了錢。

如果明天天氣好，卡倫跟我打算去開帆船。去年他買了一艘Hurley 22，那是一種小型帆船，聲稱有四個鋪位，但其實讓四個小孩待都不舒服了，更何況是兩個身高超過六呎的大男人。

總收入374.96英鎊

37位顧客

七月十六日，星期三

線上訂單：3
找到的書：2

雖然洛莉準時來上班，不過卡倫計畫的帆船之旅取決於好天氣，而今天上午下著傾盆大雨，於是他打電話來說我們應該延後到天氣好轉再走，我也就沒打包或整理行李了。太陽一出來，他就無預警現身，還準備好出發了，因此我請洛莉包裝並處理隨機閱讀俱樂部的書，再告訴威爾瑪，等洛莉拿今天訂單的郵袋過去時，就可以來取那批書了。

由於顧客開始脫離冬眠期並願意花錢，所以架上出現了空隙——佛里歐出版社和鐵道專區的書變得特別少。

我倉促打包，向洛莉道別，接著我們就開車到斯特蘭拉爾。我們在下午一點啟航，前往艾沙克累島（Ailsa Craig），在晚上七點抵達了那座愛爾蘭海上的無人島。下午晴空萬里，我們到達時，金橘色的陽光照出了島的輪廓。我們停泊於碼頭，上岸探索毀壞的建築與舊鐵路。艾沙克累島是一處古老火山栓（volcanic plug）的遺跡，是在艾爾郡沿海隆起的一大塊花崗岩。在其漫長的歷史中，這裡曾是十六世紀拒絕參與國教禮拜儀式的天主教徒避難所，而當地人稱之為「愛爾蘭佬的里程碑」（Paddy's Milestone），部分原因是它位於蘇格蘭的格拉斯哥和愛爾蘭的貝爾法斯特中間點，另一部分原因是流傳有兩位巨人互相搏鬥：一個是愛爾蘭人，一個是蘇格蘭人。根據傳說，他們朝彼此丟石頭，而艾沙克累島就是最後一塊石頭。

卡倫和我坐在他船上的駕駛艙裡喝著啤酒直到午夜，一邊看著成千上萬隻小水母漂過，牠們偶爾會擾動水面形成漣漪，彷彿有人把一顆小圓石丟進原本平靜的海中。我睡在船後側其中一個小鋪位，感覺很不自在，就像躺在一具棺材裡。

總收入242.49英鎊
19位顧客

七月十七日，星期四

線上訂單：3
找到的書：3

我們差不多在上午九點醒來，接著就再去探索島上。首先我們走到北邊的霧角，然後我往峰頂爬，中途暫停看了一下城堡。卡倫留在船上，為船塗上防污漆。我下午一點左右回到船上，在往拉姆拉什（Lamlash）出發之前還游泳了一下。在艾沙克累島的峰頂時，我看見一艘船緩緩駛向卡倫的船，好像想要過去打招呼。它靠近時，我發現它又突然改變航向，朝著格文（Girvan）去了。我回到船上時，卡倫正在裡頭泡茶。我告訴他有另一艘船出現後又轉了個奇怪的彎，而他說：「噢，那個啊。你往峰頂去以後，我心想反正附近沒人，就決定光著身體做防污。我沒聽到那艘船靠近，然後就在要爬上船拿刷子的時候，不小心把光溜溜的屁股對著他們了。我是回到水裡後才發現那艘船的，不過那個時候他們就離開了。」

我們在下午兩點出發前往阿倫（Arran），由於風時有時無，所以我們就看情況發動引擎或乘風而行。

我們在七點左右抵達拉姆拉什，還有一小群鼠海豚陪同。卡倫替小艇充氣，接著我們就划上岸到「漂流旅店」（The Drift Inn），在那裡吃飯也喝了幾杯，然後再回到船上過夜。

總收入102英鎊
11位顧客

七月十八日，星期五

線上訂單：0
找到的書：0

探索了拉姆拉什旁的聖島（Holy Island）。

下午三點，洛莉傳訊息說停電了。

總收入389.45英鎊

29位顧客

七月十九日，星期六

線上訂單：0

找到的書：0

下午四點，我從帆船之旅回到店裡，讓妮奇嚇了一跳，因為她不知道我們何時要回來。見到我安然返家，她很明顯並不開心。我打烊後，有個男人打電話來，說他要搬去護理之家了，所以想賣掉藏書。他就住在凱爾索（Kelso）外的一座小村莊。我約好月底去找他。

總收入288.98英鎊

38位顧客

七月二十一日，星期一

線上訂單：0
找到的書：0

本日由洛莉當班，天氣晴朗舒適。

「季風」還是有問題，大概是星期五停電造成的，所以我寫了電子郵件給技術支援團隊。

今天第一位顧客是個愛爾蘭女人，她在上午九點〇九分出現，問：「告訴我，蘇格蘭的店是不是都十點開門？」

下班後，我去參加議會的一場集會，主持人的稱號叫「商店醫生」（The Shop Doctor），職責是幫助零售商改善生意。結果那完全是浪費時間，在毫無意義的三個鐘頭裡，他的PowerPoint投影片折磨著我，那種爛東西裡充滿了具有啟發性的見解，例如「如果你讓門打開，就會比關門的時候有更多顧客進來」以及「商店的名稱應該反映出你賣的商品」。呃，我想我做到了那一點。我的店名「書店」（The Book Shop）應該不會有什麼模糊的地方。我忍耐到極限要離開時，他讓大家看了一連串衰敗不堪的商店照片，然後就像把我們當成學齡前兒童問：「有人看得出這裡出了什麼問題嗎？」這時大家都已經怒火中燒了，讓我一度害怕他們會對他動用私刑，但就在他對我說話時，我倒又希望大家還是動手好了。「你。你一直非常安靜。你覺得這個店面有什麼問題？」他緩緩地說，同時投影機喀噠切換到一張照片，那是一間沒有招牌的店，有一扇被砸碎的窗戶，店門前還有一輛燒毀的車子。

總收入187.60英鎊
30位顧客

七月二十二日，星期二

線上訂單：4
找到的書：0

又是洛莉當班，又是晴朗的日子。她花了一整天登錄要在Fulfilled By Amazon賣的書。只要我們湊滿四箱書，她就會安排送去亞馬遜在鄧弗姆林的倉庫。

有位顧客在洛莉休息時來到櫃檯，指著一個貼上地址的密封箱子，裡面有我們要寄給美國一位買家的一套《統計報告》（*Statistical Accounts*）。

顧客：我不太清楚那邊那個箱子……

我：抱歉，那個箱子裡面的書不賣。已經有人買了。

顧客：我不覺得。

我還是不知道那是在幹嘛。

妮奇寄了一封電子郵件給我，說星期六有位穿著全套高地戰鬥服的顧客來到店裡：「耀眼的綠色背心和手工編織的襪子，松雞羽毛在他那頂漂亮的蘇格蘭無簷帽上舞動。」而他「驕傲地大步走進店裡，帶著一隻狗，在他又大步離開時都還是叫個不停。有點毀了他的形象吧。他沒跟我打招呼。大概是英國人吧。」

預約好明天去找理查（Richard）剪頭髮，這位理髮師的店跟我在同一條街上，是隔壁第三家。

「季風」的技術支援終於聯絡我們，從遠端控制電腦解決了問題。

總收入268英鎊
27位顧客

七月二十三日，星期三

線上訂單：13
找到的書：9

洛莉當班。又是個迷人和煦的一天。

我在十點四十五分漫步去理髮。理查跟往常一樣友善愛閒聊。我離開時遇到了狄肯先生，不知是要來對他的禿頭髮型做什麼處理。他稍微跟我打了招呼，顯得有些困惑。也許離開書店的背景，他就認不出我了。

洛莉努力找到並打包了上星期五就有人訂購的四本書。我們收到了幾封憤怒的電子郵件和幾通電話，都是在說從月初就訂的書現在還沒收到。「歷史報」的運送可能出了問題，我會再查查看。

「歷史報」是一家本地公司，會將舊的報紙寄到世界各地，所以跟DHL

快遞之間有非常優惠的合約，我們也因此透過他們處理所有的海外訂單。他們一週會過來兩次，取走我們要寄給英國境外顧客的包裹。

午餐過後，我又開車到卡爾斯路斯（Carsluith）找那個腳上流膿的女人看其他書。她正在慢慢清理掉她的東西，其中有很多佛里歐出版社的好東西——一整箱。我給了她五十五英鎊作為她孫女的牛津基金。

下班後，我跟馬爾他人崔西到蒙瑞斯（Monreith）的海裡游泳。

總收入236.49英鎊
16位顧客

七月二十四日，星期四

線上訂單：5
找到的書：3

洛莉在今年目前最熱的一天開店：花園的溫度計顯示為二十九度。

我們把書上架時，有對夫妻進了店裡。妻子在古董書架區粗手粗腳行進，一邊咳嗽一邊發牢騷，丈夫則在蘇格蘭室看書。他一去找她，她就大聲抱怨說頭痛、黏膜炎發作、膝蓋痠痛。等她終於閉嘴時，他就給她某種順勢療法用的水晶，藉此治療她的頭痛。儘管非常討人厭，他們還是花了二百五十英鎊買下一本十八世紀的蘇格蘭植物學書。

洛莉整理好要拿到FBA賣的四箱書。這些書會寄到鄧弗姆林的亞馬遜倉庫，直接由亞馬遜販售及運送。

或許是因為昨天在理髮店門口的短暫相遇，狄肯先生進來店裡訂了一本艾莉森·威爾（Alison Weir）的《阿基坦的埃莉諾》（*Eleanor of Aquitaine*）。洛莉接下訂單時，他露出了懷疑的表情，讓我覺得有點像《書商約翰·巴斯特私想錄》裡一位叫龐弗斯頓先生（Mr Pumpherston）的角色，在書中，替他服務的是年輕學徒亞歷克（Alec）而非巴斯特本人：「我想他會承認他對那位小伙子有疑慮」，然而洛莉可不像亞歷克，她完全有能力應付任何顧客。

後來剩下的時間裡，洛莉跟我都在替隨機閱讀俱樂部的書打包貼標籤。有兩位訂戶沒再續約了。處理好隨機閱讀俱樂部的書以後，我請洛莉擦拭店面的窗戶。在夏天的陽光下，那看起來就像個火爐。

總收入449.99英鎊
16位顧客

七月二十五日，星期五

線上訂單：5
找到的書：5

今天是妮奇看店。她整天都在處理隨機閱讀俱樂部那些書的郵資，這是她特別討厭的工作，而我每個月都會盡可能把這差事交給她。

打烊之前，有位顧客帶來兩幅艾爾郡的大型加框地圖，都是以手工上色，繪製於一八二八年。我以每張六十英鎊向她買下。

總收入369.50英鎊
17位顧客

七月二十六日，星期六

線上訂單：3
找到的書：3

妮奇很早就開始整理店裡——這跟她平常工作時間的活動明顯顛倒，因為她大多數時候都在盡可能弄亂一切。如果臭凱利進來繼續用他那種Brut 33古龍水的氣味求愛，她想要我替她找個藉口逃脫。不出所料，上午十一點左右，他一看見她停在店門對面那輛藍色小巴，就立刻出現了。我假裝我在紐頓斯圖爾特的郵局有個包裹，問妮奇能不能去幫我拿回來，而她也欣然答應了。接著臭凱利問她可不可以搭個便車，因為他想去看他弟，這時沒有別的選擇，我只好承擔一切，告訴妮奇如果她能看店，就讓我去紐頓斯圖爾特，順便載臭凱利一起。那趟路程很可怕；Brut 33的味道太濃烈了，就算所有車窗都打開，廂型車駕駛室裡的空氣還是讓人快不能呼吸了。

下午三點，狄肯先生前來詢問訂單情況。我告訴他下個星期應該就會到了。他抓著一罐貓食。

妮奇跟我下午都在清理廂型車，好讓文森明天開去因弗雷里。我在下午四點把車子交到文森那裡。

妮奇決定跟她朋友莫拉格（Morag）參加愛丁堡書展（Edinburgh Book Festival），打算去推廣隨機閱讀俱樂部。她吩咐我在星期四前印好名片和傳單。

總收入367.46英鎊
13位顧客

七月二十八日，星期一

線上訂單：6
找到的書：3

今天洛莉休假，所以店裡只有我。文森打電話告訴我新車到了，我隨時可以去領。

我把郵袋送到郵局時，威爾瑪問我安娜的情況如何。威廉無意中聽到內容，咕噥說了些難聽的話。

我依照妮奇的吩咐，花了一兩個鐘頭設計隨機閱讀俱樂部的宣傳材料，好讓她帶去愛丁堡書展。午餐過後，我把檔案寄給紐頓斯圖爾特的J&B印刷，並且註明要在星期四完成。

下班後，我去文森那裡開了新車。車子是銀色的，有內建衛星導航、電動窗和一組拖車架，而且比舊的紅色那輛花俏多了。它的後門上有一塊蘇格蘭國旗，這應該會激怒我那屬於聯合派的母親。

總收入434.44英鎊
39位顧客

七月二十九日，星期二

線上訂單：4
找到的書：4

洛莉今天來上班了。她的狗眼睛被刺到了。她家裡那座動物園還在上演著戲碼。不過看來小貓過得很好。

亞馬遜的訂單有一本書叫《改造危險及無用之馬》（*The Reforming of Dangerous and Useless Horses*）。我應該把這本書寄給我的表親艾沃菲（Aoife），對方的馬似乎兩種類別都符合。

狄肯先生的書到了，於是我在他的語音信箱留言。

總收入341.48英鎊
33位顧客

七月三十日，星期三

線上訂單：3
找到的書：3

今天洛莉當班，大部分時間都是陰天。

開車到北貝里克（North Berwick）一家漂亮的喬治王朝式連棟別墅去看跟天主教相關的藏書。對方是位高個子男人，話少到我都開始懷疑他可能是某種沉默教團的人，而我給他二百英鎊換了五箱書，然後開到艾茅斯（Eyemouth）找一間旅館過夜。

總收入541.90英鎊
44位顧客

七月三十一日，星期四

線上訂單：3
找到的書：2

洛莉看店。她找不到今天的一筆訂單，書名叫《隔震建築污水處理》（*Sewage Disposal from Isolated Buildings*）。

吃完早餐，我離開艾茅斯，開車前往凱爾索附近的一間屋子，我約好在那裡看另一批要賣的書。這次是一位老人的藏書，他的妻子最近過世，而且要從平房搬進老人庇護住宅。他對搬家一直似乎很開心，這大概是他這輩子最後一次吧。平房位在一處陡坡上，要到前門得先爬十幾道階梯。由於他的活動大受限制，所以我猜他現在最想要的是過得舒服而非獨立生活。那批書裡有些是他的，有些是他亡妻的。類別混合了小說與紀實文學，書況相當好，總共差不多有六百本，包括由佛里歐出版的伍德豪斯（Wodehouse）、E・F・班森（E. F. Benson）、歐威爾的盒裝作品。我帶著大約一百本書離開，給了他一百九十英鎊後開車回家，在下午三點左右回到店裡，結果就遇到一位穿著廉價聚酯纖維的顧客問：「你記得我嗎？我五年前向你買了一本關於保齡球的書。」

J&B印刷的愛麗森（Alison）送來了隨機閱讀俱樂部的新傳單，以及一份三一三點九四英鎊的帳單。妮奇最好能找到一堆新會員來彌補那些花費。

威格頓農會（Wigtown Agricultural Society）的海倫（Helen）寄電子郵件過來，提醒我答應過要為星期三的家畜展覽會拍一部DVD。根據長期天氣預報，那天的情況可能會很糟。

總收入277.73英鎊

31位顧客

八月

八月

如同大多數的二手書店，我們也會賣其他各種東西。例如，我們有二手打字機，也有郵票——我是指用過的郵票。集郵人士是種古怪、安靜、魚一般的類型，什麼年齡都有，不過全都是男性；女人顯然無法看出把小張彩色紙片貼到簿子裡有什麼獨特的魅力。我們也賣一份六便士的星座運勢，編輯者還聲稱自己預言到了日本地震。這些東西都密封在信封袋裡，我從來沒打開過，但買過的人常會回來跟我們說他們的星座運勢有多「準」。（只要它告訴你，你對異性非常有吸引力，而且你最大的缺點是慷慨，你一定會覺得很「準」。）

——喬治．歐威爾，《書店記憶》

對二手書店而言，現在賣其他各種東西的重要性或許更勝以往。如果我買得起，時機也剛好，我就會去鄧弗里斯的拍賣上挑選要在店裡賣的零碎物品。目前有一張喬治王朝風格的橡木書桌（七十英鎊）、兩對維多利亞時期的草地保齡球（每對二十五英鎊）、十七個花盆與盆栽（價格不一）、一道維多利亞風格的結實爐欄（三百英鎊）、幾幅版畫和繪畫跟一張紅木桌（七十五英鎊），以及各式各樣的小飾品與人造珠寶，而安娜把這些東西擺放在書店的一個角落，稱那裡為「世界最小的古董店」。這不是我的主意。這些精挑細選的東西可以為整個地方增添氣氛，讓人了解這棟建築的歷史：在變成書店之前原本是個家——最早是一八九九年的一位布商，接著是一九五〇年代的食品雜貨商，再從一九九二年起成為書店。此外還有刺青異教徒桑迪所製作的手杖，希望這樣能讓愛書人不讀書的另一半在等他們時有得逛。

八月一日，星期五

線上訂單：4
找到的書：4

妮奇在。

崔西早上過來打招呼。今天是她的生日。

我：生日快樂，崔西，希望妳有美好的一天。

妮奇：哎呀，崔西，妳離死亡又近了一年呢。

諾里帶來了取代書店前面那對書螺旋的混凝土原型。以前我是用真正的書再塗上玻璃纖維樹脂，可是那樣很費工，而且每隔三年就要替換一次。混凝土螺旋雖然會很貴，不過應該可以一勞永逸。

狄肯先生過來拿他那本《阿基坦的埃莉諾》：「反正我在威格頓看醫生，就想說順便來拿書。」

爸媽在下午四點半左右過來喝茶。我父親大約十五年前從農場退休，差不多是我買下書店的時候（他們很熱情地鼓勵我）。他們賣掉了農舍與農場——在我小時候他們就把那裡改造成了度假小屋——然後在二〇〇〇年搬到五哩外一間現代化的房子，距離他們當初搬進農場時剛好三十年。他們留下土地，現在租給另一個人。母親比較像創業家，不停忙著各種事業，父親退休後則把心力投注於修復老爺車。第一輛是賓利（Bentley），而他目前處理的是一輛阿爾維斯（Alvis）。我在他們離開五分鐘後鎖上店門時，發現母親正在摳掉新車後門上的國旗貼紙。

下班後，我到「犁人」跟卡倫和崔西喝一杯，慶祝崔西離死亡又近了一年。

總收入263.98英鎊
31位顧客

八月二日，星期六

線上訂單：4
找到的書：4

今天是妮奇當班，而且奇蹟似地準時出現。早上陰鬱潮濕，不過下午就放晴了，接著我收到凱蒂傳的一則簡訊。原來我答應過夏天給她工作，而她明天就會過來。天哪。我得縮減洛莉的時間，因為我付不起兩份薪水。

妮奇一切準備就緒，星期三就要去愛丁堡書展宣傳隨機閱讀俱樂部，因此我上網查詢她應該鎖定哪些活動和作家。結果書展下個星期六才開始，是她看錯日期了。

溫洛克書店（Wenlock Books）的安娜・德雷達（Anna Dreda）帶著另一半希拉蕊（Hilary）到了；她的書店位於什羅普郡（Shropshire）的馬齊溫洛克

（Much Wenlock）。她們原本在北尤伊斯特島度假，而我邀請她們順路過來。我很少有機會跟另一位書商交換意見，而且聽到其他人也面臨著主要由亞馬遜無情逼迫所造成的問題，總是能讓我安心一點。安娜適應的方式是裁掉帶薪員工，轉而依靠志工——我沒想過這一點——另外則是在她的店裡安排活動。她們會在這裡待個幾天。

打烊時，位於亞伯丁郡（Aberdeenshire）的巴勒特（Ballater）有個男人打電話來。他很想賣掉一批關於極地探險的藏書，於是我們約好在星期三見面。如果那批藏書很棒，或許就能在即將到來的書展上大賣。

總收入459.49英鎊
36位顧客

八月四日，星期一

線上訂單：7
找到的書：7

銀行休假日。凱蒂跟洛莉今天都在。凱蒂為了當醫生所受的進一步訓練，似乎只讓她變得更尖酸刻薄了——她到的時候，我在店裡打赤腳，接著她就說我把這個地方弄得像遊民收容所而不是書店。

有位顧客帶來四箱關於中世紀文學的書。我挑選了一些，然後給他六十英鎊。凱莉整天都在按字母順序整理犯罪書籍，完成安德魯起頭但卻覺得太過困難的工作。

在整理心理學書籍的架子時，我發現了一本《原子結構與化學鍵》（*Atomic Structure and Chemical Bonding*），這很明顯是妮奇放的。我星期五會找她談這件事。我也注意到她自創了一個叫「大後方小說」的新區域，而我立刻把那些書放進箱子回收。

希拉蕊對蓋文．麥斯威爾非常著迷，於是我帶她和安娜走了一趟，行程包括艾爾利格之屋（他的童年住處）、位於蒙瑞斯的麥斯威爾紀念碑，也去看了一下蒙瑞斯故居（Monreith House）。後來我到家畜展覽會現場，當時夕陽美極了，所以我把一臺小型的GoPro攝影機裝在無人機上，從空中拍了一些畫面。

幾年前有位朋友送給我一本她最喜歡的書：《笨蛋聯盟》（*A Confederacy of Dunces*），作者是約翰．甘迺迪．涂爾。這本書一直放在我待讀的書堆中，於是我在關店之後開始讀。

總收入346英鎊
26位顧客

八月五日，星期二

線上訂單：0
找到的書：0

今天又是洛莉和凱莉都在。我真的得把她們分開才行，因為我付不起兩個人的薪水。下個星期她們就要各工作三天，時間不重疊。

今天沒有訂單，我懷疑「季風」出了問題。我寄了電子郵件通知他們。

安娜和希拉蕊出發前往馬齊溫洛克了，不過她們離開前，告訴我想要帶一群讀書會的人回來，以及二月時在店裡開一個創意寫作課程。我提醒她們注意到時候的溫度。她們好像不擔心。我不確定這會不會賠本，於是建議她們第一年可以免費使用房子——她們似乎覺得客廳是很理想的場地——如果成功，我們可以如法炮製，再付一小筆使用房子的金額就好。

凱莉花了一整天時間整理變得亂七八糟的心理學書籍區。

網路在下午三點掛了。

總收入550.34英鎊
52位顧客

八月六日，星期三

線上訂單：0
找到的書：0

早上我下樓開店時還是沒有網路，於是我打電話給新的供應商Titan電信，他們說我需要一組新的使用者名稱跟密碼。我告訴對方這件事很急，因為我們收不到訂單，而他們說會請一位技術人員盡快打電話過來，所以我指示洛莉和凱蒂處理好這件事。

昨天晚上雨下得很大，今天早上又很多雲，但即使預報是陰天，天氣後來還是放晴了。正好，今天是威格頓展覽會（Wigtown Show）的日子。威格頓展覽會是蘇格蘭最悠久的農業展覽會，每年舉辦一次，已經持續了兩百年，而活動會擺出許多大帳篷，底下全都是販售鄉村手工藝品與食物的人。現場有音樂，也有一個吧檯，還有各式各樣的娛樂活動，以及圈滿家畜的圍欄。

Titan電信的技術人員在下午三點四十五分打來，我們大概四點鐘連上線，本來我是要女孩們把書登錄到網路上，但因為技術問題，我付給她們的兩份薪水都浪費了。

洛莉和凱蒂去參加家畜展覽會結束後在大帳篷裡辦的派對，然後在店裡過夜。我在凌晨一點上床，那時她們還沒回來。

總收入386.90英鎊

43位顧客

八月七日，星期四

線上訂單：6
找到的書：4

洛莉大約在上午八點五十分起床，凱莉則大約是九點十五分。兩個人看起來都嚴重宿醉，整天都幫不上什麼忙。

總收入337.05英鎊
28位顧客

八月八日，星期五

線上訂單：3
找到的書：3

我早上七點就出發前往巴勒特，所以今天是洛莉開店。妮奇在家準備東西，下個星期要帶去愛丁堡，在那裡的書展上用來宣傳隨機閱讀俱樂部。她打算星期三和星期四到場，發送傳單跟免費書籍，其中大部分的書是她沒問過我就從架上拿走的——她現在才告訴我。

我在中午之前抵達巴勒特並找到那間屋子，是一棟難看的小平房，處在一群一模一樣的難看小平房之中，而且每間都有裝飾過度的玫瑰園。在門口招呼我的男人身形矮小，留鬍鬚，穿著晨衣和拖鞋。他太太也是相同打扮。屋內空間小而雜亂，而且每一處表面上都有一層灰塵與汙垢。屋裡好幾個房間都有書，其中很多書都在上方一間改造過的閣樓，得通過一道非常狹窄的階梯才能上去。太太替我泡了杯茶，接著我就到處看書，他們則去看電視。雖然他們還算友善，但看起來不想聊天。書有點令人失望——南森（Nansen）的《極北之旅》（*Farthest North*），上下兩冊皮革裝訂但狀況很差，另外還有薛瑞—葛拉德（Cherry-Garrard）的企鵝版《世界最險惡之旅》（*The Worst Journey in the World*）以及埃文斯（Evans）上將的《與史考特南行》（*South with Scott*）——大部分的書況都在普通至糟糕之間。裡頭沒有你一定會想在極地相關書籍中找到的大作——沙克爾頓（Shackleton）的初版著作《南》（*South*），或是豪華版的《南極之心》（*The Heart of the Antarctic*），這種東西大概跟我今年賺的錢一樣稀少。經過大約一個鐘頭，我湊了差不多六箱書，主題全都跟南極有關，而我們也談好價格為三百英鎊。男人和他妻子都很沉默寡言，但也不會不友善，所以我早就認為他大概不會多談自己的事，不過我在把箱子搬到車上時問了他為什麼對南極感興趣，他竟然變得熱情了起來。他三十幾歲時曾經加入英國南極調查局（British Antarctic Survey），也到那裡待過好幾個夏天做研究。我真的不該隨便小看顧客和賣書的人。

下午一點過後離開亞伯丁郡並往南行。下午六點左右到家。

總收入196.98英鎊

19位顧客

八月九日，星期六

線上訂單：4

找到的書：4

妮奇今天看店，天氣好極了。下個星期我要離開幾天去釣魚，所以我們討論了我不在時必須完成的許多工作。對於她是否聽得進去，我幾乎沒什麼信心，也覺得我不在的時候她會完全隨心所欲。

妮奇離開時，有個騎電動代步車的人差點在人行道上撞倒她。一開始我以為可能是安迪，他幾個星期前才向她買了車。在我思考她被自己的電動代步車撞倒這件事時，她回到了店裡來拿她留在某個角落的帽子。我問她最近有沒有見過安迪，因為我有一陣子沒看到他了。她回答的語氣既隨便又冷淡，就像相信死亡是開始而非結束的那種人：「他上個星期死了。」

總收入336.87英鎊

25位顧客

八月十日，星期日

線上訂單：3

找到的書：3

開車到萊爾格（Lairg），要在那裡釣魚三天，同行的朋友有費德瑞克（Frederick）和菲內拉（Fenella），以及他們邀請的其他客人。A9是條迂迴曲折的路，尤其是自己一個人開車，大部分路段又沒有無線電廣播訊號的時候。通常，我可以調整到長波頻道聽《國際板球錦標賽》（*Test Match Special*），可是英國隊打敗了印度隊，昨天就不必比賽，因此我連這個伴都沒有了。一整路雨都下得很大，預報也說接下來一星期差不多都是這種天氣。要釣鮭魚最理想的情況是河水水位下降，但看來這不太可能發生了。

這場行程是我每年最重要的活動，而我一直活在擔心不會再受到邀請的恐懼中——原因大概是我的釣魚（以及社交）能力不足吧。費德瑞克一家跟其他一些人在欣因河（Shin）與奧依寇河（Oykel）有漁權，而且他們在萊爾格外側擁有一棟相當大的別墅。過去幾年來，我每一年都有幸受邀到蘇格蘭最棒的鮭魚水域釣魚幾天。現在我已經認識大部分受邀過去的人——每年的人都不一樣——這次還有費德瑞克在第一任婚姻時生的孩子威夫（Wilf）與黛西（Daisy），客人則包括曾跟我同校過幾年的比菲（Biffy）以及我之前沒見過但很有魅力的威爾（Will）。

欣因河很壯觀；穆罕默德・法耶德（Mohamed Al-Fayed）在欣因瀑布（Falls of Shin）附近建造了一座遊客中心，大家可以站在那裡的平臺上，看著在瀑布池裡等待的鮭魚衝出水面，穿過瀑布躍到河的上段產卵。欣因河是水力發電系統的一部分，在一片美麗的闊葉林景觀中切割出一道又深又陡的峽谷，再猛然落入薩瑟蘭海峽（Kyle of Sutherland）。欣因河有一種真正古老的感覺——或許是跟冰河時期有關——河道上散落著房屋般大小的巨石——或是某種你不自覺認為置身其中的地質變化，因為河水沿著莫因岩冪（Moine Nappe）中的志留紀（Silurian）斷層線流向大海時仍在不停地刻挖。雖然奧依寇河的上游水域也有類似的景象，不過那裡的景觀比較開闊：欣因河被高聳的峭壁包圍，困於峽谷之中，而有一年我還發現它被納入了水力發電計畫。當時我跪在河中央的一塊石頭上，某個水力發電技師想必也剛好決定打開水門。我正集中精神用飛蠅甩向水面，因此沒注意到我跪的那顆石頭被淹沒了。等我發現時，石頭與河岸的之間的水位已經上升到我只能搖搖晃晃踩著浸滿的涉水靴上岸，全身濕透穿過樹林回家。

八月十一日，星期一

線上訂單：4

找到的書：3

狂風暴雨在早上七點吵醒了我。費德瑞克和我從別墅開車到欣因河跟嚮導碰面。欣因河的水位五呎，奧依寇河則是十一呎，都不能釣魚。這種水量對魚來說也太多了，所以我們前往兩條河的瀑布，看看這麼大量的水衝擊牠們會是什麼景象。

總收入467.46英鎊
45位顧客

八月十二日，星期二

線上訂單：4
找到的書：2

早上七點半跟其中一位客人威爾一同起床——他是費德瑞克的老朋友。我們開車到奧依寇河的三號漁場，那裡的水位非常高。我在上午九點左右釣到一隻十八磅的鮭魚，這時其中一位嚮導彼得正好抵達。結果當天在奧依寇河釣到的就只有那條魚。下午我到欣因河釣，在瀑布上方錯失了一條大鮭魚，牠幾秒鐘內就拉走了我捲線器上的所有魚線，而且還繼續游，在後方留下了一個「V」。我敢說牠一定超過了三十磅。不知道我告訴大家時會不會有人相信。

總收入534.57英鎊
54位顧客

八月十三日，星期三

線上訂單：5
找到的書：4

上午都在釣魚。午餐過後，我向他們道別，接著前往格拉斯哥，在那裡的一間旅館過夜，隔天早上我在附近有筆書的生意要談。

總收入297.70英鎊
25位顧客

八月十四日，星期四

線上訂單：3
找到的書：3

早上八點醒來，然後開車到格拉斯哥去見一對年輕夫婦，他們在搬家，決定要賣掉藏書。裡面有各式各樣的登山書籍，而我總共選了三箱，給他們七十五英鎊。我在他們辦公室的桌上寫支票時，不小心碰到螢幕旁邊的滑鼠，啟動了原本在休眠的畫面。螢幕出現一個約砲網站，上面有張照片，是一位非常有吸引力的年輕黑髮女子。幸好，他們當時都不在房裡，而妻子回來拿支票時，螢幕保護程式已經恢復了。

把箱子搬上車後，我開車回家，在十二點半左右抵達店裡，發現洛莉和凱蒂邊聊天邊聽音樂，根本沒在工作。櫃檯亂成一團，桌子和工作區散落著書和廢紙，於是我試著針對整潔這件事訓她們一頓，結果她們說我是個挑剔的老太太，還模仿起我，所以我上網查了水位，決定下午到附近的米諾克河（River Minnoch），看看能不能再釣到一條鮭魚，結果這個計畫完全失敗了。

下午四點半，我回到店裡，發現母親正帶著我的表親賈爾斯（Giles）參觀書店。她特別喜歡在我家替人提供導覽。幾年前有一次在書展期間，我回臥室要拿一件套頭衫時，就撞見了她和看起來非常不自在的瓊安·貝克威爾（Joan Bakewell），當時她正在向對方講解我的室內設計品味。

一位老人在快要下午五點時進來，問我們能不能去她過世的妹妹位於烏爾（Haugh of Urr）的家中清理書籍（大約八百本）。由於他只在這裡待到星期六，所以急著處理掉那些書，於是我答應明天午餐之後過去看看。

總收入299.69英鎊

32位顧客

八月十五日，星期五

線上訂單：3
找到的書：0

今天凱莉來替妮奇代班。

「季風」又掛了，所以我們無法存取定位代碼，找不到下訂的書，其中一本是艾姆林・威廉斯（Emlyn Williams）的《天性歡愉》（*He Was Born Gay*）。

午餐過後，我前往大約在三十五哩外的小村莊烏爾，要去看一批藏書。那是一棟非常好看，外觀刷白的小屋。雖然屋內一團亂，不過擺滿了漂亮的古董家具與繪畫，以及一批混合各種類別的書。裡面沒什麼特別的貨，很多比較好的書都因為三月一場水災發霉或泡壞了，可是我找到一套兩冊的《唐吉訶德》（*Don Quixote*），一七五五年出版，以及一些A・A・米恩（A. A. Milne）的初版作品。書、畫和家具來自一戶高貴人家，在大房子賣掉以後就分給了家族成員。那些東西看起來跟小屋很不搭調，顯然當初買下的人是想擺放在更豪華的地方。老人跟他孫子住在那裡，話非常少。我發現我跟他孫子穿著一樣的運動鞋，而我把這件事告訴他時，他露出了驚恐的表情。我帶走了十二箱書，寫給老人一張五二五英鎊的支票。

我回到店裡，發現一張凱蒂在回家前寫的待辦清單，其中包括「修好季風」。這個問題發生得太過頻繁，也許是時候尋找替代系統了。它現在大概有百分之二十五的時間無法運作，雖然技術支援做得很好，但他們的總部在美國奧勒岡州，比我們慢八小時。方便的是他們會在我打烊的時候開始上班。

總收入217.98英鎊

26位顧客

八月十六日，星期六

線上訂單：5

找到的書：0

店裡整天只有我一個人，而「季風」今天早上還是不能用，這表示我們連前一天晚上下訂那些書的定位代碼都找不到。妮奇在愛丁堡書展發送隨機閱讀俱樂部的傳單以及她的智慧。我在下午四點收到她的簡訊，說她已經放棄，改去酒吧了。

午餐時間，我已經跟一位顧客爭論起鬼怪到底存不存在，另一位則帶來一本用氣泡袋精心包裝的波恩斯作品，一八四〇年出版，是零散的單冊（一套四冊的其中一冊——缺了另外三冊），而對方相信這值一大筆錢。我告訴她這本就算免費送我也不要，她隨即露出受到羞辱的表情。零散的書冊很難賣——要找到正好缺少你所擁有那一冊的買家，還要是裝訂相同的版本，這種可能性實在太低了，所以除非是非常特別的東西，或是附有精美木刻或銅版雕刻印刷的插圖本——我們大部分的書商通常都會避開。

威格頓農會的祕書海倫寄電子郵件問我影片的事，我都還沒開始編輯呢。

今天上午收到兩箱書。結果是諾里奇那位寡婦的情色藏書。我完全忘了這件事。我上網查了價格，決定給她七十五英鎊。買下情色作品相當麻煩，很少能夠拿到Amazon或eBay上賣的，因為這會觸犯那兩個組織管理階層的拘謹神經。

艾略特晚上七點抵達，要來開一場董事會，整個人神清氣爽的，不過才沒到幾分鐘，他的鞋子就出現在廚房的地板上了。

總收入407.97英鎊
29位顧客

八月十八日，星期一

線上訂單：6
找到的書：5

今天是凱蒂上班。她發牢騷說生病了，於是我替她泡了杯Lemsip感冒藥。午餐時間，我也開始覺得很不舒服了。

「季風」一直故障到下午兩點，那時他們在奧勒岡州的支援團隊才有人醒來，終於操控電腦解決了問題，我們才能處理訂單並找到書。

下午有位顧客問我們把「插圖詩集」放在哪裡。我解釋說我們沒有安排特定的區域，所以他得逐一過濾整個詩集區。他在兩個鐘頭後出現，開心地帶著一堆價值二百英鎊的書，說他剛開始收藏書籍，認為要建立藏書的話，插圖詩集是個有趣的主題。我真的以為這種類型的人不復存在了。本來我還想擁抱他的。

到了打烊時間，我已經覺得非常不舒服——喉嚨痛、頭痛、流鼻水。卡倫順路經過，於是我們去喝一杯。

我還沒把星期五從烏爾買的書搬下車，所以我真的應該優先處理這件事，開始把比較有價值的書登錄到網路上，好賺回一點現金。

總收入469.33英鎊
36位顧客

八月十九日，星期二

線上訂單：3
找到的書：3

凱蒂打電話請病假，所以店裡只有我。我懷疑我跟她生了一樣的病；我一整天都覺得很不舒服，可是隨機閱讀俱樂部的郵件明天就得寄出，於是我包裝了所有的書，然後在皇家郵政網站上處理好。我們的會員數回到了一百五十三人。郵件是二四七點五三英鎊。今天上午送單的時候，我問威爾瑪明天能不能派郵差來取六個郵袋。聽到我打招呼說「你好啊威廉，又是美好的一天呢」，威廉以他一貫的方式回答：「有什麼好的？」

總收入270.98英鎊
30位顧客

八月二十日，星期三

線上訂單：2
找到的書：2

凱蒂跟洛莉都打電話來請病假，洛莉是昨天晚上十一點打的，凱蒂則是今天早上八點。她們兩個同時生病，真是太不替人著想了。

我在整理園藝圖書室的架子時，在釣魚書籍區發現了一本《奧德賽》。這件事雖然我還沒問妮奇，不過答案幾乎肯定會是「對呀，他們不都有搭船嗎。你覺得他們要吃什麼？是的。魚啊。懂了嗎？」

郵差在我關店鎖門後過來拿隨機閱讀俱樂部的郵袋，幸好我還在店裡，聽見了他敲門。

打烊之後，我傳訊息給凱蒂，她保證過就算生病也會來上班，這樣我才能開車去格里姆斯比找伊恩拿書，對方是位書商，跟我有長期合作關係。

總收入276.70英鎊
30位顧客

八月二十一日，星期四

線上訂單：4
找到的書：4

凱蒂今天勉強來上班了。我在清晨五點出發前往格里姆斯比，上午十點四十五分抵達。伊恩的店是座舊教堂，位於格里姆斯比的正中央。他在三年前接手那裡，打算把一萬本左右的書拿到網路上賣。現在他決定放棄了，因為要跟大型書商競爭是不可能的事，他們放出的數量多到能讓亞馬遜和皇家郵政給予大量優惠，規模小一點的書商根本得不到。

伊恩跟我查看了我在兩年前寄過去讓他替我拿到網路上賣的書。我選了差不多十箱，覺得可以拿回店裡賣，剩下的就以五百英鎊賣給他。然後他提議用一千五百英鎊買下他已經登錄到網路上但還沒賣出的書，而我欣然接受了。

經過十三個小時不停開車與搬箱子後，我的背都僵硬了。今天晚上我會睡得像果戈里《死魂靈》裡奇奇科夫（Chichikov）在普柳什金（Plyushkin）的莊園中成功獲得了死者名字的那一天——「深沉安穩的睡眠，進入美好的夢鄉，只有那些不識痔瘡、跳蚤或過度作用之心智能量為何物的幸運傢伙才能享受」。

從店裡的「企鵝現代經典」（Penguin Modern Classics）區挑了一本福克納（Faulkner）的《我彌留之際》（*As I Lay Dying*），在就寢前開始重讀。在我參加高級考試時，課程中就有這本書，而我記得當時讀了很喜歡。

總收入603.63英鎊

41位顧客

八月二十二日，星期五

線上訂單：3
找到的書：2

今天洛莉當班。

在今天早上的訊息中，有一封不太友善的電子郵件：

現在是八月二十二號，我還是沒收到《龐弗雷特塔》（*Pomfret Towers*）。我住在坎布里亞（Cumbria），跟威格頓就隔著索爾威灣（Solway Firth）而已。

一本透過Abebooks從南非訂的書兩天就到了，而其他所有訂單也都很快發送並收到。

一本書從威格頓郡到坎布里亞要十二天才能收到，真的令人難以接受。或許你應該考慮採用別的方式。

午餐過後，我到爸媽家拿我的獵槍，然後對一部Kindle發射（螢幕壞了，是在eBay上用十英鎊買的），想像那就是不見的《龐弗雷特塔》。把它轟成碎片真是滿意極了。

打烊之前，有個男人帶來三本伊恩·佛萊明的初版作品，包括缺了書皮的《第七號情報員》（*Dr. No*），我給了他一百五十英鎊，緊接著就後悔了。後來想想，一百英鎊應該比較適合。

總收入296.47英鎊
20位顧客

八月二十三日，星期六

線上訂單：2
找到的書：2

女孩們今天都沒上班。我的背痛得要命，現在左腿也麻掉了。我打電話給卡蘿安，她最近處理過背部的問題。她告訴我這些是坐骨神經痛的症狀。

亞馬遜的顧客寄來兩封電子郵件，抱怨我們沒在包裹上貼郵票，所以他們得去郵局取件，還要支付額外的費用。包裹是八月十四或十五日寄出的，於是我查看了日誌。十四日是凱蒂跟洛莉都在店裡。十五日則只有凱蒂。等她們恢復健康回來上班後，有人就要等著被臭罵一頓了。

我在尋找今天上午的訂單時，有位顧客問：「你現在擁有最老的書是什麼？」接著就說要看。那本書叫《馬提亞爾》（*Martialis*），一五〇一年出版，所以就只差那麼一點而無法成為珍貴稀有的搖籃本（任何在一五〇一年之前印行的書都有這種浮誇的稱號）。接著她告訴我她有一本更古老的書。我不知道這是比賽。我們的《馬提亞爾》雖然並非搖籃本，不過特色是由阿爾丁出版社（Aldine Press）發行，那可是早期威尼斯最具聲望的一家印刷業者，在印刷界著名的事蹟是將斜體字引進印刷，而且是第一家以「八開本」發行尺寸較小的書——現在已成為標準。他們的紋章也很有代表性：一條海豚迂迴繞著一根錨。

總收入270.85英鎊

28位顧客

八月二十五日，星期一

線上訂單：2
找到的書：2

凱蒂今天勉強拖著腳步來上班。我提起了缺少郵票的包裹這件事。她承認可能是她的錯。

刺青異教徒桑迪帶來五根手杖補充存貨。

我的背還是痛死了。我本來打算去看醫生，卻忘記今天是假日，於是我打電話給我的藥劑師朋友克蘿達。她建議使用co-codamol止痛藥，後來我去找藥師，可是發現那裡也關門了，結果最後從合作社買了撲熱息痛（paracetamol）和布洛芬（ibuprofen）。

狄肯先生打電話來，問能不能訂一本艾莉森．威爾的《阿基坦的埃莉諾》。我問他確定嗎，因為我們最近才幫他訂過一本。他停頓了一下，然後回答：「噢對，我在桌上看見了。我的清單呢？有了，我是指大衛・史塔基（David Starkey）的《亨利》（*Henry*）。你可以訂嗎？」我向他保證這週結束前就會到貨。

我留下凱蒂看店，然後開車到格拉斯哥，把四十箱廢品交給位於帕迪克（Partick）的「舊衣換現金」公司。

我的記憶很糟，所以又做了一份註記要申請詹姆斯・派特森的補助金。這個項目就在我越來越長的待辦清單中，裡面都是我非做不可的事。

總收入367.05英鎊

72位顧客

八月二十六日，星期二

線上訂單：2

找到的書：1

今天是洛莉來上班。她才到沒多久，一個體型龐大、留著薑黃色傅滿洲鬍的女人買了一本關於《魔戒》（*Lord of the Rings*）電影製作的書。

一位我之前沒見過的書商到櫃檯問我們有沒有稀少的初版書，於是我告訴他可以帶走我才剛用二百英鎊買的三本佛萊明作品。他婉拒了，不過用二二五英鎊買了我們的初版《世界大戰》（*War of the Worlds*），並且以支票付款。他是今年第一個在店裡使用支票的人。我剛買下書店時，我們每個星期會到銀行存入支票兩三次，不過現在主要都是信用卡了。

我跟位於紐頓斯圖爾特的眼鏡店約好午餐後過去。經過幾道檢查，配鏡師彼得告訴我，我的視力跟四年前去檢查的那一次差不多。我說我在浴室閱讀時看不清楚，結果他問：「你白天的時候在裡面能看得比較清楚嗎？」我回答對——我看得清楚。他建議換掉燈泡。我們大部分的時間都在討論騎登山車與航海，跟往常一樣。離開時我訂了兩副新眼鏡。

卡蘿安下午六點半過來，問能不能在這裡過夜。我打給卡倫邀請他來吃晚餐。安娜和卡蘿安開車到紐頓斯圖爾特的中式餐廳拿外賣。這對安娜而言就是「做飯」了。

總收入287.96英鎊

56位顧客

八月二十七日，星期三

線上訂單：3
找到的書：2

妮奇在。

美食星期五顯然在這週改到了星期三，而今天早上妮奇露出牙齒笑著對我打招呼：「聽著，呃，我帶了一小包焦糖消化餅給你。不過全都融成一大團了。」她也帶了一輛腳踏車來賣。我告訴她不可能有人蠢到會買的。她掛了塊「待售」的牌子並把車靠在店門前的長椅上，不久後臭凱利就出現問她要賣多少。她告訴他目前他還得靠著兩根枴杖走路，要買腳踏車有點太過樂觀了。

一位大約年近八十的老女人拿了一袋書進來賣。那些全部是情色作品，而且都是一九六〇年代的寫真書。我查看了一兩本，還算值錢，於是給了她五十英鎊買下。離開前，她拿起其中一本書說：「看你有沒有辦法找出我是這本書裡的哪個模特兒。」

卡蘿安又留下來過夜了。

總收入461.39英鎊

34位顧客

八月二十八日，星期四

線上訂單：5

找到的書：5

今天凱蒂在。

我非常氣，妮奇的腳踏車賣掉了。她的Facebook更新內容：

抱歉各位，腳踏車賣出了！

不過現在有一張訂製的木桌，是掀蓋式的！

很酷吧！二十英鎊就歸你囉。

有位老女人拿著一本書到櫃檯：「我要這本書，謝謝你。告訴你，這是給我兒子的。他是國小老師，要教孩子們恐龍的事。我對牠們什麼都不懂，他也是，所以我才買這本書給他。我下個星期會跟他見面，到時就把書給他。那是他姑姑弗羅倫絲（Florence）的七十歲生日。你知道嗎，她看起來根本不超過六十歲……」她就這樣繼續講了十分鐘。

AbeBooks寄來電子郵件說我們的帳戶被停權了，原因是我們已經一個月無法達到最低百分之八十五的訂單完成率。我回信問我們可以怎麼恢復。

有個拄著手杖的老男人向妮奇搭話，當時她正在翻看一箱要給「舊衣換現金」的書——「我在找一本書，但我不知道書名是什麼。不過我知道那本書長什麼樣子。是一本非常老的書。」

刺青異教徒桑迪帶來了更多手杖。我們隨即就賣出一根。

總收入388.03英鎊
39位顧客

八月二十九日，星期五

線上訂單：1

找到的書：1

今天又是妮奇上班。這次美食星期五她帶來的是印度炸菜餅和醃菜——一如往常，是從莫里森超市廢料桶掠奪來的。

AbeBooks寄來電子郵件，以複雜到不可思議的方式解釋如何恢復我們的帳戶，於是我得說明為什麼我們的完成率會下降，以及我們要做什麼確保能夠改善。我覺得這很像在學校被抓到抽菸而道歉。我怪罪洛莉，然後告訴在AbeBooks的那個女人（艾瑪）我用工作懶散的理由開除了她，而這就是我提升訂單完成率的策略。對方似乎相當滿意。

下午我開車到鄧弗里斯去看一位蘇格蘭教會退休牧師的藏書。儘管他的妻子剛過世，他看起來卻很愉快。也說不定這就是原因。我帶了一箱各種題材的書，給他七十五英鎊。唯一像樣的書是一本《加洛韋閒談》（*Galloway Gossip*），以前通常要賣四十英鎊，可是現在不到二十英鎊就買到了。

下午三點半回到店裡，正好聽見一位顧客對她瀕臨崩潰的丈夫說：「我剛去花園逛了一下。那裡有一道門，掛著一塊『非請勿入』的牌子，但我還是過去了。很漂亮呢。」

妮奇找到一本《跟憂鬱的女人共事》（*Working with Depressed Women*），決定自己留下來。我們在打烊後去酒吧，後來她就在節慶床位過夜。

總收入328.89英鎊
27位顧客

八月三十日，星期六

線上訂單：3
找到的書：3

自從六月以來，我們今天第一次有了AbeBooks的訂單。看來他們終於讓我們當回賣家了。

妮奇把郵袋送去郵局時，有位顧客找到一本一八七六年版《丹尼爾的半生緣》（*Daniel Deronda*），價格六點五英鎊，她帶來櫃檯問「這可以算多少？」我因此很不高興地想告訴她「可以算七點五英鎊」。她根本沒等我回答，竟然就完全離題，說：「我覺得威尼斯太讓人失望了。那裡到處都是遊客。」自以為是的遊客總會這樣抱怨。

我讓妮奇看店，接著跟安娜開車去格拉斯哥機場，她要回美國看家人。

總收入211.86英鎊

29位顧客

九月

九月

我們的童書賣得很好，主要都是「削價出售」的書。現代的童書都糟透了，特別是你從整體上看的時候。比起《彼得潘》（*Peter Pan*），我寧願讓孩子讀佩特羅尼烏斯（Petronius Arbiter），不過即使是巴里（Barrie），似乎也比後來的模仿者更有男子氣概也更強健。

——喬治．歐威爾，《書店記憶》

店裡的童書區總是一團亂。雖然不管再怎麼清理都沒辦法讓那裡整齊超過一兩天，可是我們仍然繼續徒勞無功地這麼做。我很想責怪孩子們弄亂那裡，不過我猜小孩就是這樣。然而看見孩子閱讀，全神貫注在書本上並完全與外界隔絕，這倒是讓我對書業的未來有了那麼一絲希望。普遍來說——至少在我的店裡是如此——女孩是比男孩更投入的讀者。我小時候對閱讀的興趣可是很有限。但是，無論男孩或女孩都不會拿巴里的書來看。在那段時期的蘇格蘭作家中，似乎只有史蒂文森和布肯經過了時間的考驗，在店裡仍然賣得很好。

安德魯．蘭格（Andrew Lang）的童話系列也很暢銷，但買的人主要是收藏家而非孩子們。有次我向另一位書商買了一套，然後帶去書展（除了少數著名的例外，書展似乎也是這一行中正在苟延殘喘的部分）。書展中獲利最大的買賣來自書商設立攤位時彼此之間的交易，也就是在開放民眾進來以前。這可沒有任何例外，而我用四百英鎊買下蘭格的童話系列不到一個星期後，就在蘭開斯特書展（Lancaster Book Fair）以五百五十英鎊賣給了另一位書商。從那時起我就沒再去過書展了。除了旅行、住宿、攤位都需要費用，人們現今願意花在書本上的錢又少得可憐，因此就連第一流的書展也幾乎無利可圖了。

九月一日，星期一

線上訂單：3
找到的書：2

今天洛莉在店裡。她到了以後，我就開車去紐頓斯圖爾特把上個星期的收入存進銀行，再去眼鏡店拿我的新眼鏡。伊莎貝下午三點半出現，她注意到我的新眼鏡，說：「噢，那讓你看起來很聰明呢。」她真應該開課教人怎麼用讚美來罵人。

總收入153.54英鎊
15位顧客

九月二日，星期二

線上訂單：4
找到的書：2

洛莉容光煥發，而且早到了。下午兩點，一位八字鬍修剪得非常整齊的顧客來櫃檯說：「我在找艾普斯雷．薛瑞－葛拉德（Apsley Cherry-Garrard）的《世界最險惡之旅》找了好幾年，我曾經把我那一本借給了一位朋友，結果對方都沒還。我看到你有一本，不過要二十三英鎊。這對一本舊書來說好像很貴。」所以，經過多年尋找《世界最險惡之旅》之後，他終於找到了一本，而且也是稀有的版本，但二十三英鎊要價太高了。

整理從烏爾帶回來的書時，我在一個箱子中發現了一本《法語會話手冊》（*French Phrasebook*）。你得碰上最悽慘的假日，才會覺得這些句子實用：

「有人掉進水裡了。」
「你會製作夾板嗎？」
「她被輾過了。」
「幫我搬起他。」
「我想要照X光。」
「別煩我。」
「我不喜歡這樣。」
「女服務生從沒在我按鈴後出現。」
「我一九四〇年來過這裡。」
「這裡有十一位人質被射殺。」

總收入218.93英鎊
20位顧客

九月三日，星期三

線上訂單：3
找到的書：3

洛莉上午九點開店，可是忘了要把牌子從「休息中」翻成「營業中」。我在上午十點半發現之前，沒有半個顧客進來過。

一輛希爾林旅行社（Shearings）的巴士下午三點停在店外。這表示必定會有一整車來自約克郡的退休人士入侵書店，他們會抱怨一切，只要是免費東西的都拿光，接著在十分鐘後離開，急著要知道最近的公廁在哪裡。因為有巴士司機，所以今天的襲擊讓人能夠稍微忍受一些，而他也是他們之中唯一買東西的人。我們對彼此露出同情的神色。那些人離開後不久，有個女人在店裡晃，然後用最大的音量喊著：「莉茲（Liz）！凱倫（Karen）！」原來是那輛希爾林巴士要等人到齊才能離開。店裡在入侵後的寧靜被她的尖聲叫喊暫時破壞了。

柯克代爾的風電場提案被規劃者否決了。雖然這是好消息，但大家都知道推動計畫的公司有辦法讓荷里路德（Holyrood）推翻當地的規劃決策。

洛莉下午三點離開。今天是她最後一天上班。不過，圖書節公司要僱用她，所以這個月後半段會在樓上工作，擔任場地經理。在圖書節期間，我的客廳變成了「作家休息室」（Writers’ Retreat），只提供給來訪演說的作家使用。我們請了外燴，讓作家待在威格頓的期間能夠酒足飯飽。洛莉到時候的工作就是要確保一切順利，但情況從未如此。某一年我們有位住客在圖書節的第一天早上洗澡時，一拔掉塞子，排水管就開始漏水，接著就有一股強烈水流沖出浴室，浸濕電爐，讓電爐砰的一聲炸壞了，而這並不是他的錯。我還得打電話給卡蘿安，請她從鄧弗里斯帶一臺新的過來。電爐爆炸時的突波也毀掉了無線路由器，所以我們沒有網路可用，那天後來洗衣機也故障了。我們在圖書節期間需要的基本設備之中，這三樣是最重要的。

總收入173.49英鎊
15位顧客

九月四日，星期四

線上訂單：3

找到的書：2

今天是凱蒂的最後一天，於是我在她離開時給了她一個大大的擁抱。她討厭肢體接觸，所以看到她這麼不舒服，真是令人滿意極了。

總收入304.38英鎊

25位顧客

九月五日，星期五

線上訂單：5

找到的書：4

妮奇當班。她才剛到幾分鐘，就把包包丟在書店前室中間的地板上，外套則扔到角落，而她打開了好幾個箱子，讓尚未標價與整理的書幾乎鋪滿了店裡所有可用的空間。不過她找出了昨天一筆訂單中我找不到的書，也承認她放錯了架子。

我在犯罪書籍區修理壞掉的書架時，無意中聽見一位年長的顧客在跟她朋友討論恐怖小說，把E・L・詹姆絲（E. L. James）跟M・R・詹姆斯（M. R. James）搞錯了。等她帶著剛買那本《格雷的五十道陰影》（*Fifty Shades of Grey*）回家後，要不是覺得有意外的驚喜，要不就是嚇得半死。

我正要擺出新貨時，有位穿著方格紋聚酯纖維長褲的矮胖顧客擋住了蘇格蘭室的門口。她注視了我一會才說：「你不認得我了，對吧？」經過一陣尷尬的沉默，我坦白承認不知道她是誰，後來才明白原來她是書店Facebook頁面上許多怪異貼文的作者，而且好像無來由地深信自己的天才。她說我們曾經講過一次電話；她是《不，我才不坐蹺蹺板》的作者，不出所料，那是她還沒出版的自傳。令我害怕的是她注意到了一塊妮奇設置的招牌，那是要邀請顧客讀出自己最愛的書中一段文字，讓我們拍下影片貼到Facebook上。她突然離開回去車上拿了一本書過來，堅持要我錄下她讀的內容。那是她一位祖先的自傳，是在第一次世界大戰前寫的。她的朗讀沉悶單調，偶爾還會在文字中不適當的地方突然嚎啕大哭並瘋狂比著手勢。

她在離開之前告訴我，她打算到圖書節「感受一下氛圍」，到時候她的書大獲成功後受邀來演講，心理就會有個底。她問我能不能預訂店裡的節慶床位。我早該料到她會問，但還是冷不防大吃一驚。我隨口編了個站不住腳的藉口，把責任推到艾略特身上，說他決定我們今年不再開放了。其實我已經接受了兩筆預訂。

下班後，崔西過來喝杯茶，然後開始敘述她在RSPB訪客中心遇到了最討厭的人。結果就是那個女人。

妮奇在節慶床位過夜。

總收入246.60英鎊

14位顧客

九月六日，星期六

線上訂單：3

找到的書：3

妮奇很早起，而且在我下樓的時候整理了廚房。我們有筆訂單是一本叫《失禁》（*Incontinence*）的書。

我在Facebook上張貼了一張蘇格蘭獨立戰爭馬克杯的照片，因此增加了幾筆訂單。我掃描了一九二〇年代的一本小冊子，用電子郵件寄給貝芙（Bev），而她據此製作了杯子。我好想拿一個給我媽當成聖誕禮物。

上午十點半，有位顧客帶來十一個箱子——主題混合了義大利藝術、物理學、統計學。我查看時，有個女人站在旁邊看，距離近得讓人不舒服，還咧開嘴巴笑著。過了一會，她問我書是不是有人捐的。我說沒有人捐書，一切都是我付錢買的。然後她看著我針對我想要的書寫了張一二〇英鎊支票，交給帶書來的男人。澳洲女人離開時，告訴她先生：「你知道嗎，他的書全部都是捐來的。」一快打烊時，我把其中六本藝術書賣給了一位很開心的顧客，因為其中兩本對方找了好幾年。

刺青異教徒桑迪帶一個朋友來逛了一下。他和妮奇對金屬探測都很熱衷，對這個話題激烈爭論了一番。藏書家大概都能理解金屬探測的吸引力吧。兩種愛好者都會在自己的領域追尋深埋的寶藏，而我想像桑迪在外面搜索維京人貯藏的錢財時，也會跟在書店裡一樣從眼中流露出熱忱。

午餐過後，我跟威格頓圖書節公司的安・巴克萊（Anne Barclay）開會，對方請我替針對年輕人舉辦的威格頓節慶（Wigtown, The Festival——WTF）製作一段影片用於申請資金。安是節慶的營運經理（艾略特是藝術總監），負責處理所有的後勤、預訂等事務。她是個特別認真工作的人。她辦公室的燈光在我就寢時通常都亮著（我拉開窗簾就可以從臥室的窗戶看到），而在舉行節慶的期間，她那裡就算到了凌晨一點也必定還是燈火通明。

總收入496.96英鎊

36位顧客

九月八日，星期一

線上訂單：6

找到的書：5

今天妮奇在。早上第一件事是跟她發生爭執：我要求她一次只整理一個箱子，別把成堆的書隨便擺得店裡到處都是，但她不肯配合。到了打烊時間，店裡有九個打開的箱子，店裡還有七個地方堆著書。我向她提這件事，她卻怪到顧客身上。

上午十一點，我帶著無人機開車到默瑞紀念碑（Murray's Monument），為史都華・麥克連（Stuart McLean）的「黑暗外界」（The Dark Outside）拍預告片，那是他去年創立的活動，會邀請人們提供自己寫下、錄製從未有人聽過的音樂。他會以默瑞紀念碑為基地（在幾哩之外），利用一部FM發射器，在半徑四哩的範圍內二十四小時播放新音樂。接著他會毀掉儲存音樂的硬碟，意味著本質上每首音樂就只存在於那一次的廣播中。

威格頓圖書節公司前主席安・布朗（Anne Brown）需要一些給威格頓電臺（Wigtown Radio）用的音訊內容，這個電臺會在圖書節期間發送廣播，所以今天下午我找到廣場跟在書店和書業工作的人士錄了些簡短的訪談。威格頓電臺是去年開辦的，會在圖書節整段期間運作。電臺設置於鎮公所的烈士囚房，是個很小的圓頂房間，幾乎全部都是現場直播，有一位節目主持人、一位製作人，以及製作人在主持人撐住節目的廣播期間跑到外頭憑經驗找到的一組來賓。

今天晚上看完了《我彌留之際》。下午有位顧客見到我在讀，建議說如果我喜歡這本書，說不定也會喜歡尼克．凱夫（Nick Cave）的書《驢子見到天使》（*And the Ass Saw the Angel*）。我在平裝本小說區找到一本，已經開始讀了。

總收入242.30英鎊
18位顧客

九月九日，星期二

線上訂單：3
找到的書：1

今天妮奇沒上班，所以我一個人在這溫暖晴朗的日子看店。三筆訂單中有兩筆的書找不到。最近妮奇的定位代碼亂到了極點。

今天上午的電子郵件：

主旨：我沒有錢，我愛書，請給我一份工作

內文：

致「書店」：

我來信想詢問是否有工作空缺，我是位作家，而我跟大多數作家一樣，口袋都空了。通常我會去當服務生，不過我希望找到能夠接近許多書的工作。

我住在露營車上，停放於這個區域，而我丈夫正跟本地的陶藝家安迪．P（Andy P）一起工作（是他叫我提起他的，所以可別說我拉關係……）。我有很多跟人合作的經驗以及良好的客戶服務技巧，但我相信自己有資格在你的書店工作，是因為我熱愛並尊敬各種類型的書。我一直很愛書，也會一直愛書。如果合法，我說不定已經嫁給一本書了。

我工作努力，個性友善，需要的話我也可以提供推薦函。

我知道請求得到「書店」的工作是非常不專業的行為，但我保證能在必要／被迫時表現出專業。

獻上最真誠的問候，

貝森（Bethan）

我回信告訴她現在時機正好，因為圖書節真是忙翻了，而我們需要越多人手越好，不過一直到圖書節結束過後幾天的時間裡，我們就得一直工作。

Booksource銷售代表卡蘿・克勞馥差不多在十二點半出現。她總會安排時間在圖書節開始前來訪，確保我從她帶滿新書的iPad選購充足的存貨。我訂了大約五十種，包括三本《蘇格蘭的失落花園》（*Scotland's Lost Gardens*），其中一本我打算自己留著。我又再一次覺得我那站不住腳的原則很浪費：向分銷商買書，但亞馬遜可以提供同一批書，價格比我向出版商買的更便宜。我想這種事無法再持續多久了。越來越多顧客只把書店當成瀏覽實體書的場所，然後到網路上買。這樣的情況在新書尤其明顯，而亞馬遜幾乎一定都會低於定價販售，可是二手書就不會這樣，在網路上很有可能會比較貴。

下午稍早，一位顧客進來店裡問我們有沒有一本「叫《綁架》（*Kidnapped*）的書」。我告訴他有，我們在蘇格蘭室有幾本。他連回答都沒有，也根本不去看，就直接離開書店了。

我用一個舊托盤做了盾牌木架，把射壞的Kindle擺上去掛在店裡。

店貓船長從星期日就不見蹤影了。我在Skype上跟安娜聊天時提起這件事，她似乎非常擔心又沮喪，還想像那隻不幸的生物會遇上各種不太可能發生的災難。

總收入235.47英鎊
27位顧客

九月十日，星期三

線上訂單：3
找到的書：3

今天妮奇來上班。她設法找到了我昨天找不到的兩本書。她登錄那些書之後，就把書放在跟資料庫定位代碼完全不同的書架上了。

憂鬱的威爾斯女人又打電話來了，結果也跟往常一樣。我納悶她是不是有一大串書店的清單，整天都在打電話問他們相同的問題。根據我的推測，這樣的清單一定長到足以讓她花上兩個月時間打過一遍才重新開始，這剛好跟她打來的頻率差不多。

上午十一點，諾里和繆爾帶來了製作書螺旋的混凝土書本和鋼條，路人們則露出相當興奮與驚愕的表情。

我在下午三點半左右問妮奇要不要喝茶。她回答：「好，不過一定要骨瓷的茶杯跟碟子。我才不想用你那些跟垃圾一樣的馬克杯。」

下班後，我填寫申請了詹姆斯·派特斯的書店補助金。晚點我會再檢查並送出。

還是沒有貓的蹤影。

總收入273.94英鎊
24位顧客

九月十一日，星期四

線上訂單：4
找到的書：3

今天又是妮奇上班。她拿了四個碰撞嚴重的番茄罐頭送給我，是在合作社大特價時買的。

上午十點，我開車到紐頓斯圖爾特載建材。我得在書店後面建立一個圖書節用的表演空間。在建材行時，我偶遇了電工羅尼（Ronnie），提醒他三年前替我做了某項工作後都還沒寄給我費用清單。

威格頓的合作社因為要整修，所以下午四點關閉。我們現在得去紐頓斯圖爾特採買食物才行。合作社在十八日重新開業。對於鎮上的某些人來說，這個消息跟同一天的蘇格蘭獨立公投同樣值得興奮。

總收入411.44英鎊
19位顧客

九月十二日，星期五

線上訂單：4
找到的書：4

妮奇又回來了。她說的第一句話是：「你要來一點黑莓醬嗎？呃，這不算是果醬啦。而且滿噁心的，嘗起來太甜，所以我也加了點辣椒粉。搭配一點肉應該會很棒。」

我們找到了所有訂單的書，接著我請妮奇處理皇家郵政寄書的事，並且把包裹拿到郵局交給威爾瑪。下午五點，我發現東西還放在店裡，於是問她怎麼回事。她回答說等到明天再寄就好了。我說這表示在星期四訂書的顧客就得等到星期一或星期二才能收到書，而我們還保證會在四十八小時內出貨，結果她回答：「他們不會在意啦。」

午餐過後，我開車到格拉斯哥機場載安娜，回家途中，她幾乎一直在用各種難以置信的理論探討走失的船長可能會發生什麼事。

關店時，在妮奇先前擺放她那些「大後方小說」的架上（我已經把書清掉了），我發現有個新書架的標籤寫著「真實創傷／虐待」。我立刻拿掉標籤。她一定是故意放在那裡惹火我的。

妮奇離開時告訴我星期一她可能會來，不過也要她想來才行。

總收入141.22英鎊
17位顧客

九月十三日，星期六

線上訂單：6
找到的書：4

上午十點，一位非常漂亮的金髮女子出現，自我介紹叫貝森，也就是九號寫電子郵件給我的人。她看起來既迷人又聰明，於是我讓她從現在到圖書節結束前，在妮奇無法上班的時候過來幫忙幾天。

有位顧客拿起一本琳・安德魯斯（Lyn Andrews）的書，向她朋友宣告：「我正在Kindle上讀那本書。」我由衷希望她會偶然發現我那臺支離破碎的戰利品Kindle，然後思考電子書閱讀器對書店可能會有什麼影響，但我也真的懷疑她會用腦去特別思考任何事。

午餐時間來了位顧客，他的左腳褲管捲到膝蓋，右腳褲管捲到腳踝，頭戴一頂扁帽，買了一本關於密教性愛的書。

在安娜的堅持下，我印了「尋貓啟事」海報，然後到鎮上四處發放。

跟朋友在惠特霍恩島（Isle of Whithorn）吃晚餐，大家幾乎都在熱烈爭論獨立公投的事。安娜最初反對獨立，而她不喜歡民族主義也情有可原——她的外祖父母都是大屠殺的倖存者；奧斯威辛（Auschwitz）集中營解放時，她爺爺就是裡面的囚犯——後來她似乎能慢慢接受民族主義與獨立不一定是同一件事。參與晚餐的人之中，贊成獨立的我們占一半，另一半則反對。如果十八日計票的結果跟我們這次一樣平分秋色，當天晚上應該會很有趣。

晚上我們還出乎意料討論了詩。招待我們的主人克里斯多福（Christopher）是位農夫，在大學修的是純數學，而我絕不可能想到他對詩有熱情。我已經認識他一輩子了，可是一直到今天晚上，我都還不知道他會對降雨量統計跟作物產量以外的事有一丁點興趣。今晚他背誦了葉慈的〈流浪者安格斯之歌〉（The Song of Wandering Aengus）。那實在太棒了，而且意外地動人。

總收入239英鎊
17位顧客

九月十五日，星期一

線上訂單：5
找到的書：5

妮奇今天不能來，於是我寫信給貝森，告訴她如果有時間，歡迎她過來工作。

我們的亞馬遜評分從「良好」掉到「一般」，大概是因為未完成的訂單吧。在今天的訂單中，有一筆要寄到比利時，另一筆則是到德國。這種情況通常會在英國貨幣疲軟的時候發生，現在就是這樣，而反獨立的支持者會說部分原因是星期四舉行公投引發的不確定感所導致。

貝森在下午一點左右出現。我帶她看了一下書店，讓她開始整理架子，這有兩個好處，除了會讓書店看起來更整齊，也能讓她知道店裡各區域的位置。

貝森抵達不久後，圖書節的一位駐場藝術家安努帕順道過來喝茶。雖然我非常想解決掉積壓的工作，不過我們還是聊了大約一個鐘頭。我們討論了星期四的投票，也談到說不定我們再過一個星期見面時，蘇格蘭已經獨立了。就算沒有，至少合作社會重新營業。

一個留著鬍子拖著腳步的老人來詢問關於「坎布里亞納（Cumbriana）和諾森布里亞納（Northumbriana）」的書，這令我更加討厭故意用不必要的字詞讓自己聽起來聰明點的人。集郵的興趣不會讓你在「書店」得到任何好處。幾分鐘後他回來，結果找不到地誌的書區，問：「諾森布里亞（Northumbria）在哪裡？」我忍住衝動沒告訴他那就在蘇格蘭的南方。他太太拿了七本關於諾森布里亞的書到櫃檯，包括一本初版近全新的《大街小巷》（*Highways and Byways*）。總價是二十七英鎊。他看著地板，咕噥著說：「最便宜可以算多少？」

總收入211.17英鎊
28位顧客

九月十六日，星期二

線上訂單：1
找到的書：1

今天早上又是貝森在，所以我大部分時間都在舊倉庫設置「創意空間」，要讓艾莉森（Allison）的木偶劇在圖書節期間使用。去年我把倉庫一部分改造成有點像是俱樂部的會客室，我們再以「圖書節俱樂部」的名義宣傳。之前春季圖書節的威士忌晚餐是由瑪麗亞準備，提供了食物、茶、紅酒、啤酒和汽水，當時辦得非常成功。不過今年圖書節期間瑪麗亞要為「作家休息室」張羅飲食，而我們又找不到能夠接替的外燴，所以那裡就被當成活動場地，主要是給艾莉森使用。

有個女人在下午四點進來店裡，一邊擦著手臂上的血。她很肯定在網球場附近發現了船長，也試圖把牠帶回書店，不過她到合作社的時候，那隻貓開始一邊亂抓一邊發出嘶嘶聲，然後就跑掉了。

下午我跟邊界電視臺（Border TV）做了段簡短的訪談，討論即將到來的圖書節。加洛韋的人口稀疏，生活中經常有許多不便，例如其他人視為理所當然的大眾運輸，可是沒有任何事比得過我們本地電視臺的慘烈失敗。雖然他們盡力了，但加洛韋並不屬於邊區，而我們的「本地」電視臺是從另一個國家的遙遠海岸上播送的。ＩＴＶ邊界（ITV Border）的總部蓋茨黑德（Gateshead）位於英國，距離加洛韋西部將近兩百哩。這就像是從斯旺西（Swansea）播送倫敦的當地新聞，還要試圖報導兩地之間的一切大小事。

總收入152.49英鎊
13位顧客

九月十七日，星期三

線上訂單：0
找到的書：0

今天還是貝森來上班。

在我們處理從烏爾帶回的最後幾箱書時，貝森發現了一本《凱瑟琳·雷恩詩集》（*The Collected Poems of Kathleen Raine*）。對於店裡架上作品的作者，我通常認識不多或一無所知，不過我以前在距離威格頓四十哩的潘龐（Penpont）附近向一位老人買書時，就從他那裡得知了一些關於凱瑟琳·雷恩的事。六年前他打電話給我說要賣書，於是我開車去他家——一棟漂亮的地主宅邸，花園裡還有一座安迪·高茲渥斯（Andy Goldsworthy）的雕塑。開始查看他豐富的藏書之前，我們先坐下來喝了他親手煮的一鍋湯，期間他解釋說自己被診斷為白血病末期。他顯然很難接受診斷結果，一再告訴我兩年前他七十五歲生日時還去爬過吉力馬札羅山（Kilimanjaro）。他太太幾年前死了，而他很明顯還想活得比醫學專家預估的更久。從他的言談中，我聽得出也能理解他感到不公平與憤怒。他的藏書有六千本左右，我買下大約八百本，給了他一千二百英鎊。當中最有趣的東西是凱瑟琳．雷恩寫給他的一封信，被他夾在蓋文．麥斯威爾的作品《明水之環》（*Ring of Bright Water*）裡面當成書籤。他拿出信給我看時，我坦承自己從來沒聽過凱瑟琳．雷恩，於是他解釋說她跟麥斯威爾本來是好朋友，但有一次她造訪卡穆斯菲納（Camusfearna）——他位於蘇格蘭西岸桑達格（Sandaig）的家——他卻在一九五六年的一場暴風雨中將她趕出屋外。雷恩在花園裡的一棵花楸樹下詛咒了麥斯威爾。她把他隨後所遭遇那些迅速而眾多的不幸歸因於這次詛咒，還認為麥斯威爾的朋友們也把降臨於他的一連串災難怪罪到她身上。《明水之環》中的那封信，就是要回覆他故居附近位於蒙瑞斯的蓋文．麥斯威爾紀念碑開幕儀式邀請。雷恩拒絕了邀請，因為她相信麥斯威爾的朋友會對她有敵意。那位老人在賣書給我幾個月之後就過世了。

有人通報在威格頓山腳下的烈士之樁停車場看到船長。安娜立刻出發，然後就帶著牠回來了。顯然昨天在網球場被發現的那隻貓並不是船長，難怪牠會亂抓那位想帶走牠的好心人。

電線上再也沒見到燕子了。

總收入158.50英鎊
16位顧客

九月十八日，星期四

線上訂單：2
找到的書：1

貝森跟妮奇今天都在，所以我指派她們去挑選並打包隨機閱讀俱樂部要寄出的書。我不太相信她們能夠找出我覺得訂戶會喜歡的書，可是隨著圖書節逼近，我已經忙碌不堪，沒有選擇的餘地，只能委託她們了。妮奇問了威爾瑪是否能夠派郵差明天來拿郵袋。

今天其中一筆訂單我們找不到的書，我已經寄給在格里姆斯比接收我們線上庫存的伊恩，可是當時我忘了從「季風」移除那本書，所以它在我們這裡還顯示有現貨。通常這會導致負評，因為我們不得不取消訂單。

下午我花一些時間為廣播電臺又採訪了幾位本地商人，內容會在圖書節期間從鎮公所裡的烈士囚房播送。其中一位接受訪問的人是妮奇，她形容我是「一個紅髮的巨大謎團」。

合作社今天重新開張，大家都很興奮，可是經過一天下來，每個人都抱怨再也找不到自己要的東西了。

公投日：我自己投了票，卡倫則委託我代他投票。他去了*Camino*——前往聖地亞哥德孔波斯特拉（Santiago de Compostela）的朝聖之路。打烊後，艾略特帶著圖書節的實習生貝思（Beth）和錢尼（Cheyney）——他們獲得了很吸引人的工作，例如疊椅子跟在辦公室接電話——接著我們一起看開票結果。最後我在凌晨兩點上床，而令人沮喪的是蘇格蘭獨立很明顯被投下了「反對」票。

總收入237.96英鎊

20位顧客

九月十九日，星期五

線上訂單：3
找到的書：3

今天又是貝森跟妮奇都在。

我花了一整天為圖書節廣播電臺採訪錄音，書店的事就交給妮奇。她安排郵差下午三點過來拿隨機閱讀俱樂部的六個郵袋。圖書節在下星期的這個時候就要開始了。

總收入157英鎊
10位顧客

九月二十日，星期六

線上訂單：2
找到的書：2

妮奇遲到了十分鐘，還對公投結果洋洋得意。特維格寄來電子郵件：「嘿尚恩你這個紅髮大混蛋——一定要幫我羞辱幾位作家啊！

向我在威格頓的所有朋友獻上愛，羅伯。」

今年是長久以來特維格第一次不參加圖書節——為了下一本書，他正在喜馬拉雅山脈的某處探索，我想那應該會是某種地誌傳記，就像他的上一本書《紅色尼羅河》（*Red Nile*）。

在我把一些箱子搬下車時，一位本地的牧羊人卡蘿．卡爾（Carol Carr）正好經過。我們互相講了幾句玩笑話，接著她問我情況如何，於是我告訴她我很好，除了背部以外。她看起來很驚訝，跟我說她先生羅伯的背也不好，就和大多數的農夫一樣。她沒想到書商會花很多時間將成箱的書搬上或搬下車，再擺放到令人不適又不便的空間中。我估計我每年大概要搬十五噸重的書，而且那些十五噸重的書至少還會被移動三次。

圖書節再六天就開始了。

總收入193.50英鎊
17位顧客

九月二十二日，星期一

線上訂單：5
找到的書：5

妮奇和貝森在。妮奇帶來一個製作成巨大毛毛蟲造型的蛋糕。蛋糕在莫里森超市降價到四十九便士，而她是在週末買的。那看起來噁心死了，還覆蓋著一層醜到不行的糖霜。

圖書節星期五開始，只剩四天了，所以這個星期大部分時間都會瘋狂投入於最後一刻的準備工作。

貝森整天都在將貝芙今天稍早帶來的企鵝版書籍標價並上架。

柔伊（Zoe）和戴倫（Darren）到了。他們會跟安娜在圖書節期間演出一些行為藝術。他們要重現知名電影中的書店場景——《夜長夢多》（*The Big Sleep*）、《新娘百分百》（*Notting Hill*）、《大魔域》（*The NeverEnding Story*）。

我檢查了要寄到鄧弗姆林給亞馬遜的FBA書籍運送狀態——UPS取走的那幾箱書還沒送達。

今天聽到非常傷心的消息。阿拉斯泰爾・里德昨天過世了。明天我要寫信給他妻子萊絲莉。這是芬恩在午餐時間打電話來通知我的。

總收入145英鎊

22位顧客

九月二十三日，星期二

線上訂單：4

找到的書：4

妮奇和貝森在。圖書節的時間越來越近，所以她們整天都在將架上的書補齊並維持整潔。再三天就要開始了。

喝了幾杯威士忌後，我寫信給阿拉斯泰爾．里德的遺孀萊絲莉。如今他不再跟藍鈴花與燕子一起到來，春天也將會失去一些光彩了。

總收入372.96英鎊
21位顧客

九月二十四日，星期三

線上訂單：2
找到的書：1

今天貝森在，但妮奇沒來。

我把大房間的家具搬到作家休息室擺放。在樓上開藝術課程的藝術家朋友戴維．布朗來了，接著就把他的畫作掛上。圖書節期間，畫作會一直掛在那裡。在圖書節的歷史上，作家休息室算是很早就開始了，當時圖書節公司由芬恩負責。有一年他邀請了人來演講——其中一位是馬格努斯．馬格努松（Magnus Magnusson）。他的講座晚上八點開始。到了六點鐘，他決定先找東西吃。在早期那些年裡，聽眾的人數相對較少，大部分的咖啡館、酒吧、餐廳六點就不再供應食物，遍尋不著晚餐的芬恩急忙打電話問我能不能讓他們來這裡吃東西，於是我迅速弄了點湯跟一盤之前剩的飯菜，接著我們三個人坐下來在屋裡吃了一餐。後來，芬恩問我願不願意在圖書節剩下的時間裡準備好隨時供應乳酪、燕麥餅和湯，以防這種緊急狀況再次發生。結果真的發生了。好幾次。沒過幾年，這種模式已經擴大到我們必須找外燴來處理，而且我們也有了正式的開放時間。如今，我們會在忙碌的日子裡為多達七十個人提供飲食，週末時我們還會請他們吃新鮮的本地龍蝦。

鎮中心的公園裡今天架起了大帳篷。貨車載來了椅子、地板材料、暖氣與音響設備，以及另一座大帳篷。距離圖書節開始只剩兩天了。

我在電話上跟ＵＰＳ和亞馬遜講了一個小時，想追蹤到我們要透過ＦＢＡ出售而寄到亞馬遜位於鄧弗姆林的倉庫那六箱書，結果毫無所獲。我好像進入了一個地獄般的世界，裡面全是縮寫為三個字母的公司。

有位圖書節的志工借走了廂型車，要去艾絲翠位於愛丁堡的工作室，把她替圖書節製作的夾板立牌載來這裡。（艾絲翠是今年的其中一位駐場藝術家。）

今天下午我用夾板和木材為艾莉森的木偶劇製作了一座舞臺。她想要拼花地板，於是我去找了些可黏貼的塑料片訂購。

下了決心在圖書節開始之前認真讀完《驢子見到天使》。只剩下三十頁了。

總收入146.49英鎊

9位顧客

九月二十五日，星期四

線上訂單：3

找到的書：3

妮奇和貝森今天都在。

演員（柔伊和戴倫）在店裡排練，使得顧客驚恐不已，尤其現在他們還找到了道具與服裝。

亞馬遜來電說他們追蹤到了遺失到的貨，現在已經登錄到網路上了。

演員們、安娜和我去看艾略特為了圖書節租的房子，而他為我們以及錢尼跟貝思兩位實習生煮了晚餐。我們回家時，妮奇拿給我最後一小塊她用四十九便士買的巧克力毛毛蟲蛋糕。全部就只剩下蟲的臉，其他都被她吃光了。

卡蘿安到了。斯圖爾特・凱利也到了，所以屋裡算是擠滿了人。要在節慶床位過夜的兩位義大利人應該明天會到，所以我去紐頓斯圖爾特打了備用鑰匙，這樣客人就可以自由來去。

下班後，我瘋狂忙了一兩個鐘頭，為史都華・麥克連的「黑暗外界」活動整理出一段音訊，而活動在星期六中午開始。

圖書節明天開始。

總收入227.49英鎊

15位顧客

九月二十六日，星期五

線上訂單：4
找到的書：3

我在開店之前讀完了《驢子見到天使》。今天又是妮奇跟貝森都在。

今年負責替作家休息室提供飲食的瑪麗亞過來準備廚房。準備的重點似乎就是我們兩個把冰箱搬來搬去。

妮奇跟我早上都在安排圖書節的事，例如確保我們有足夠的捲筒衛生紙與洗碗精等等，以及設置招牌指示人們前往活動的會場並尋找座位。艾莉森舞臺要用的拼花地板送到了。洛莉、妮奇跟我每年都要為了「作家休息室」（Writers' Retreat）招牌上的撇號該放在哪裡而吵架。

安娜今天很煩躁，因為她跟演員們一直在排練的表演明天就要開始了。原來這叫「沉浸式劇場」。

原本要使用節慶床位的義大利人寄電子郵件說他們無法過來。我想值得慰藉的是那裡現在可以讓給需要的朋友過夜了。

圖書節在晚上八點的煙火中拉開序幕（跟往常一樣）。妮奇帶了一些自釀啤酒，而且在我們出發前喝了幾杯。其他人都不敢碰那種東西。她隨著克里頓風笛樂隊起舞，彷彿那是一九八〇年代的硬派迷幻浩室音樂。

煙火結束後，我們乖乖地成群結隊前往大帳篷的圖書節開幕晚會。柔伊在艾略特迎接大家之後讀了阿拉斯泰爾・里德的一首詩，接著蘿倫・麥奎絲汀表演了一曲〈河岸與山坡〉（Ye Banks and Braes）。

總收入346.75英鎊
30位顧客

九月二十七日，星期六

線上訂單：3
找到的書：2

妮奇在，不過貝森週末休假，她是為了過冬要去砍柴。

我上午九點開店，發現有位作家等在外頭。我都還沒開燈，他就進門要食物，於是妮奇告訴他作家休息室上午十點才開始。瑪麗亞甚至還沒帶食物過來。

我找到今天的訂單，把郵袋拿去郵局了。威廉的脾氣在圖書節期間變得異常暴躁，而且還滿懷恨意地抱怨——儘管有成千上萬人因為圖書節來到鎮上——他的報紙銷售量卻減少了。他把原因歸咎於停車位難找，使得本地人到別的地方買報紙。

照慣例，今天是圖書節最繁忙的一天，妮奇卻決定這是彩繪書店櫥窗的好日子，上午大部分的時間都在做那件事，我則得應付顧客和作家休息室第一天啟用而造成的混亂。我要做的通常是尋找湯鍋用的延長線、修理插上插頭後立刻就燒斷的保險絲、疏通水槽、補滿籃子裡的木柴、生火。

除了那些事以外，安娜還問我能不能到鎮上各處的書店拍攝她的戲劇演出。無論他們到哪裡演出，顧客表現出困惑和興奮的比例似乎各占一半。有位書商覺得這整件事莫名其妙，於是打電話跟我說不歡迎他們再回到他的店裡。

我妹小露與妹夫史考特早上帶著孩子抵達了。他們是圖書節的忠實支持者，而且每次都會去圖書節在第一個星期六晚上舉辦的「威格頓達人秀」（Wigtown's Got Talent）。我讓他們在作家休息室吃午餐，期間有位來訪作家向我們說了一個關於戀屍癖的悲慘故事。幸好，當時孩子們正在包廂裡跟船長玩。

下午三點到四點間，我替威格頓電臺播放了一個鐘頭的內容。打烊後，我跟安娜、卡蘿安、艾絲翠、斯圖爾特一同前往安努帕的開幕之夜。妮奇、斯圖爾特和我接著去了蘿倫．麥奎絲汀的「藝術歌曲」活動，最後再到「威格頓達人秀」。斯圖爾特對蘿倫的活動似乎印象特別深刻。之後我們回來這裡喝了幾杯，艾絲翠正好可以睡義大利人放棄的節慶床位。

總收入989.30英鎊
95位顧客

九月二十八日，星期日

線上訂單：4
找到的書：3

妮奇上午九點抵達。瑪麗亞緊接著她進來，告訴我冰箱故障了，於是我拆開插頭換掉保險絲，然後開車把昨天所有空瓶跟裝滿紙盤的大垃圾袋載到紐頓斯圖爾特的垃圾場。

在圖書節期間主持活動的記者李・藍道爾（Lee Randall）問我能不能在店裡找幾本標題奇特的書，用於她主持的一個活動——「羅賓・因斯的爛書俱樂部」（Robin Ince's Bad Book Club）。我設法替她找到了一些，其中有一本很大的醫學書叫《直腸》（*The Rectum*）。她稍微翻閱一下，然後把書放在櫃檯上，說：「非常有趣。那本書裡的每個症狀我幾乎都有。」

安娜和演員們在店裡演出了《夜長夢多》與《新娘百分百》的場景，再一次為觀眾帶來了困惑與歡樂。我無意中聽到有位年輕女子對疑惑不解的母親小聲說：「這是沉浸式劇場。」

有位作家演講時需要投影機，所以我從書店走去艾略特的辦公室要處理這件事，途中發現狄肯先生正在一處活動會場外面跟孟席斯・坎貝爾（Menzies Campbell）聊天。我曾在幾場演講上遇過狄肯先生。如果他提出問題——通常他都會提問——講者一定會說「那是個非常有趣的問題」。

妮奇發現一本伊恩・海伊（Ian Hay）的書，裡面的主角也叫妮奇。她整天大部分的時間都沒在工作，而是一邊讀那本書一邊竊笑。書中另有一位叫史提菲（Stiffy）的角色，她認為那就是我，還擅自修改角色以符合她的說法。

作家休息室整天都很忙：有許多人來訪，其中包括凱特．艾迪（Kate Adie）、孟席斯．坎貝爾、克萊兒．薛特（Clare Short）、科斯蒂．沃克（Kirsty Wark）、強納森．米勒（Jonathan Miller）。有一度他們全都在店裡聊天。那裡就像文學沙龍。

艾略特帶了一群作家回來，不出所料在這裡待到很晚。有一次斯圖爾特．凱利給自己倒了一杯酒，結果直接被艾略特搶過去喝，讓斯圖爾特一臉茫然。後來，為了懲罰他的罪行，斯圖爾特把（凌晨兩點左右）整理休息室時在某張桌子下方發現的一雙鞋子拿到門廳放。當艾略特發現那是他的鞋，他就叫斯圖爾特去替他拿回來。這時斯圖爾特正抱著一大疊報紙，就直接丟在艾略特腳上，說：「號外，號外，全寫在裡面啊。圖書節總監連自己的鞋子都不會拿啦。」

總收入447.98英鎊

44位顧客

九月二十九日，星期一

線上訂單：3
找到的書：3

妮奇、貝森、芙洛（Flo）今天全都在。芙洛是學生，去年夏天曾在店裡工作過，對顧客相當不客氣，可是對我更無禮。週末她們都在比較方便，我也努力找事情讓大家做。

作家休息室很平靜，只有克萊兒．鮑爾丁（Clare Balding）在的時候除外。我一整天大部分時間都在補充籃子裡的木柴，以及把裝滿龍蝦殼、紙盤和瓶子的大垃圾袋從廚房拿到垃圾箱。

妮奇帶給我一些順勢療法的紓壓藥，逼我和著她那味道糟透的自釀啤酒吞下兩顆。

總收入467.12英鎊
51位顧客

九月三十日，星期二

線上訂單：2
找到的書：2

貝森和芙洛在，不過貝森錯過了公車，一直到十點鐘才出現。今天上午，芙洛找不到其中一筆訂單的書《東京幸運洞》（*Tokyo Lucky Hole*），那是在情色區，另一本則是在詩集區。我大概一分鐘內就找到兩本書，然後請她包裝。十分鐘後我回來，她正全神貫注看著那本有相當多色情圖片的《東京幸運洞》。

晚上，艾莉森、安娜、李．藍道爾跟我組成一隊去參加斯圖爾特．凱利的「文學酒吧問答競賽」（Literary Pub Quiz）。我們得到第三名，在三十五題之中答對二十五題。後來安努帕回到屋裡喝了幾杯。

總收入291.49英鎊
27位顧客

十月

十月

因為虛榮追求初版的人比熱愛文學的人常見，不過為了便宜教科書討價還價的東方學生更常見，而最常見的是為了姪子尋找生日禮物卻拿不定主意的女人。

——喬治．歐威爾，《書店記憶》

很遺憾，因為虛榮追求初版的人快要絕種了，然而許多帶著書來店裡想要賣掉的人都會指著標題頁背面顯示版本之處，期盼能夠得到數不清的財富。現在，我很少會查看書的版本，除非那是一九六〇年之前的伊恩．佛萊明作品，或是知名作家的第一本著作之類。在紀實文學中——除了少數例外——書的版本幾乎沒什麼影響，不過人們還是堅決認為初版作品就是有某種神祕意義與財務價值。至於教科書，如今我們在店內根本連理都懶得理。那種書每一年似乎都會稍作修改再重新出版。學生（在歐威爾那裡是東方人，在我這裡什麼人都有）應該要有的是最新版，這使得先前全部的版本基本上都不值錢了。現今最常見的並非「拿不定主意的女人」，而是試圖找出特定某本書的男人。得知我們的庫存正好沒有那本書時，他們雖然難掩失望之情，卻也會流露出自己的洋洋得意。要是真能完成最終的夢想，許多人生命中就不會有其他目標了。目前大家最愛的是找到零散書冊湊齊某一套書。那必須是相同的版本、相同的裝訂、相同的色彩。除非是特別有趣或附上精美插圖的書，否則大部分書商都不會留存零散的書冊，因此如果有誰想要搜索戈登（Gordon）的《塔西佗全集》（*The Works of Tacitus*）中缺漏的第三冊（第四版，Rivington發行，倫敦，一七七〇年，樹紋小牛皮，五道裝訂繩線，紫色書名欄），我們可以肯定這位陷入黑暗的鬥士將持續追尋下去，直到自己再也記不得要找的是什麼。

十月一日，星期三

線上訂單：4

找到的書：4

妮奇和芙洛今天都在。

今天是我的四十四歲生日，所以午休時間我跟安娜到里格灣的海中游泳，過去十三年來我都是這麼慶祝的。

以平日而言，作家休息室在午餐時間真是異常忙碌。來休息的作家當中，有一位是記者艾倫·里托（Allan Little），還有一位是理查·德馬科（Richard Demarco），他肯定已經八十幾歲了。理查是愛丁堡圖書節的大力推手，而從加洛韋西部長大的艾倫則是ＢＢＣ最好的記者。在最忙碌的期間，室內想必聚集了有三十人，那個時候瑪麗亞正端著一托盤的食物出來，突然發現地上有疑似排泄物的東西。她悄悄向洛莉打了手勢，對方過來後跟她一起想出辦法，決定在有人察覺之前找塊布把它移走。瑪麗亞小心地站到那裡，確保不讓人踩到。就在她看守著的時候，艾莉森大步走了進來，一見到就指著說：「噢看哪，是一坨屎！」而洛莉根本來不及清理。

那坨屎的來源變成了當天的討論主題，而妮奇主導調查，展現如法醫般詳細的功力，包括從垃圾筒把它翻找出來加以測量。她越來越確信有某位年長訪客無意間失禁了，那坨東西就從褲子滑下來。至於其他推論，有人認為那其實是安娜替我製作的生日蛋糕上面的糖霜。斯圖爾特猜測糞塊可能是船長的，妮奇一聽到就大罵道：「不可能，那個討厭鬼猜錯了。」

這個月稍早跟邊界電視臺錄的訪談在其雜誌節目《邊界生活》（*Border Life*）播出。幸好，我錯過了。

總收入395.93英鎊
45位顧客

十月二日，星期四

線上訂單：2
找到的書：2

芙洛和妮奇都在。

今天花了大部分時間編輯我一直在整理的威格頓宣傳影片，純粹是因為「造訪蘇格蘭」（Visit Scotland）對國內這個角落的關注實在少得要命。此地數十年來都被稱為「蘇格蘭被遺忘的角落」，許多遊客欣賞的也正是這一點，但我們的公立旅遊機構不該真的遺忘這裡。在「造訪蘇格蘭」網站中對於威格頓的吹捧宣傳底下，是一張位於格倫盧斯（Glenluce）的高爾夫球場照片，距離這裡有十二哩遠。要找到威格頓的照片不可能那麼困難。我甚至還用電子郵件寄了照片過去，可是他們還沒替換，大概永遠也不會吧。

跟兩位義大利女人一起吃午餐——她們是記者，因為讀了安娜的書而想造訪威格頓。我很肯定《火箭》一書對威格頓觀光業的影響遠大於「造訪蘇格蘭」。

下午三點至四點間，妮奇跟我在威格頓電臺上做了一段節目。倒楣的是有人把電腦上的音樂調成靜音，所以妮奇得在我想辦法處理好之前一直講話，結果就這樣持續了差不多半小時。她中斷了幾次，看得出來並不高興，但還是主持得不錯。時間一結束，她就離開房間說要喝威士忌。

喜劇演員羅賓·因斯（Robin Ince）大概下午六點出現。他想要瀏覽一下書店，於是我打開所有的燈讓他自己逛。他買了一堆書。妮奇跟我去看他晚上七點半在鎮公所的活動。

我在Facebook上張貼了我編輯的威格頓影片。

總收入319.05英鎊

40位顧客

十月三日，星期五

線上訂單：3
找到的書：3

芙洛跟妮奇在。

一位顧客問妮奇店裡有沒有罕見的約翰・布肯作品。她找到一本《有學問的吉普賽人》（*The Scholar Gypsies*），售價一百英鎊，而她因為正在舉辦活動，所以可以算八十英鎊。原來對方是他的孫女，叫烏蘇拉・布肯（Ursula Buchan）。

下午我載義大利記者一起去克拉格頓（Cruggleton）教堂，那座諾曼式教堂建立於一片原野當中，沒有窗玻璃也沒有電力。

克拉格頓的活動是由湯姆・波爾（Tom Pow）讀詩，伴奏則是溫蒂・史都華（Wendy Stewart）的豎琴和艾力克斯・麥奎斯頓（Alex McQuiston）的大提琴。整場活動只有燭光，真是美極了。開車回家途中，我翻找口袋的東西要讓其中一位記者看節目單（她想在部落格上寫到表演者的姓名），結果掏出一個裝著茶包的小袋子，那是我從作家休息室拿的。倒楣的是那看起來就像保險套。兩位義大利人看到後，就是一陣尷尬的沉默，我則是在她們緩慢退開時窩囊地想證明那只是個茶包。

艾莉森的活動下午六點在書店後方的舊倉庫開演，那是一齣關於波赫士的劇。安娜整個星期都在這裡指導她排練。由於花園小路的燈燒壞了，我們必須改由大路進出，所以我就在滂沱大雨中帶著一小群又一小群的人過去。很快我就全身濕透了。活動很順利，可是安娜看起來不太高興。

大雨繼續下到晚上。沒過多久，雨水槽堵塞了，大量的水灌進作家休息室，因此洛莉、妮奇、安娜、斯圖爾特和我一度拿著水桶跟鍋子瘋狂奔走。儘管我們努力控制損害，水還是經過休息室的地板流進了店裡。

總收入239.05英鎊
38位顧客

十月四日，星期六

線上訂單：4

找到的書：2

芙洛、貝森跟妮奇在。

妮奇開店時，發現大量的水還是從塞住的雨水槽湧進房子裡。我們嘗試用掃帚柄從臥室的窗戶清理阻塞，可是那不夠長，於是我到地下室找到了一根疏通桿。我的上半身伸出三樓窗戶，外頭下著猛烈的大雨，洛莉在裡面抓住我的腳踝，最後我終於疏通了堵塞。上午十點，作家休息室不再滴水了，這時我們也正好開張。

我全身濕透去確認一切就緒時，莎莉・馬格努松（Sally Magnusson）和瑪格麗特・德拉布爾（Margaret Drabble）正好在作家休息室。瑪麗亞的助手露西（Lucy）巴著莎利問新聞工作的事，她也非常親切與熱心地談了幾分鐘。達米恩・巴爾（Damian Barr）向我買了幾本書。當時我還不知道他是誰。

開店時，我把GoPro攝影機設置於櫃檯後方，想要拍下店裡的情況製作成加速影片，而迪倫・莫蘭（Dylan Moran）剛好在這個時候進來。現在我有他在店裡買書的影片了。為他服務的是芙洛。令人討厭的是她竟然不覺得興奮。

有對男女在店裡逛，芙洛無意中聽見女人問男人：「所以他們沒有你要找的書嗎？」而他搖著頭回答：「不，他們有，可是只有那一本。」

廣場的大帳篷晚上舉行了凱利舞會（Ceilidh）。現場擠滿了人。許多女孩跟女孩一起跳舞，男孩則跟男孩跳，這是傳統的安排。在圖書節開辦初期，任何活動參與的人都不多，但凱利舞會肯定是最慘的。前幾年就只有我們幾個人，為了避免尷尬，我們最後每一場舞都得上去跳。現在就不一樣了。活動必須售票，而且一定會賣完。舞會變得大受歡迎。有一次我站在達米恩．巴爾旁邊，他正跟另一個男人跳著舞。我醉醺醺地問他，他們之中哪個當女人，結果後來才發現他是同性戀。如果他受到了冒犯，那麼他一定隱藏得很好沒顯露出來。這是圖書節開始到目前以來第一次失禮了。我回家試圖說服原本決定不參加的妮奇改變心意一起來。我在書店外遇到了珍．坎貝爾和她的父母，於是他們進來喝一杯，聊了一下。

我們全都熬夜到很晚：柯琳（Colin）、佩姬（Peggy）、斯圖爾特、妮奇，還有納塔莉．海恩斯（Natalie Haynes），她跟斯圖爾特都是布克獎的評審團。佩姬是鄧迪文學節（Dundee Literary Festival）的主辦人，跟斯圖爾特．凱利有很多共通點。柯琳的另一半（外號叫「大鬍子」）負責處理圖書節的社交媒體事務。他們兩人都是威格頓圖書節的老資歷，對於營造活動特色的貢獻不亞於艾略特、斯圖爾特、特維格與芬恩。

店裡整天擠滿了人：在長期貧困的寒冬到來之前所做的最後一搏。

總收入1274.03英鎊
87位顧客

十月五日，星期日

線上訂單：6
找到的書：4

妮奇和芙洛在。上午八點半左右，我在廚房遇到妮奇。她告訴我：「你聞起來跟培根卷一樣香。」

圖書節的最後一天跟往常一樣，隨著派對氣氛開始緩和下來，大家都有種假期結束時的鬱悶感。儘管到了最後一天，作家休息室仍然相當忙亂，但員工們和瑪麗亞都穩重無比。

艾略特架著安娜去主持珍．坎貝爾的活動，內容是談她的新作品《書店之書》。活動非常順利，只有我提了個超蠢的問題。安娜和珍都很博學，也很有趣。

每年在圖書節的最後一天，我們都會把作家休息室當成電影院。今年我們設置好投影機，跟斯圖爾特、貝思與錢尼看了《超時空博士》（*Dr Who*）。

總收入568.75英鎊
32位顧客

十月六日，星期一

線上訂單：5
找到的書：4

妮奇和芙洛在。我們整天都在搬家具，試著讓一切恢復正常。瑪麗亞在午餐時間過來，到廚房整理她的東西。安娜跟我開車去垃圾場丟掉紙箱和空酒瓶。

妮奇午餐自己做了乳酪吐司，然後在店裡當著周圍顧客的面吃掉。

今天上午有個我非常討厭又愛管閒事的老人進來店裡，努力想說服我賣他自行創作並出版的小說。這種事經常發生，而我純粹是基於客氣才答應採用可退貨銷售模式。那些書在一年之後都會被我原封不動退回去，毫無例外。

大帳篷今天拆掉了，原處留下一塊淡黃色的草地，在漫長的冬天提醒著我們這裡曾經有過什麼，直到三月土壤溫度變暖以後才會開始泛起綠意。

安娜和我跟志工們一起到「犁人」吃晚餐。

總收入123.97英鎊
14位顧客

十月七日，星期二

線上訂單：5
找到的書：3

今天妮奇在。

上午店裡收到一張匿名的明信片，於是我張貼到Facebook上。希望這樣能促使更多人寄來。那是一張青銅獅子的圖片，背後寫著：「《牛津英語詞典》（*Oxford English Dictionary*）有很大一部分是由一位殺人犯在精神病院裡寫的。」

吃完午餐，我拆掉了我在舊倉庫裡替艾莉森辦活動所組裝的架子。大家今天都稍微感到了節日過後的失落。

我們大多數時間都還是在清理。關店之後，我為實習生做了飯，然後我們一起在作家休息室用投影機看了《慾望之翼》（*Wings of Desire*）。

圖書節的時間安排，起初是要替鎮上的商店拉長旅遊季節，結果成功到基礎設施都開始快要不堪負荷，而旅館及民宿所容納的人數也接近夏季高峰的時期。它為鎮上帶來的人潮與錢潮大幅超過了辦理活動的成本。

我很少有空閒可以參加活動，成天就是開車去垃圾場跟回收場處理掉來自作家休息室的垃圾袋與空瓶；不過我在店裡的時候，就有可能從休息室見到作家和其他知名（或無名）的訪客，他們在那裡通常比在活動現場放鬆得多，而這對我是種特別的待遇，有機會能夠跟他們在較為自然的環境下談話。

艾略特總是盡量把我介紹給人認識，但他偶爾不在的時候，當別人看到我在幫忙清理盤子或補滿籃子的木柴，就會以為我是雇工，少數人還表現得很輕蔑。

有一年，某位知名報紙專欄作家坐在休息室的桌子旁吃喝著免費的龍蝦跟酒，看到我在替火堆添柴，他就彈了一下手指，指著桌上空的糖罐對我大喊「糖」。

那還只是我第二討厭的訪客。更討厭的是當某些人一發現這是我的房子，他們對待我的方式就會突然改變，有別於在廚房或休息室幫忙瑪麗亞的人，也有別於妮奇跟芙洛或是在店裡的貝森。我想這種指控當然也可以用在我身上，畢竟我並不想認真去了解我的顧客，然而我從來不會對服務生、清潔工或店裡的員工無禮，也希望自己永遠不會把任何人視為次等公民，我就只是用不禮貌來回應那些對我不禮貌的人而已。我禁得起用無禮反擊顧客的後果——這是我的書店，沒人能開除我——可是大部分在各種店裡工作的人並不能這樣，所以我非常討厭利用這一點而對他們不客氣的人。還有，雖然我確實會描述一些顧客的外表，但那些只是觀察得來的結果——不是批評。大多數時候是這樣。

總收入143.90英鎊

14位顧客

十月八日，星期三

線上訂單：6
找到的書：4

接近午餐時間，有位顧客說要用十英鎊買下一本我們標價為八十英鎊的書。我告訴他如果客氣地問，就可以讓他折價十英鎊。他把書重重放到櫃檯上，一臉「厭惡」走出去了，讓我決定逃避不再面對顧客，於是找了一本要讀的新書躲進辦公室，那本書叫《綁架》——我會很樂意看見上一位顧客碰到這種事。

總收入264.49英鎊
19位顧客

十月九日，星期四

線上訂單：3

找到的書：3

今天的訂單全部來自亞馬遜。

店裡整天都很安靜。跟上個星期對比起來實在差太多了。

在為數不多的顧客中，有個女人先在店裡晃了十分鐘，然後到櫃檯問：「『書店』是什麼？你們是賣書或幹嘛的？人們就直接進來買東西嗎？」我一時目瞪口呆，沒辦法回答。幸好，她打破了沉默，繼續說：「我不是這裡的人，是觀光客。是有人直接拿書給你嗎？這裡是什麼情況？所以就是這樣嗎？」事後看來，我想向對方說明零售基本原則的舉動其實毫無意義，因為老實說，五十歲左右的她早就應該要知道了；結果她在我解釋時漫步走出去了。

刺青異教徒桑迪下午三點左右出現，後來找到兩本書。他用餘額扣抵了書。

總收入222.45英鎊

19位顧客

十月十日，星期五

線上訂單：3
找到的書：2

今天訂單找不到的書，又是我們把舊倉庫存貨寄給伊恩後沒在網路上移除的書。

上午十一點，有位顧客拿了一些愛爾蘭地圖到櫃檯，想知道每一張地圖出版的年分。令我害怕的是他果然開始解釋：「我告訴你為什麼我要找關於這個區域的舊地圖跟書，因為我在研究家族史，而我的曾祖父……」對方就這樣講了五分鐘，後來我才有機會說那些地圖雖然未註明日期，不過大概是一九一〇年左右的東西。

我要去弄一張面具，在額頭的地方寫上「我不在乎」，以後只要出現這種情況就戴起來。

規劃部的某個人過來檢查書螺旋。原來是有人對此提出了申訴，結果現在我必須得到規劃部的許可才行。她的人非常好，還說如果由她決定，就會直接忽視我沒申請許可一事，不過由於有人提出正式申訴，書店又是重點保護建築，所以他們沒別的選擇，只能照程序走。

《衛報》發表了「世上奇特又奇妙的書店之最」；我們再次獲得第三名。我不確定這種事情是不是會循環，也不知道書店是否突然變成了時髦的地方。或許是文青推動了以黑膠唱片和實體書替代iPod和Kindle的潮流。

總收入133英鎊
15位顧客

十月十一日，星期六

線上訂單：2
找到的書：2

今天妮奇在，所以早上我跟父親去河邊。他釣到一條十二磅重的鮭魚；我一條都沒有。我們釣魚的地方位於上游河段，是一處叫威爾森（Wilson's）的水潭——我就是在這個水潭第一次釣到鮭魚（在父親的密切看管下）。那條魚九磅重，在九月九日釣到，而我當時是九歲。如果我會相信運氣，那麼九應該就是我的幸運數字吧。

我在午餐時間回到店裡，讓妮奇去休息，期間有位顧客來到櫃檯大聲說：「我不想表現得失禮，不過你們的鐵道書籍大部分都是粗製濫造的插圖書，我可是要找非常特別的哇啦哇啦哇啦……」他用這種口氣持續講了幾分鐘，才終於告訴我他要找的書名，這時我已經快要沸騰了，他老婆則是覺得很尷尬，在他背後無聲對我說著「抱歉」。

在聽到書名的一分鐘內我就找到了那本書，結果他卻覺得自己其實根本不想要。

開場白說「我不想表現得失禮，不過……」就跟「我不是種族主義者，不過……」一樣會令人提高警覺。這很簡單：如果你不想表現得失禮，那就別失禮。如果你不是種族主義者，那就別表現得像種族主義者。

總收入312.30英鎊

22位顧客

十月十三日，星期一

線上訂單：4
找到的書：2

芙洛在。

上午十一點，我拿著兩杯茶下樓時，真的碰到了狄肯先生，把熱茶潑在他的襯衫上。他似乎一點也不介意，還指出了幾道那天早上吃早餐時沾上的污漬。他問我們能不能替他訂一本凱特・惠特克（Kate Whitaker）的《王室戀情》（*A Royal Passion*）。

午餐後去河邊釣到一條七磅重的鮭魚。

總收入352.99英鎊
27位顧客

十月十四日，星期二

線上訂單：2
找到的書：2

兩個完全不認識的陌生人同時進入店裡，在巧到不能再巧的情況下，同時詢問了蓋文．麥斯威爾的《艾爾利格之屋》。可惜我們沒有那一本，要不然我就可以安排一場競標戰了。

電工羅尼在店裡擠滿顧客的時候出現，開始大聲談起炸掉Kindle的各種方式。令人不安的是他在製作炸彈方面的知識包羅萬象。我可能會選擇混合糖跟氯酸鈉，不過他似乎非常想試試氧乙炔炸彈。在我們談到一半時經過聽到的顧客都跟他保持好一段距離。

今天跟昨天比起來冷清多了。

總收入72.30英鎊
11位顧客

十月十五日，星期三

線上訂單：2
找到的書：2

今天芙洛在。她似乎精通了如何噘嘴，整天都在示範。

我在櫃檯時，有位幾年沒到過店裡的年長旅人帶了一張咖啡桌過來，桌子的外觀像是兩本巨大的書。他想要賣六十英鎊。我們以三十五英鎊成交。上次見到他（差不多十年前），他進來店裡是要找一本《流浪者吉普賽人》（*The Tinkler-Gypsies*）。那個時候我父親在店裡，立刻就認出了他。原來他在大約三十年前向當時務農的老爸「買」了廢棄機械，可是卻從未回來付錢。他告訴我想要找一本書，而當我回答「對，《流浪者吉普賽人》」，他立刻大吃一驚。《流浪者吉普賽人》是紐頓斯圖爾特一位叫安德魯．麥考密克（Andrew McCormick）的律師在一九〇六年寫的書。書中詳細記述了那段時期的加洛韋旅人團體，是珍貴的歷史與社會紀錄。有段期間，這本書可以輕易賣到一百英鎊以上，也被搶購一空，不過我知道它現在有電子書，這表示價值大概已經暴跌了。

提出風電場計畫的「環保電力」（Ecotricity）公司已經向蘇格蘭政府提出上訴，想要推翻議會駁回計畫案的決定。

總收入382.32英鎊
30位顧客

十月十六日，星期四

線上訂單：2
找到的書：1

今天的收件匣裡有一封斯圖爾特·凱利寄來的電子郵件，他附上了某位朋友向一家書店應徵工作時收到的拒絕信：

親愛的×××：

我們這裡人太多了。她們全是笨蛋並不要緊。我喜歡她們。她們很堅挺，屁股也好看。我給她們時薪三英鎊。你是個有抱負的男人，如果要進入會為了利潤榨乾藝術天分的出版界，我想這種薪水並沒有吸引力。

現在她們其中一個聊到了英俊王子查理（Bonnie Prince Charlie）。我在乎嗎？不，我不在乎。可是我喜歡她。她會做好分內的事。可以這麼說，她會「分擔工作」。你會分擔工作嗎？我很懷疑。我想你會逃到義大利，過著懶散又酗酒的生活。

證明我錯了。過來連續免費工作幾個月，同時接受虐待，其中有一些是性方面的。你要戴上笨蛋高帽，纏著腰布，而且會被強迫吃生蝦，每天都一樣。對二手書業的愛足以讓你容忍這些嗎？你行嗎？這就是我們所謂的「實習」。在履歷上會很好看。

我們走著瞧。

誠摯的

×××

今天早上收到了另一張匿名明信片。這張寫的是：「『書店』有上千本書，充滿各種色彩、色澤、色調，每一本封面都是在神奇鉸鏈上轉動的門。」

我猜上星期在書店Facebook的那則貼文可能還會促使更多人寄來。

狄肯先生的書到了，於是我打電話通知他。

總收入309.49英鎊

26位顧客

十月十七日，星期五

線上訂單：3

找到的書：1

妮奇在我開店不久後出現，把某種乍看有如從醫院醫療廢棄桶挖來的東西塞到我鼻子底下。那像是肉，而且彷彿沾覆了一層血。「是從莫里森超市廢料桶找到的果醬甜甜圈。放在車子後面時稍微擠壓到了。試試看，很好吃的。」它的味道比看起來的樣子更噁心。「今天可是美食星期五呢。」她提醒我。

就在我們聊著今天該做什麼時，我突然想到好一陣子沒看到她那位狂熱的追求者臭凱利，也沒被徘徊不散的Brut 33古龍水臭味襲擊。我問妮奇最近有沒有見過他，而她毫不在乎地回答：「你沒聽說嗎？他三個星期前就死了。」

今天有三個人帶著裝箱的書來賣，其中有一位長得很高，談吐文雅的七十幾歲男人，他帶了十七個塑膠箱，裝滿各種書籍，包括一本由奧伯利・比亞茲萊（Aubrey Beardsley）繪製插圖以及簽名的書。我給了他八百英鎊買下那些書。

我們聊到家族，他跟我說他的家族非常富有，直到他的曾祖父把一切都敗在「喝酒、賭博和女人」。他的祖父是好幾代以來第一個需要找到正當工作的男性繼承人，於是他去了劍橋，然後成為一位婦科醫生。由於家族人脈很廣，最後他變成了皇室的婦科醫生：「他是瑪麗女王（Queen Mary）的修屄技工。」

多了兩張匿名明信片。一張寫著：「朋友會來來去去，可是敵人會一直累積。」另一張寫的是：「提醒一下，我的護照是綠色。我們的杯子從未高舉向女王祝酒。」第二張的內容好像有點熟悉，於是我上Google查了一下。那些話引用自謝默斯・希尼的〈公開信〉，是他被納入《企鵝當代英國詩選》（*The Penguin Book of Contemporary British Poetry*）時兼具高明又任性的反應。

每年圖書節結束後，安娜跟我都會到對我們而言高級一點的旅館度過一夜。今年安娜選擇了巴倫特雷（Ballantrae）附近的格列納普城堡酒店（Glenapp Castle），於是我們午餐時間就離開書店前往那裡。下午我大部分時間都躺在一張大床上閱讀《綁架》。

明天妮奇會開店。

總收入228.44英鎊
21位顧客

十月十八日，星期六

線上訂單：3
找到的書：3

妮奇昨晚留下來過夜，今天早上開店。安娜跟我大約在午餐時間從格列納普回來。

有位顧客帶來四袋書，大部分都是垃圾，不過裡頭有一本叫《一日為顧客，終身為顧客》（*Once a Customer, Always a Customer*），我懷疑他是故意放進去氣我的。

下午四點，穿著格外體面的狄肯先生來拿書了。我說他看起來很帥，結果他只在離開書店時簡短回答了「葬禮」。

一對夫妻帶著一個年輕的男孩進來買了書。男孩注意到妮奇那張邀請顧客朗讀最愛的書並拍下影片的告示，問他可不可以讀自己的書。他七歲，叫奧斯卡（Oscar）。他口齒非常清晰地念出了一本哈利波特的書，後來妮奇問他現在讀什麼，而他回答「《梅岡城故事》」。妮奇明顯表現出欽佩之意，他父母親也理所當然露出驕傲的神色。他們解釋說雖然書裡有不太適合孩子閱讀的地方，但他們不覺得他的年紀大到足以完全了解湯姆．羅賓森（Tom Robinson）被審判的「罪」有什麼涵義。原來是奧斯卡問他們可以不可以讀這本書的。

總收入245.49英鎊
19位顧客

十月二十日，星期一

線上訂單：2

找到的書：1

今天妮奇來上班，所以我可以載安娜到鄧弗里斯搭火車去倫敦開會。開完會後，她就要飛去美國參與她朋友籌到資金要拍攝的一部影片。回到書店時，我發現賣給我巨大書本形狀咖啡桌的那位旅人又回來想要買《流浪者吉普賽人》。他想要折扣，可是妮奇在價格上不肯讓步。

今天又收到三張匿名明信片，全都寫了跟書有關的事。

蘇格蘭今天開始執行一項法規，強制想要袋子的顧客必須支付五便士。未針對袋子索取費用的罰款最高可達一萬英鎊。也許這正是我好一陣子沒見到馬歇爾威爾森（Marshall Wilson）銷售代表的原因。馬歇爾威爾森是位於格拉斯哥的一家公司，我們會向他們買購物袋。雖然銷售代表每季都會出現，不過早在這條法規最初商討時，我就注意到想要袋子的顧客人數以及他造訪的次數都在持續減少。二〇〇一年我買下這家店時，根本不會問人要不要袋子——顧客認為他們的書就該放進購物袋。然而，這些年來情況改變了，現在當我問顧客要不要袋子，要跟不要的比例差不多就各占一半。有趣的是這不知道會如何影響人們對塑膠袋的需求。我很同情馬歇爾威爾森的員工，他們的工作現在大概岌岌可危了。我猜立意良好的法規可能會對以此為業的小本生意造成料想不到的後果。若是書籍的增值稅稅率從零提高到百分之二十，書業就會受到嚴重影響，效果大概等同於五便士的稅對塑膠袋產業的衝擊。

總收入250英鎊
23位顧客

十月二十一日，星期二

線上訂單：3
找到的書：3

今天第一位進來的顧客帶了一箱書要賣，包括一本《比格斯強硬對決》（*Biggles Takes it Rough*）。

郵遞員凱特在上午十一點帶來了今天的郵件。其中有兩張匿名明信片。我請她告訴威爾瑪有六袋隨機閱讀俱樂部的書可以取件了，也問她能不能請下班前收件的郵差過來拿。

有個女人在店裡逛了大約十分鐘，接著就跟我說她是退休的圖書館員。我懷疑她覺得這是我們之間的某種聯繫。才不是。整體來說，書商並不喜歡圖書館員。一本書要賣到好價錢，就必須有像樣的書況，而圖書館員最喜歡做的事，莫過於將一本書況完美的書貼蓋滿印章與標籤，然後在書衣外加上一層塑膠套保護，免得被民眾弄壞——而他們一點也不覺得這樣很諷刺。在公立圖書館不可靠的照料下，書本最後受到的恥辱是被撕掉前蝴蝶頁，在標題頁重重蓋上一個「報廢」章，最後才讓民眾到拍賣上購買。經歷過圖書館系統的書，通常是其他書價值的四分之一不到。

郵差下午四點半出現，取走了隨機閱讀俱樂部的郵袋。

就在我打烊前來了兩通電話，第一通是在杜倫（Durham）的一位退休牧師，對方大概有一千本關於神學的書。我約好星期五去看。第二通電話是個女人，她的父母住在紐頓斯圖爾特。她守寡的母親夏天過世了，房子下個星期就要出售。她來自倫敦，必須在明天晚上之前把屋子裡的書清掉。

總收入166.99英鎊
17位顧客

十月二十二日，星期三

線上訂單：2
找到的書：2

妮奇在，所以她抵達不久後我就開車到紐頓斯圖爾特去看藏書。其中有一些不錯的地方史資料。清理那間房子顯然會是相當麻煩的工作；屋裡擺滿了便宜的家具，而且一兩年沒吸過灰塵了。通常妮奇是在星期五及星期六上班，等到放完暑假的學生回到大學後，其他天數就由我來看店，不過她非常樂於助人，時間也很有彈性，如果我無法把書的買賣約在星期五或星期六，她也可以在其他日子過來。

妮奇跟我都忘記要向顧客收取購物袋的費用了。我們決定改變方法，那就是不提供袋子，讓他們自己問。

妮奇接到一個男人從拉赫梅本（Lochmaben）打來的電話，對方有書要賣。我安排好星期一晚上去看。

總收入203.55英鎊
14位顧客

十月二十三日，星期四

線上訂單：6
找到的書：4

今天上午有一筆訂單找不到的書是《異質的性：電影中的身體和慾望》（*Alien Sex: The Body and Desire in Cinema*）。貝森把它列在神學類了。

我今天花了很多時間檢查我們庫存的古書價格，確保是網路上最便宜的。在大部分情況下，我們一開始把書登記到「季風」時，都會開出低於競爭對手的價格，除非別家相同的書待過圖書館或書況很差。如果我們在網路上以固定價格出售，就會確認那是能夠買到的最便宜版本。只有最便宜的才賣得掉。通常我們會在刊出不久之後被削價競爭，但如果不回系統檢查就不可能知道，而要是我們的比較貴，就永遠賣不出去。我們大部分的古書庫存都被削價競爭了，對手不只是其他的古書，還有隨選列印（Print on Demand）。一本書不再受版權保護之後，任何人都可以重印。

才不久之前，重印是將書本掃描或重新打字，然後印刷出幾百本（或幾千本）。這要花費成本，還有財務風險，因此重印的古書大多是重印者認為可以在當地賣得掉的地方史書籍。然而，在這個世紀的前幾年，技術的進步讓擁有隨選列印機器的人都能夠以相對低廉的成本印出絕版書。這樣的後果是當你在AbeBooks和其他許多網站上搜尋一本稀有的書，就會發現一大堆不存在的便宜版本，要有人訂購才會印刷。由於現在賣家要在充斥著重印本的市場中競爭，原來的珍本書價格就會被壓低，而現在我們則指望顧客會想要原本的書，不只是書中的資訊。除此之外還有Google圖書計畫，根據他們的估計，印刷史上大約存在著一億三千萬冊不同的書，他們打算全部數位化並免費提供內容，這對二手書業中所剩無幾的我們來說等於是致命的混合物。

總收入852.50英鎊

9位顧客

十月二十四日，星期五

線上訂單：2
找到的書：1

妮奇來的時候帶著一種完全不像食物的東西。「巧克力閃電泡芙。好吃。」又一個美食星期五開始了。

上午九點十五分，我正要出發前往杜倫郡去看那批神學藏書，這時她才想起來告訴我，牧師星期三打電話通知說他已經把書賣給其他書商了。

安娜的朋友黛安娜寄來電子郵件，說她十四歲的女兒伊娃（Eva）星期一下午會抵達鄧弗里斯，要來體驗工作一個星期。我完全忘記曾經答應讓她來了，不過我記得她是個非常有魅力的女孩，所以希望一切順利。

有位顧客請我幫她的四位女兒找聖誕禮物，可是她沒辦法告訴我她們對什麼感興趣，也說不出她的預算，而由於我從未見過她的孩子，所以就不知道該建議什麼，但我非常感激她決定到二手書店買聖誕禮物給她們。我推薦了菲力普・普曼（Philip Pullman）和C・S・路易斯（C. S. Lewis），他們的作品似乎廣受歡迎。

要求袋子的人數明顯減少了，不過英國顧客聽到要多收五便士時似乎都覺得受到了冒犯。我猜他們不知道這已經是法律的規定，還以為被貪婪的蘇格蘭人敲了一筆。

來自附近那座海濱村莊加里斯頓的一位退休教師帶來幾箱書，大部分是讀書俱樂部的書，書況很差，不過我發現了一些有趣的馬術書，主題是雙輪馬車比賽，於是給了他二十英鎊買下。

看完《綁架》了。這算是相當早的版本，封皮上有圖畫，於是我把書放回架上。這種書總是很好賣。

總收入149.39英鎊

16位顧客

十月二十五日，星期六

線上訂單：2
找到的書：1

妮奇昨晚留下來過夜，今天由她開店。
船長在蘇格蘭室的一個空紙箱裡睡了一下午，顧客都很開心。

總收入170.99英鎊
12位顧客

十月二十七日，星期一

線上訂單：6
找到的書：5

妮奇又來上班了，而郵遞員凱特又送來三張匿名明信片。

電話在上午九點〇五分響起。

我：早安，這是「書店」。

來電者：噢，你好。今天有營業嗎？

今天第一位顧客是個男人，留著跟羅爾夫．哈里斯（Rolf Harris）一樣的超蠢鬍子，話中流露蠻橫的語氣：「你們有佛里歐出版社的書嗎？你聽過佛里歐出版社吧？」這就等於問一位農夫知不知道什麼是曳引機，於是我告訴他，有，我聽過佛里歐出版社，而且大約有三百本由他們發行的書。他買了佛里歐其中兩本插圖最漂亮的書，分別是《黑暗之心》（*Heart of Darkness*）和《蒼蠅王》（*Lord of the Flies*）。他在離開時為自己剛才的語氣道歉，解釋說他先前去過的三家書店都沒聽過佛里歐出版社。

午餐過後，我開車到鄧弗里斯，在那裡跟背部專家約好三點十五分看診，接著再去火車站接伊娃。她會在這裡待到星期五。一接到她，我們就開車到拉赫梅本的一間平房看藏書。那些書主要是血腥的犯罪小說平裝本。對方要賣書是因為他太太患了進行性癌，而他要讓她搬到看護中心。他在那附近買了間小公寓，可是沒有足夠的空間擺書。我用四十英鎊向他買下大約六十本書。

開車回家途中，伊娃好奇想知道關於取得庫存的事，還有我是根據什麼因素決定要買的書以及該出多少價格。雖然我盡可能說明清楚了，但這倒讓我思考整個過程其實很複雜。沒有什麼慣例可循，只有你給自己定下的規則。

今天上午我寫電子郵件給芙洛，看她明天能不能過來待幾個鐘頭，目的只是想讓伊娃有個同齡的人作伴。我已經安排好讓她星期三到圖書節辦公室工作（這是安娜的提議），藉此改變一下環境。

總收入205.90英鎊
27位顧客

十月二十八日，星期二

線上訂單：2
找到的書：1

伊娃終於在上午十一點左右出現。就跟所有新進員工一樣，我先請她到處走走，然後整理架子，讓自己熟悉店裡的配置。

郵遞員凱特上午送來一張明信片，背面寫著：「不要溫順地走入那良夜，再來一杯雙份威士忌即可解決一切。」匿名明信片的風潮似乎越來越旺盛了。郵戳來自愛丁堡。

芙洛在下午三點左右出現，馬上就教了伊娃幾個壞習慣，包括一定要對我無禮，以及我吩咐什麼都不理。幸好，伊娃似乎非常有禮貌也有教養，不會把野蠻的芙洛當成榜樣。

總收入314.46英鎊

30位顧客

十月二十九日，星期三

線上訂單：1

找到的書：1

伊娃在圖書節辦公室待了一天。她在午餐時間回來，因為整個上午都在輸入資料而顯得精疲力盡，下午又還要回去繼續做一樣的事。五點鐘她回到店裡時，跟我說她「差點無聊到昏迷了」。

郵遞員凱特送來四張新的匿名明信片。

有位顧客要找關於狗的書，我想指示她怎麼走，她卻一直說個不停。最後我放棄了，只好開始計時，看她多久才會閉嘴。兩分四十三秒。

打烊後，我跟伊娃去散步，帶她看看鎮上比較有趣的地方，包括烈士的埋葬處、中世紀水井，以及溫迪山（Windy Hill）上的紀念碑。

總收入106英鎊
26位顧客

十月三十日，星期四

線上訂單：6
找到的書：4

今天的郵件裡有四張匿名明信片，其中一張的引文來自《Liff的意思》（*The Meaning of Liff*），作者道格拉斯．亞當斯（Douglas Adams）和約翰．洛伊德（John Lloyd）在書中收集了各式各樣的英國地名並賦予意義，就像是字典。一張明信片寫著：「Moranjie（形容詞）——在寄出重要信件時有點擔心某個郵筒『沒作用』。」不過我想我在《Liff的意思》中最喜歡的定義是「Mavis Enderby（名詞）——在你久遠的過去中幾乎完全遺忘，但你老婆卻毫無理性對其嫉妒與憎恨的前女友。」

在我開店不久後，有一家五口進來了。那位父親頭戴一頂帽球帽，喝著一罐Tizer汽水，一邊閒逛一邊不停自言自語咕噥著「雪貂書」。我不知道現在還買得到Tizer汽水。

下午一點左右，我正坐在櫃檯跟伊娃聊天，有個大塊頭跟他老婆從書店後方出現，往前門走去。他們離開時，那位妻子問他：「你要買什麼嗎？」而他回答：「不要，我沒看到喜歡的東西。」伊娃目瞪口呆不可置信地看著我，然後跟我說他從上午十點就坐在火爐邊的扶手椅上看他堆在那裡的一大疊書。當然，他根本沒把書放回架上，伊娃跟我只好在他離開後平分工作了。

伊娃的母親今天上午寄來電子郵件，說他們突然有事要外出幾天，問她能不能今晚回家，於是我打電話問芙洛下午能不能來代班——她第一次自己看店。神奇的是，她沒有搞砸。我載伊娃到鄧弗里斯趕上了五點五十八分的火車。看著她離開真令人難過；她是很棒的朋友，而隨著冬天到來，就只剩我跟貓為伴了。

總收入292.99英鎊
32位顧客

十月三十一日，星期五

線上訂單：2
找到的書：1

妮奇在。

今天上午郵遞員凱特送來一張匿名的萬聖節明信片，上面寫著「雷．布萊伯利（Ray Bradbury）是一位賽林（Salem）女巫的後裔。」我請妮奇當裁判，在這個星期寄來的明信片中選出一個贏家。我沒料到她會這麼認真，還根據五項評判標準設計出一套系統：

1. 她必須看得懂背面的引文。
2. 明信片上的圖片必須跟背面的引文有關聯。
3. 明信片必須能回收利用。
4. 必須逗她笑。
5. 引文必須跟文學有某種關係。

就在打烊前，狄肯先生帶著兩個女人出現了，我猜她們的年紀差不多是他的一半。這次他的穿著就沒那麼體面，而且襯衫好像沾染了一道很明顯的新污漬。我猜他參加葬禮跟從事園藝時都是穿同一件襯衫。他買了一本安東妮雅・弗雷澤（Antonia Fraser）的《查理二世》（*King Charles II*），然後介紹他的同伴，原來是他女兒。她們兩位都看過那段射擊Kindle的影片，狄肯先生也是，這讓我很驚訝。我沒想像過他會擁有任何科技產品，覺得就是因為這樣他才會透過我而不是從亞馬遜或AbeBooks買書，不過看來他相當精通電腦——他只是想要支持本地的店。在見到狄肯先生的女兒之前，我本來還以為他是單身漢，而對他所知甚少的我來說，這一丁點的認識就有如天大的消息。

下班後，崔西跟我去喝了一杯，慶祝她跟RSPB的合約結束。她整個夏天都坐在鎮公所的魚鷹室裡告訴人們巢裡沒有魚鷹，這種日子終於告一段落了。

總收入245.99英鎊
8位顧客

十一月

十一月

只要有好的地點和足夠資金，任何受過教育的人應該都可以藉由開書店賺點小錢安穩謀生。除非是要走「珍本」書這條路，否則熟悉這一行並不困難，而要是你懂書的內涵，還能在起跑點獲得極大的優勢。（多數書商都不懂書。光是瞥一眼他們在書業刊物上徵求的東西，你就能知道他們的底細。如果你沒看到廣告尋找鮑斯威爾的《衰亡史》，也一定會發現有人想要T．S．艾略特的《河畔磨坊》。）而且這是種高雅的行業，不可能庸俗到哪裡去。

——喬治．歐威爾，《書店記憶》

如果說在歐威爾的時代是書商會搞混作者與作品，那麼在今日會弄錯的就是顧客。好幾次有人問我店裡是否有阿道斯．赫胥黎（Aldous Huxley）的《一九八四》，而我也聽過有人要找海倫．費爾汀（Helen Fielding）的《湯姆．瓊斯》（*Tom Jones*）。最近妮奇才提醒我上個月有顧客認為《向加泰隆尼亞致敬》（*Homage to Catalonia*）是海明威（Ernest Hemingway）和格雷安．葛林（Graham Greene）的著作。至於歐威爾提及的「書業刊物」在網際網路時代都已經消失無蹤了。即使在我接下書店時，業內都還有許多買賣往來，書商之間為了替顧客追蹤某本書而建立起的聯絡網路也相當健全。現在，顧客當然不需要我們幫忙找書。只要上網兩分鐘，書就會在寄過來的路上了。如今偶爾仍會有書商到我這裡碰運氣撿便宜，或者如果他們是某領域的專家，就會搜遍特定類型的書，替自己補充一定的庫存量，不過這很罕見了。早期這種情況還很普遍；每隔一兩週他們就會出現，在櫃檯放上好幾堆書，然後拿出名片，獲得同業都有的百分之十折扣。現在連顧客都會要求折扣，通常還比百分之十更多。同業買賣行為的消失，也終結了「跑腿人」這一行——他們熟悉書業，也認識一些書商，而他們會到國內的書店搜索，把買來的書搬上車，知道可以把這些書賣給其他書商賺取微薄的利潤。跑腿人的庫存中有許多是地誌——在網際網路出現之前，描寫加洛韋的書對位於多塞特的書店來說並沒有太大價值，反之亦然，因此跑腿人會把這類書籍重新分配到更為適當的地理位置。然而現在有了亞馬遜，一本書在地球上任何地方都沒關係了。至於「高雅的行業」——賣書這一行當然是，但亞馬遜的表現卻是殘忍而野蠻。

十一月一日，星期六

線上訂單：6
找到的書：6

妮奇在這裡過夜，早上由她開店。我問她是哪張明信片獲勝，她指著一張很明顯是自己寫的。上面甚至還有我們的皇家郵政郵票：

「仙度瑞拉！」惡劣的後母吼著，把口水和紅髮都噴散到客人身上了。「為什麼爐子點了火，為什麼那四十箱發霉的書都整齊堆好了，還有為什麼妳做起那些事都很有效率？」「妳快把我逼瘋了！去給湯加水，再用湯匙挖奶油餵貓。」「還有為什麼錢箱裡有這些錢？」「再也不給妳做煩人的瑣事了，討厭鬼。」

我決定要讀安德魯．麥尼利（Andrew McNeillie）為他父親約翰．麥尼利所作的傳記；約翰寫了《威格頓犁人》，這本小說出版於一九三九年，內容描寫蘇格蘭農村在公共及個人衛生方面的標準相當粗糙，因此促使鄉下的社會福利發生了徹底變革。我在買下書店時就跟安德魯成了朋友，而我很好奇想知道他是怎麼寫的；之前我在一本書中發現了他父親寫給一位讀者的信，於是交給他作為研究資料，所以我也想看看他會如何運用那封信。

總收入233英鎊
15位顧客

十一月三日，星期一

線上訂單：7
找到的書：7

五筆訂單來自AbeBooks，兩筆來自亞馬遜。

今天的郵件裡有一張明信片：「他周圍的書牆由過往密集構築而成，彷彿隔絕了現今的世界與災害。」郵戳是本地的。郵遞員凱特留下一張皇家郵政的通知單，原來有一份郵件沒付郵資。東西在紐頓斯圖爾特的郵件分類處。我明天會去拿。

卡倫過來幫忙改造櫃檯區。我們要放進一座橡木臺架，那是我大約十年前在巴盧克（Buccleuch）莊園的農場拍賣會上買的。這是要當成一道堅固的屏障，保護我免於顧客侵擾。

一個三十幾歲留著濃密鬍子的男人走進來，問我們是否對他在紐頓斯圖爾特外一座農舍裡的兩千本書感興趣。我說我們有興趣；他不久後會再聯絡。他離開時，正好另一位顧客問：「你們這裡有廁所嗎？」我告訴他沒有，不過鎮公所有，就在廣場的邊緣那裡。顧客說：「噢，太讓人失望了。而且外面在下雨耶。」

總收入238英鎊
15位顧客

十一月四日，星期二

線上訂單：6

找到的書：5

卡倫上午九點又過來，繼續安裝臺架的工作。為了擺進石膏板，他得拆掉一些昨天已經裝好的部分。

艾略特晚上九點抵達，他這星期有一場董事會。我點起火，而他坐在火堆前，抱怨實在太冷了。大概就是因為這樣，他才沒像往常一進廚房就踢掉鞋子。

總收入82.50英鎊
8位顧客

十一月五日，星期三

線上訂單：2
找到的書：1

早上六點半被甩門跟跺腳的聲音吵醒，後來我想起艾略特住在這裡，於是又回去繼續睡。最後我八點半起床，要刷牙時發現艾略特在洗澡，所以到樓下弄早餐。廚房地板上到處散落著他的衣物。我泡了杯茶，接著一進大房間就看見他在桌子吃過早餐的痕跡——盤子、杯子、餐具、碎屑。他還把貓關在裡頭。他不是故意做出這些事的，我也很肯定那是因為他腦袋裡裝滿了要在董事會上向大家報告的資訊。

今天下午菲利浦斯太太打電話來（「我已經九十三歲，眼睛也看不見啦」），想要找海倫・麥克唐納（Helen Macdonald）的《鷹與心的追尋》（*H is for Hawk*）。我們的庫存中有一本。海倫・麥克唐納是今年圖書節的其中一位講者，而她的演講是最受歡迎的活動。

卡倫在午餐後過來繼續改造櫃檯。他在櫃檯底下時，被某個人說的一聲「你好」嚇到，結果在重要時刻一不留神鬆手掉了槌子，因此砸破了一片玻璃。罪魁禍首是狄肯先生，他要來訂一本南西・米佛（Nancy Mitford）的《戀戀冬季：愛在寒冬》（*Love in a Cold Climate*）——「那種東西不是我要看的。是給我女兒的禮物。不讀小說。那主要是寫給女人讀的。」我們的架上有一本，所以不必替他訂。

店裡非常安靜。除了狄肯先生之外，在十一點四十五分以後就沒有任何來客了。幸好今天還有一筆線上訂單，是我八月十五日在烏爾那間小屋所買下的兩冊裝《唐吉訶德》。它賣了四百英鎊，是來自日本的一位顧客。

總收入152.50英鎊
5位顧客

十一月六日，星期四

線上訂單：3
找到的書：2

今天沒有明信片。

妮奇問我能不能給她Facebook的密碼，好讓她從她的角度為追蹤書店的一千個人左右發布狀態更新。她也告訴我卡倫打造的新櫃檯區有一點令她不喜歡，下次我不在時她就要把那裡弄掉。她跟往常一樣，對自己為什麼特別討厭櫃檯那個地方的原因完全不給個合理的解釋：「我就是不喜歡嘛。」

上個星期的匿名明信片比賽優勝者（獎品是可以自己選擇一本最高值二十英鎊的書）來自倫敦，內容是：「『你知不知道葉慈？那個酒吧嗎？不，是詩人W．B．葉慈……』為了使用半諧音，把押韻都搞砸了。」其實這是引用威利．羅素（Willy Russell）的話，而他幾年前曾經來過圖書節。

伊莎貝來作帳。她對新的書螺旋非常感興趣。

我在安德魯．麥尼利為父親寫的傳記中讀到他引用了我給的那封信。雖然我的姓常被拼錯，不過安德魯的拼法非常獨特：「Bithyll」。

總收入88英鎊
5位顧客

十一月七日，星期五

線上訂單：3
找到的書：2

最近有許多顧客都在找泰瑞・普萊契（Terry Prachett）的小說。這可能跟他得了阿茲海默症而健康下滑有關。普萊契就像約翰・布肯、P・G・伍德豪斯（P. G. Wodehouse）、E・F・班森和其他許多作家，他們的書我永遠都嫌不夠。那些書都賣得很快，通常也會大量賣出。去年某一天我們就賣掉了所有企鵝版的伍德豪斯作品，總共超過二十本，是三位顧客買走的。

總收入198.77英鎊
15位顧客

十一月八日，星期六

線上訂單：2
找到的書：1

相當忙碌的一天——花了很多時間讀安德魯・麥尼利為他父親寫的傳記《伊恩・尼爾：生命段落》（*Ian Niall: Part of His Life*）。伊恩・尼爾是約翰·麥尼利的筆名，而書名則呼應了他父親最有名的著作《威格頓犁人：生命段落》。

總收入132.83英鎊
17位顧客

十一月十日，星期一

線上訂單：2
找到的書：1

上午十一點十五分，有位顧客說要找一本*From the Maddening Crowd*。儘管我好幾次試圖解釋書名其實是*From the Madding Crowd*，他還是堅決不肯接受，就連把書鐵證如山擺在他眼前的櫃檯上也沒用：「哎呀，一定是印錯了。」

雖然這次互動令人惱火，但我應該心懷感激：他倒是讓我知道自傳要取什麼書名了，不過前提是我有幸能夠退休。

我用釘槍把匿名明信片釘在畫廊的一張架子上，那個空間位於書店中央，在約翰·卡特還是老闆時曾經用來掛畫。我們仍然稱它為畫廊，儘管那裡已經連一幅畫也沒有了。威格頓的一家酒吧也像這樣，它被稱為「郡酒館」（The County Hotel）至少有上百年了。大約六年前被接管後，新的主人就把名稱改為「威格頓犁人」。當地人還是稱呼那裡「郡」，我想他們永遠都會這樣叫吧。

總收入57.99英鎊
6位顧客

十一月十一日，星期二

線上訂單：3
找到的書：3

我很快就沒空間展示匿名明信片了，說不定得開始釘在妮奇身上。

有位顧客拿了《加洛韋與卡里克的大街小巷》（*Highways and Byways in Galloway and Carrick*）到櫃檯，作者是C．H．迪克（C. H. Dick），一九一六年出版，裝訂使用藍色的硬麻布，上面有燙金書名。這本的書況很好，標價為十六點五英鎊。我要向那位談吐文雅的年長女士收錢時，她卻氣急敗壞地說「十六點五英鎊？簡直是搶劫，我才不要花那麼多錢買一本舊書。」我跟隨她到門口，看著她坐進全新的Ranger Rover駛離。

《大街小巷》能讓我們神奇地瞥見這個區百年前的風貌。驚人的是這裡從那時起幾乎沒什麼變化。尤其是迪克提到的一點：「此處仍然不為世人所知，比蘇格蘭其他任何地方更沒沒無聞，唯一的例外可能只有羅科爾（Rockall）島。」

總收入125.03英鎊

7位顧客

十一月十二日，星期三

線上訂單：2
找到的書：2

其中一筆線上訂單是赫胥黎的《加薩盲人》（*Eyeless in Gaza*）企鵝版，我根本不知道原來我們有這本書。

就在午餐時間前，有位顧客帶來四箱髒兮兮的劣質小說。我挑了幾本，給他十五英鎊。他開始抱怨十五英鎊連開車載書過來的油錢都不夠。我說我沒要他帶書過來，甚至也不知道他要過來，但他仍然繼續抱怨，最後終於要離開時，還咕噥著說他有一間擺滿古書的大藏書室，而他「絕對不會帶來賣給這個機構」。

冬天真的降臨了，儘管開了冷氣，從十月起每一天也都點了火爐，店裡還是很明顯比幾個星期前更冷。

總收入67.95英鎊
7位顧客

十一月十三日，星期四

線上訂單：4
找到的書：2

上午八點五十五分，我跑下樓去接已經響了一陣子的電話。途中我把茶全灑到自己的褲襠上了。我拿起話筒，結果對方問：「你知道從紐頓斯圖爾特前往威格頓的下一班公車是幾點嗎？」

有兩位亞馬遜顧客的訂單找不到書，於是我寫信過去卑躬屈膝道歉，希望能避免收到負評。

我打算在店裡展示一張隨機閱讀俱樂部的海報，卻發現釘槍好像壞了，於是我在手上測試一下，結果它就正常了。

總收入34.50英鎊
3位顧客

十一月十四日，星期五

線上訂單：4

找到的書：3

妮奇一大早出現時就帶著一些從莫里森超市廢料桶找到的噁心烤餅。她劫持Facebook後張貼了以下內容：

> 今日優惠！
>
> 一直想要那本《飛蠅釣法昆蟲學》（*The Fly-Fisher's Entomology*）吧，裡面展示了手工上色的Marlow Buzz、Little Yellow May Dun等各種餌，可是你正好沒有七十英鎊的閒錢——這個星期它就可以是你的囉！我們**交換**吧！
>
> 木柴、威士忌、母雞、雜色矮腳馬全都可以參與交換！帶過來吧！

有個年約五歲的小男孩自己進來店裡，請我們幫他替他母親找生日禮物。他有四英鎊。詢問之後，我們發現她喜歡園藝，於是替他找找一本關於盆栽園藝的書，標價六英鎊。妮奇讓他用四英鎊買下。

午餐之後，我開車到道格拉斯堡附近的洛恩豪斯（Rhonehouse）去看一位寡婦要賣的藏書，她的先夫是蘇格蘭教會的退休牧師。我在下午兩點抵達，見到了她和她兒子，那個男人比我稍微年輕幾歲，為了照顧年邁的她而從愛丁堡搬回來。她替我們泡了茶，然後帶我到餐廳，而她把所有的書都擺在餐桌——書脊朝上。她在談論這些書時，放了一陣超大聲像哨音的屁，而且持續了好幾秒鐘。不久後她就離開去了花園，這時她兒子正好進來，顯然聞到了屁，然後對我露出噁心至極的表情。

我離開時帶走四箱硬皮的神學書，並且留下了胃腸脹氣的名聲。

總收入105.90英鎊
11位顧客

十一月十五日，星期六

線上訂單：2
找到的書：2

妮奇在這裡過夜，早上由她開店。

今天的第一通電話：

來電者：我只是打來確認你要在《犯罪預防刊物》（*Crime Prevention Publication*）上登的廣告。我們替你安排好了四分之一版面的廣告。你在八月登記的時候就同意了。（接著就是兜圈子針對發行量跟讀者群說些令人難以信服的話。）

我：我不記得談過這件事，而且我絕對不會在叫《犯罪預防刊物》之類的東西上登廣告。聽起來像是你編的。

來電者：可是你八月就答應了；這裡都有寫。

我：我不相信。你的號碼多少，我查一下再回電給你？

對方掛斷了。

噢，真諷刺。《犯罪預防刊物》的詐騙。這種電話大概每年會打來兩次。通常我會答應贊助的刊物應該是《善待病童》（*Be Nice to Sick Children*）之類的。

總收入145.98英鎊
20位顧客

十一月十七日，星期一

線上訂單：3
找到的書：2

妮奇今天來上班。我開車到洛克比（Lockerbie），然後搭火車前往愛丁堡參加在蘇格蘭國家圖書館（National Library of Scotland）舉行的一場會議，討論是否能夠利用他們不再受版權保護的古典錄音設立一個廣播電臺，讓店面支付一小筆訂閱費用，藉此避免遭到ＰＰＬ（Phonographic Performance Limited——錄音物表演權公司）及ＰＲＳ（Performing Right Society——表演權協會）罰款，這兩個組織的存在理由似乎就是向在工作場所播放錄製音樂的人榨取金錢。火車上坐在我隔壁的是一群人，其中一個有一部Kindle。他花了一個鐘頭向目瞪口呆的同伴們高談闊論，用相當大的音量說著那個該死的裝置有多棒，吵得我們其他人沒辦法好好看自己的書報雜誌。最後，他一點也不感到諷刺地高聲說：「當然啦，如果房間裡有人在說話，我就沒辦法閱讀了。」車廂內每一個人都同時面帶怒容猛然轉頭瞪向他。

妮奇今天在Facebook的貼文：

> 昨天非常煩惱——把一堆我們最棒的庫存寄給了德國的一位新顧客，架上看起來都空了！
>
> 今天的最佳顧客一定是那個女人，還有她已經成年的女兒，我們的漂亮古書幾乎都被她們動了一遍，還有一本掉到地上，皮革封面啪一聲就脫落了。而當她問我們有沒有史坦貝克的書（「是的，我們有」，笑容滿面，顧客永遠是對的），就突然打噴嚏弄得我**全身都是**。
>
> 不，她什麼也沒買。

我在愛丁堡跟我妹露露和她家人一起過夜。

總收入170.99英鎊
14位顧客

十一月十八日，星期二

線上訂單：3
找到的書：3

上午十點離開愛丁堡。妮奇在店裡，我問她能不能把隨機閱讀俱樂部的書打包。午飯時間結束時剛好到家，令我驚訝的是她竟然做完了，還安排好郵差來收取七個郵袋。

我在整理箱子時發現一本威格頓郡（Wigtownshire）的舊旅遊指南，書中有一則這裡在一九五〇年代還是雜貨店時的廣告。偶爾會有店內的訪客過來告訴我，他們住在威格頓的時候，這是老闆鮑林（Pauling）的店，或者說他們跟當時經營雜貨店的人有關係。

總收入90.50英鎊
5位顧客

十一月十九日，星期三

線上訂單：5
找到的書：3

上午十一點，一位十幾歲的少年動作難看地拖著腳步走到櫃檯，把一本平裝的《麥田捕手》（*Catcher in the Rye*）放在我面前，然後用零錢付了二點五英鎊。在我跟那個男孩差不多年紀，迂迴曲折地轉換至成年期時，很少有書能像那本作品一樣影響我。從一九五一年首次出版的幾十年來，沙林傑（Salinger）對霍爾頓．考爾菲德（Holden Caulfield）與世界脫離的描寫引起了數百萬青少年讀者的共鳴。

總收入48英鎊
9位顧客

十一月二十日，星期四

線上訂單：3
找到的書：3

妮奇來上班，繼續登錄從洛恩豪斯買的那批書。五便士的購物袋稅開徵到現在已經一個月了，而妮奇計算過，開口要袋子的人數比例從百分之五十降到了百分之十以下。

總收入149英鎊
10位顧客

十一月二十一日，星期五

線上訂單：2
找到的書：2

妡持Facebook現在已經變成妮奇的習慣了。這是她今天的貼文：

顧客昨天都在抱怨店裡**太熱**，因為我們點燃火爐把不喜歡的書都燒掉了，我是指不想要的書，亦即那些不好好使用「引號」的——再也沒有羅迪．道爾（Roddy Doyle）或歐文．威爾許（Irvine Welsh）了——太可惜啦！

你們想提名今天該燒的書嗎？

今天美食星期五招待的是一小包過期的燕麥餅。

狄肯先生進來店裡要訂一本書，可是找不到他寫了書名的廢紙條。

在一陣無聊時，我計算我們今年已經寄出了超過一噸重的書。難怪我得先坐下來才敢打開皇家郵件的費用清單。

總收入57.30英鎊

5位顧客

十二月二十二日，星期六

線上訂單：3
找到的書：1

妮奇在，所以我去了惠特霍恩島的「蒸汽班輪」（Steam Packet）跟一些朋友吃午餐。我在下午中段回來，發現她自己貼了童書區附近一面牆的壁紙，還貼上她從一本百科全書剪下的野生動物圖案。

我絕望了。她太一意孤行了。

狄肯先生打電話來。他想要一本伊夫林・沃（Evelyn Waugh）的《衰落與瓦解》（*Decline and Fall*）。我提醒他曾告訴過我小說是給女人看的，他回答：「大多數是，但不是全部。」

有位顧客從艾爾（Ayr）開車帶了兩箱書來賣。裡面大部分是維多利亞時期的歐洲旅遊手冊，可是書況都不太好。她是不小心在一場拍賣會買到那些書，本來還以為標下的是一個俄式茶壺。我給了她二百英鎊，而她保證說我讓她賺的已經值得跑這一趟了。

妮奇下班要離開時說：「我有個很棒的主意，把書店改造成迪斯可舞廳怎麼樣？」

總收入345.99英鎊
19位顧客

十一月二十四日，星期一

線上訂單：5
找到的書：4

昨天我發生了一段有點令人不安的經歷：睡完懶覺起床，到樓下廚房泡了杯茶，然後晃進客廳，身上的晨袍隨著拍動，碰巧這時洗窗工人正從他的梯子往屋裡看。我匆忙離開了。今天早上他進來收五英鎊工錢時，我們兩個都沒提起這件事。

有位顧客拿了一本蘇格蘭歷史書到櫃檯，皮革裝訂，一八一七年出版。他指著蝴蝶頁上用鉛筆寫的一點五英鎊，那很明顯不是我們的價格。我查了資料庫，結果我們的售價是七十五英鎊，而且我們這本還是網路上最便宜的。我告訴他不可能賣一點五英鎊，他就怒氣沖沖走了。後來妮奇告訴我，她看到他在店裡的一本書上寫東西，懷疑他撕掉了我們的標籤貼紙，自己寫上價格。幾年前有位惡名昭彰的書商會定期在威格頓的書店來去，等著櫃檯出現新面孔——他認為沒他內行的人——然後他就會擦掉珍本書上用鉛筆寫的價格，藉此偷到便宜。就我所知，他已經死了。

今天最後的顧客是一對買了幾本科幻作品的年輕夫妻，他們說要利用假期造訪全英國所有的二手書店。我們這一行還是閃爍著一絲希望的。

總收入78英鎊
7位顧客

十一月二十五日，星期二

線上訂單：7
找到的書：4

忘記設定鬧鐘就睡過頭了。上午十點開店，發現女士們的藝術課應該是九點半開始，而她們就渾身發抖在外面等著。

總收入64英鎊
3位顧客

十一月二十六日，星期三

線上訂單：2
找到的書：1

《衰落與瓦解》隨著上午的郵件寄到了，於是我打電話通知狄肯先生。刺青異教徒桑迪跟他朋友一起來。他留下六根手杖，找到了一本關於凱爾特神話的書。

下午四點有位顧客帶來一箱平裝本現代小說，包括喬賽・薩拉馬戈的傑作《盲目》（*Blindness*）以及安東尼奧・塔布其（Antonio Tabucchi）的《佩雷拉的意志》（*Pereira Maintains*），這兩本書以前曾經有一位義大利朋友送過我，因為對方被我在當代歐洲小說方面的無知給嚇壞了。我非常喜歡《佩雷拉的意志》這本書，不過《盲目》更為驚人。很少有書能夠令我完全沉浸其中，還有——諷刺的是——裡面描寫的場景使我有如親眼目睹。世界在所有人失明後陷入既下流又可悲的混亂，社會契約脆弱不堪，失去一種感官就造成社會迅速崩解，薩拉馬戈將這一切描繪得如此生動，讓讀者幾乎成為了故事的參與者而非觀察者，而且——正如霍格的《自辯正當罪人》——最後還會打醒你，對你周遭的世界提出更多問題。

總收入90.55英鎊

9位顧客

十一月二十七日，星期四

線上訂單：8

找到的書：6

廣場上今天立起了聖誕樹。

三個俄國女人來到店裡，其中一位（顯然是唯一會說英語的）問我們有沒有用俄文寫的書。她似乎很訝異我們真的有幾本，不過她們什麼也沒買。

下午我們收到愛爾蘭一位顧客在AbeBooks上的訂單。那是八本裝的套書，結果在「季風」上標錯價了：

書名：《歐洲歷史：偉大的領導者與里程碑》（*European History: Great Leaders & Landmarks*）

作者：H．J．柴托爾牧師（Rev. H. J. Chaytor），威廉．柯林奇（William Collinge），華特．墨瑞（Walter Murray）

售價：三點四八英鎊

運費：八點八五英鎊

總價：十二點三三英鎊

整套書的總重量是八點二公斤，要寄到愛爾蘭的郵資就要八十八英鎊。我寄了電子郵件向那位顧客說明情況。

三個人分別來問：「你買書嗎？」其中一個帶了三本《哈利波特》，然後非常吃力地拿出來給我看，還說其中一本是初版。我告訴他《哈利波特》系列後來發行的初版數量太多了，其實並不值錢，他急忙把書放回自己的袋子後就離開了。我想他不相信我。

打烊時，我有幸目睹了一項奇景：狄肯先生以體重過重的中年晚期男人之姿往書店全力衝刺。他那件不合身（有點太小）的外套尾部不停拍動，而他的遮禿髮型（垂直向上翻）看起來就像一對退化的翅膀以及旗魚的背鰭：前者努力地推動他，後者負責控制方向。他顯然是想在書店關門前抵達。我替他開著門，而他付錢拿了書，然後就氣喘吁吁拖著腳步離開，走入昏暗的光線中。

總收入88.99英鎊
6位顧客

十一月二十八日，星期五

線上訂單：1
找到的書：1

妮奇上午九點十五分抵達，跟往常一樣。她直接給了我一個塑膠盤，上面擺著幾天前應該還算新鮮可稱之為食物的東西，接著問：「你要來一根肉桂卷嗎？」（可以清楚看到Tesco超市的「優惠價二十七便士」貼紙）。我回答：「我想要，謝了，妮奇。」我正要拿，她卻用力拍掉我的手，說：「我可不會選那一根。今早我在上班路上舔掉了那一根的糖霜。」

今天上午唯一的訂單是一本叫《小跟班》（*A Toast-Fag*）的書。

我替從各地買來而堆在店裡的許多箱書標價時，發現了一本《我們都是生活的困獸》（*The Restraint of Beasts*），作者是馬格納斯．米爾斯（Magnus Mills）。芬恩曾向我推薦過這本書，於是我把它放到一旁，有空的時候就會讀。

妮奇決定留下來過夜，一起喝啤酒聊八卦。果不其然，我們兩個都喝太多了。我要給她一瓶Corncrake Ale，她卻說她不喜歡有鳥類名稱的啤酒。她的所有決定都是根據這種邏輯。

總收入62.50英鎊
5位顧客

十一月二十九日，星期六

線上訂單：1
找到的書：1

妮奇開店，所以我賴床了一陣子。

今天訂單的書叫《一位年輕人的旅程》（*A Young Man's Passage*），作者是馬克．泰勒爾（Mark Teller）。朱利安．克拉里（Julian Clary）的自傳也採用了相同書名，不過我無法想像他選擇這個名稱也是基於同樣的理由。

妮奇跟我將新貨上架時，兩人一進入畫廊就不約而同說那裡冷得要命。而且火爐已經點燃了。自從去年我們把熱泵熱水器擺在樓梯底部，畫廊就從店裡最溫暖的房間變成了最寒冷的，原因大概是那裡有一面石牆未加上襯砌或隔熱層，所以我打電話問卡倫的意見。他會過來看一下。

總收入100英鎊
10位顧客

十二月

十二月

在聖誕節期間我們會整整忙上十天，費心費力處理聖誕卡片與日曆，而要賣那些東西雖然很煩，在這種季節生意卻相當好。令我覺得有趣的是，基督教情感受到如此剝削利用實在諷刺至極。聖誕節卡片公司的銷售員最早六月就會帶著他們的目錄過來。我一直記得在他們費用清單上的一句用語。那就是：「兩打嬰孩耶穌與兔子。」

——喬治．歐威爾，《書店記憶》

聖誕節及其準備階段大概是書店在一年之中最平靜的時刻。生意好壞取決於觀光客的客流量——十二月期間幾乎沒有半個人——我們還不如直接從十一月關店到三月。不過，那些寥寥可數會用二手書當成聖誕禮物的人通常很古怪，所以光是為了他們能帶來的樂趣而開店就很值得。他們是最有趣的顧客。再說關店也不好；如果書店沒開，就會讓少數冒險在冬季造訪加洛韋鄉間的人失望，以後也不可能再回來了。他們偶爾會花點錢，而且要是我關店，在晝短夜長的冬日裡其實也沒什麼別的工作可做，因此最好還是自己營業賺點微薄的外快，總比關起來什麼都沒賺到好。最值得開店的一週介於聖誕節與除夕之間——那一週，人們會回到此地跟親愛的人一起過節，然後他們很快就會發現自己還是喜歡跟對方保持幾百哩的距離，而非困在同一棟屋子裡。書店在那個星期會很忙，充滿在這一年最黑暗的一個月裡花太多時間跟親戚關在一起的人，他們會聚集到書店消磨時光，除了隨意瀏覽，通常還會買書。

十二月一日，星期一

線上訂單：1
找到的書：1

聖安德魯日（Saint Andrew's Day），是蘇格蘭的銀行休假日。

有位顧客打電話來找一本書：

女人：我在圖書節的時候去過你的店，在你的新書區找到一本書，是關於蘇格蘭的廢棄舊花園。可以告訴我書名是什麼嗎？

我：不，恐怕不行。不過我知道妳要找的書，也很樂意賣妳一本。

女人：為什麼你不告訴我書名？

我：因為我一這麼做，妳就會馬上到亞馬遜買了。

女人：不，我會請我母親去你那裡拿書。

我：噢好，那麼可以給我妳的信用卡資料和妳母親的名字嗎？我會先把書收起來等妳付款。

這時她就掛斷了。

崔西跟我今天下班後到酒吧喝一杯。一個本地農夫進來問：「有人想要大頭菜嗎？我的貨車上有一些。」在吧檯工作的勞拉（Laura）告訴他想要一顆。他拿來了我所見過最大顆的大頭菜。看來他今年可是大豐收。

開始讀《我們都是生活的困獸》。

總收入28英鎊

4位顧客

十二月二日，星期二

線上訂單：3
找到的書：2

卡倫過來跟我討論在畫廊那面石牆施作隔熱的可能性。這應該會讓溫度有很大的差異。他答應施工，這星期找時間就開始。

今天是極為美好晴朗的日子；十二月與一月的低暗光線照在企鵝出版社那一區，是其他時節從未見過的景象。今天最重要的事無疑是賣出了一本《唐諾．麥里歐的憂鬱回憶》（*Donald McLeod's Gloomy Memories*），出版於一八九二年，而想要這本書的顧客之前已經找了六年。

總收入33英鎊
2位顧客

十二月三日，星期三

線上訂單：4
找到的書：2

早上很冷，所以我生了火，接著處理線上訂單。我在帶著郵件走去郵局的途中經過一個男人，他拿著一顆磚塊，嘴裡咬著車鑰匙。他咕噥著向一位朋友說「你好」時，鑰匙就掉到了磚塊上——剛剛好。

下午兩點半，有位老人帶了一箱軍事史的書來賣，其中有幾本的主題是皇家直屬蘇格蘭邊境團（King's Own Scottish Borderers, KOSB——儘管加洛韋不屬於邊區，但加洛韋人傳統上還是會加入這個步兵團）。我們談好以一百二十英鎊買下那些書。

總收入46英鎊
4位顧客

十二月四日，星期四

線上訂單：3
找到的書：3

卡倫上午十點過來開始為牆壁施作隔熱。今天花很多時間把他要施工那面牆的書裝箱，也拆掉了牆上的書架。

總收入48英鎊
5位顧客

十二月五日，星期五

線上訂單：1
找到的書：1

妮奇在。她提早到了，而且明顯很興奮；「噢，我有好料的要給你喔！」這份「好料」應該是為了補償上週五早上被她舔掉糖霜的那根肉桂卷。她拿出一個貼滿了「優惠」貼紙的盒子，裡面有個佩佩豬蛋糕。

卡倫整天都在替牆壁施作隔熱。

我給妮奇安排了幾項工作（她熱情地點頭後就決定不做），隨即在上午十一點出門，到距離威格頓六哩的索比談一筆生意。那是我父親一位朋友的藏書，對方叫貝索（Basil），今年過世了。他的姪子要處理遺產。當中有趣的書不多，而且大部分都是工程學教科書，不過我裝了兩箱，寫給他一張一百英鎊的支票。

我在二〇〇一年離開布里斯托回到蘇格蘭時，除了經歷年長的祖父母和姑婆等親戚過世，對死亡並不算熟悉。或許我很幸運，從未失去過任何親密的朋友。然而鄉間生活會讓你接觸到各種年紀與背景的人，這是在城市裡可以輕易避開的事。早在我於二〇〇一年買下書店時，顧客經常說我「以一位書商而言非常年輕」，也許是吧。我上次聽到這句話是五年前的事了，而我參加的葬禮次數一年比一年多。去年我父母有許多朋友都死了。母親最近還告訴我：「你父親跟我現在進入地雷區了。」

下班後我跟卡倫去喝一杯。我們邀請妮奇一起去，不過她說她想要留下來，於是我替她生了火，後來則從合作社買了些精釀啤酒給她（這次沒有鳥類名稱）。晚上八點我回來時，她正坐在火爐前縫合一隻牛玩偶，這件事她已經做了超過二十年還沒完成。那東西一點也不像牛。

這星期有好幾位顧客來店裡後抱怨自己忘了帶閱讀眼鏡。這種情況出現太多次了。我向妮奇提起，結果她說她也很常這樣。

總收入22英鎊
2位顧客

十二月六日，星期六

線上訂單：2
找到的書：2

上午八點，我聽見妮奇在弄自己的早餐，於是賴床讓她開店。沒過多久我就被卡倫在樓下用鎚鑽撞擊牆壁的聲音吵醒。下午我花很多時間處理立體音響的一條喇叭線，現在把它移到了書店前側，這樣就不會被小孩碰到，否則他們經過時好像都會忍不住去撥弄——通常就讓音量變得很大聲。

總收入72.29英鎊
9位顧客

十二月八日，星期一

線上訂單：9
找到的書：8

書店整天都安靜極了，第一位顧客十一點半才出現，問：「你們把行銷跟財務策略的書放在哪裡？」某個人就要得到一份值得興奮的聖誕禮物了。

我在整理郵件時發現議會寄來的一封信，妮奇在上頭畫了一幅非常粗糙的素描，那是張圓臉，戴眼鏡，頭髮捲曲——顯然應該是我。我拿給她看，問：「妮奇，這是什麼？」她回答：「那個嗎？是鏡子啊。」

總收入78.44英鎊
6位顧客

十二月九日，星期二

線上訂單：2
找到的書：1

安娜打電話來，說她不參與跟朋友在美國一起製作的那部影片了，原因是她認為預算太少，於是她訂了一班飛機回倫敦，星期四抵達鄧弗里斯。

今天有位年長的顧客緩步走到櫃檯，他緊抓著一本書，臉上露出興奮的表情。「這本賣多少？」那是一本拉丁學校的教科書，而他急忙翻開，指著蝴蝶頁上用鋼筆寫的名字說：「這是我父親的。」書的售價是四點五英鎊，不過我告訴他可以免費收下。我不記得是怎麼得到那本書的，但他找到後那麼開心，這似乎是我應該做的。他是從肯特（Kent）來這裡度假的，所以那本書有可能來自我幾年前在坎特伯里（Canterbury）郊外一棟房子買到的一大批藏書。

總收入80英鎊
9位顧客

十二月十日，星期三

線上訂單：1
找到的書：0

妮奇今天來上班，我才能去洛蒙德湖（Loch Lomond）東岸的史特靈（Stirling）看一批藏書。屋子位於一座絕美的幽谷之中，道路兩旁滿是古老的闊葉林，其間散布著豪華的維多利亞式別墅，當中一棟就是我要去的。屋主是一對年紀跟我父母差不多的夫妻，室內擺滿了高級家具和藝術品。他們友善又親切，而且在我到各個房間查看上千本左右的書時還一直請我喝茶吃餅乾。他們的兒子去了伯斯郡的一間寄宿學校，其中一位跟我同年，所以我們之間一定有過交集，也許都去過某一場英式橄欖球比賽。他們就跟許多賣書給我的人一樣，要賣掉房子找個小一點的地方，而這次是格拉斯哥西區的一間公寓。

藏書的種類很雜，不過包含了一些有趣的古董，像是巴納德的《英國威士忌釀酒廠》初版，發行於一八八七年。這是我見過的唯一一本初版。另外也有很多關於威士忌的好書，包括兩三本古書。跟他們聊天後我才知道他退休前待的是威士忌產業，而我們共同認識幾個在釀酒業的人。在一陣客氣的討論後，我們談好以一千二百英鎊買下十箱書。

回家的路上太可怕了。我選擇錯誤走了山路：二十哩長的單線道。路上覆蓋著雪，天空下起雨，狂風呼嘯地吹。我遇到幾輛滿載木材的卡車；後來，隨著我越爬越高，雨變成了雪，偶爾會有一片一片閃電照亮山區的景觀。大約在下午六點回到家。

總收入85.98英鎊
7位顧客

十二月十一日，星期四

線上訂單：3

找到的書：3

今天其中一筆訂單的書叫《吸毒手記》（*A Drug Taker's Notes*）。我把訂單的書帶去給威爾瑪時，沒看到威廉。我問威爾瑪他在哪裡，她用像是在密謀什麼的語氣回答：「他在打盹。」接著露出一種惡作劇似的笑容。我認為睡得再多也無法讓他心情變好。

關店之後，我開車到鄧弗里斯的火車站接安娜。

總收入27英鎊
5位顧客

十二月十二日，星期五

線上訂單：1
找到的書：0

妮奇一如往常穿著她那套黑色滑雪服出現，帶了一份從莫里森超市廢料桶找到的酥皮點心。那看起來不像是可以吃的美食，比較像一塊巨大的痂。「呃，很美味的。來吧，吃一點。」真噁心。美食星期五已經成為每一週的最低潮，尤其是肉桂卷事件發生之後。

今天店裡生意特別差，而且冷得要命。妮奇的Facebook貼文：

親愛的朋友們，妮奇來了！今天早上來上班時，我一看到櫃檯旁邊有個紅燈在亮，心情就變得五味雜陳……那是不是暖氣機？我可以脫掉懶人毯了嗎？是，也不是。那是暖氣機，但**只有**燈打開而已。懶人毯要一直穿到四月了。

噢，本週《自由報》（*Free Press*）最悲慘的新聞——停在農場一輛車上的一枚硬幣被偷了。這世界怎麼了？

別告訴他我在這裡。

妮奇帶了從巴斯蓋特（Bathgate）那間低價超市買的五副眼鏡，要給忘記帶的顧客使用。

低地釀酒廠的某個人聽說我們獲得了那批關於威士忌的書，於是來到店裡。他說要給我六百英鎊買下巴納德那一本，而我欣然接受了，這表示幾天內我的投資就回本一半。要是書況更好，說不定我還可以讓價格翻倍。

卡倫替牆壁施作隔熱完成了。現在我們得找人塗上灰泥，然後要趕在聖誕節前安裝新的架子。

總收入79.50英鎊

3位顧客

十二月十三日，星期六

線上訂單：3

找到的書：2

我在上午九點二十二分處理好今天的訂單，可是沒有妮奇的蹤影。十點鐘，我收到了她的訊息：「在Doon of May附近一條水溝裡。在等一輛曳引機把我拉出去。」她從水溝那裡搭到了便車。Doon是一片土地，在漂亮的艾爾利格村旁邊。那裡是由一個叫傑夫（Jeff）的人擁有，並且當成合作社來經營。妮奇最後在十點四十五分出現。

下午父親出現，我要替他印點東西，星期三有一場會議要用。雖然他跟母親可以摸索著使用iPad，但除此之外，只要跟電腦有關的東西就會需要家人幫忙。店裡的談話圍繞著「下午」幾點才算開始。我說中午。安娜說上午十一點。我父親說：「我還沒吃完午餐前都不算。」

總收入121.79英鎊
10位顧客

十二月十五日，星期一

線上訂單：2
找到的書：1

我在整理一些箱子時——可能是某位牧師的藏書——發現了兩本你想不到

會放在同一個箱子裡的書：一本《我的奮鬥》（*Mein Kampf*）和一本來自耶路撒冷的橄欖木封面《聖經》。

經手《我的奮鬥》這本書可能會讓你在道德上立場尷尬。我們擁有的這本大約價值六十英鎊，很多書商都不想碰，這可以理解，但確實有需求——雖然不大，可是我知道這本在一個月內就能賣掉。問題是你永遠不知道這會落入誰的手中——某個極右派的瘋子，或是要拆穿大屠殺否認者假面具的歷史學家。無論如何，《我的奮鬥》的市場明年就會發生變動，因為在德國的版權即將要過期了。

總收入149.50英鎊
11位顧客

十二月十六日，星期二

線上訂單：1
找到的書：1

妮奇來上班，因為我約了十一點到鄧弗里斯醫院（Dumfries Infirmary）給背部專家看診。我被安排接受核磁共振掃描。在鄧弗里斯的時候，我趁機去看了一些書，主人是位老太太，丈夫五月過世了。她住在離醫院近得方便的一間小公寓。書全都跟釣魚有關，其中一些還算稀有。我們談好以二百五十英鎊買下四箱書，後來我跟她說我對飛蠅釣十分熱衷，她就堅持要把丈夫那些舊的飛蠅餌盒全部給我。我查看架上時，注意到很多桌子跟架子上的相框都是面朝下擺著。我好奇地將幾個翻過來看。裡面全是同一個人，大概就是她丈夫。或許她怕觸景傷情吧。

妮奇又在Facebook上活躍了：

親愛的朋友們，妮奇來了！

某些人可能不知道尚恩有多麼的體貼與慷慨吧。冷到結黑冰的那天，我在沒車的情況下好不容易抵達，而他允許我把一個紙箱壓平，以雙倍厚度鋪在工作檯底下的地板，擋住一些冬天的寒風。多麼好心啊！至於暖氣機上亮著的紅燈（即使完全沒發熱），感覺也好舒服。他真棒！

我一直找不到泥水匠來處理剛施工完隔熱層的牆壁，而聖誕節越來越近了。

總收入58.49英鎊
8位顧客

十二月十七日，星期三

線上訂單：3
找到的書：3

有位顧客待了大概兩個鐘頭，整段時間店裡也就只有那一個人。他說：「在聖誕節前的這段期間一定是你一年裡最忙碌的時候。」他在的期間店裡完全沒有別人。我不知道他會怎麼想像書店在一年中的其他時候是什麼樣子。

讀完了《我們都是生活的困獸》。

總收入103.09英鎊
8位顧客

十二月十八日，星期四

線上訂單：2
找到的書：2

第一位顧客在上午十點進門：「我對書不太有興趣」，接著是「我來告訴你我對核能的看法吧。」到了十點半，我早已失去生存的意志。

我把訂單的書帶去給威爾瑪時，威廉正在對一位一臉勉強的顧客講起極度政治不正確的笑話，如果能用蒲福氏風級來評估，這個玩笑肯定嚴重到要另創一個新的級數。我問威爾瑪能不能請郵差明天結束工作後過來拿郵袋。

從鄧弗里斯帶回的那批釣魚書，雖然不算熱銷，但很明顯賣得比其他書快。即使在這間規模相對較大的書店，這也是很常見的現象：最快賣出的一定是新貨。我想這是有道理的，因為一本書如果在架上擺了一年還沒賣掉，大概就是定價太高或缺乏市場。但感覺起來又不像是這樣；剛進的貨看起來彷彿真的比較新，而在架上擺放許久的書就有一種陳舊感，變得很難賣。

我在整理從洛蒙德湖帶回來的那幾箱書時，又發現一本有謝默斯·希尼簽名的索利·麥克林（Sorley MacLean）小冊子。這總共印刷了五十本；現在我有其中兩本了。每一本應該都能賣到一百英鎊。這就像華特・史考特的簽名以及佛羅倫斯・南丁格爾題贈的書，會讓你在處理類似物品時覺得自己跟那些人有關聯。或許更有趣神祕的地方在於你永遠不知道誰經手過進入店裡那些沒有簽名與題贈的書，以及它們曾有過什麼不為人知的歷史。

我們又收到位於威爾斯的科爾溫灣（Colwyn Bay）那家書店寄來的電子郵件。他們很快就要結束營業，想知道我們要不要買下庫存。顯然他們在其他地方都賣不出去。我請他們用電子郵件寄給我一些照片。

總收入184.49英鎊
7位顧客

十二月十九日，星期五

線上訂單：1
找到的書：1

柯爾溫灣的書店回信寄了一些照片，庫存看起來滿多的，大約有兩萬本書。可見他們聽到的出價遠低於他們想要的。我猜我出的價也在相同區間，所以就算了吧。現在極少有人會一次收下那麼大的量，所以價格可以說是隨便你喊。我猜他們會耗費好一番工夫才能移走那些書。

店裡很安靜，而且冷死了，說到這個，我得問一下妮奇最近是不是有我們的常客過世了。

我在整理裝書的箱子時，發現一本佩特羅尼烏斯的《薩蒂里孔》（*Satyricon*）。稍微翻了幾頁，覺得我會想讀。

郵差下午三點半過來拿隨機閱讀俱樂部的郵袋。

妮奇今天要留下來過夜，明天會上班，這表示我有多一點空閒可以做些令人興奮的事情，例如去銀行，然後到鋸木廠載新書架的木材，甚至清理車子。

總收入122英鎊

8位顧客

十二月二十日，星期六

線上訂單：5
找到的書：5

妮奇在。我開車去附近的潘基林（Penkiln）鋸木廠載木材，要在剛施作隔熱的那面牆裝上新書架，妮奇趁機又劫持了Facebook頁面：

親愛的朋友們，妮奇來了！

哇塞，昨晚不知有沒有吵到鄰居，我們舉辦「年終」書店嘻哈與搖擺舞步混搭晚會，接著又吃了些強效藥（每人兩顆布洛芬！），因為今天一定有些年長的員工走不動。這就是我們的本色。耶。

我告訴妮奇一直找不到泥水匠處理卡倫做好隔熱的那面牆，而且我要在聖誕節前完成這項工作。她說「交給我」，接著就走出書店。五分鐘後她帶了一個叫馬克（Mark）的人回來，他看了一下現場，跟我說明天可以做。原來她去了公車站問排隊的人：「這裡有沒有泥水匠？」結果他說他是。

妮奇在格拉斯哥找到一個地方可以接受並回收我們要丟棄的書，叫斯墨菲卡帕（Smurfit Kappa）——「舊衣換現金」最近跟我們說他們以後不在加洛韋營運了。對方願意付我們一頓四十英鎊，這應該可以抵掉前往那裡的油錢，所以我會在新年開車載過去。

總收入82英鎊
9位顧客

十二月二十一日，星期日

泥水匠馬克大約在上午八點半來到這裡，然後粉刷了牆面。

十二月二十二日，星期一

線上訂單：3
找到的書：2

為了施作隔熱而從架上移走的書，都裝進箱子放在從來沒人問過的書區前方——地質學。從卡倫開始施工起，書就一直在那裡。今天的第一位顧客拄著一根枴杖跛著走進來，問：「地質學的書在哪裡？」

刺青異教徒桑迪進來祝我昨天冬至快樂。

晚上我都在組裝架子，並且把原本裝箱的書擺回去。

柯爾溫灣書店把他們的庫存放到eBay上，要價兩萬英鎊。不可能賣到那麼高的。要是有五千英鎊就算不錯了。

總收入181.50英鎊
13位顧客

十二月二十三日，星期二

線上訂單：4

找到的書：4

今天上午有位顧客退還我們上星期寄出的一本書，附了一張紙條：「請退款，因為書看起來像二手，不如預期的新。」那本書是約翰・麥考米克（John MacCormick）的《風中旗幟》（*The Flag in the Wind*），封面刻意設計成舊損的樣子。是全新的。

在聖誕節和新年的第一個週一期間，書店是上午十點而非九點開門，於是我在店面櫥窗放了一塊招牌。

我為店裡製作的聖誕裝飾實在太不用心了。今天開始布置，包括貝芙捐的冬青樹枝以及從某位本地農夫私人車道剪的一些常春藤，再用幾顆便宜的彩色燈泡照亮。我裝飾了每扇窗戶，門廳也有一點。

安娜跟我開車到愛丁堡去我妹露露家過聖誕節。我留了張字條給妮奇（她不過聖誕節），請她保持店裡整潔並且餵貓。

總收入140.10英鎊
13位顧客

十二月二十四日，星期三

線上訂單：6
找到的書：5

過節期間書店由妮奇負責。

十二月二十五日，星期四

聖誕節。未營業。

十二月二十六日，星期五

節禮日（Boxing Day）。未營業。

安娜跟我從愛丁堡開車回家。

十二月二十七日，星期六

妮奇今天在。原來她從上午九點就一直耐心地等在外頭——我忘記告訴她書店是十點開門。她氣炸了。今天有一筆訂單的書叫《杜鵑問題》（*Cuckoo Problems*）。

我花了很多時間整理一大堆電子郵件，內容包括提升我的網站流量、使我陰莖增大、借我錢。可惜，我們的店沒有資金可以用來做那些事。在垃圾郵件中，有四封隨機閱讀俱樂部新增訂戶的通知信，這表示可能有人把訂閱當成了聖誕禮物送出。

冷清而令人失望的一天。也許這一帶的遊客以為我們沒營業。

總收入140.20英鎊
14位顧客

十二月二十九日，星期一

線上訂單：2
找到的書：2

冷冽、嚴寒、晴朗的一天。我在弄早餐時，注意到廚房窗戶的內側有冰。上午十點開店。從聖誕節到新年之間能夠在床上多待一個鐘頭真是種享受。檢查電子郵件的時候，發現妮奇寄來一封信：「你今天有上班嗎？哈哈哈哈哈哈！」

店裡一直很安靜，直到十一點半才開始有幾個人零星地進來。午餐過後，有位原本在火爐旁看了一小時書的少女帶了三本平裝的阿嘉莎・克莉絲蒂到櫃檯；總價是八英鎊。她給我一張軟塌塌的五英鎊鈔票，說：「可以算我五英鎊嗎？」我拒絕，然後告訴她在亞馬遜網站光是郵資就要七點四英鎊了。她一邊離開一邊咕噥著要去圖書館找那些書。祝妳好運：威格頓圖書館裡全都是電腦跟DVD，沒有多少書。

下午四點半，我本來打算提早打烊，不過有九個人出現，在店裡瀏覽看書，於是我繼續營業到五點半。他們花了六十英鎊。

我到現在都還沒申請詹姆斯．派特森的補助金，於是急忙查看他的網站，發現截止期限是二〇一五年一月十五日。

《薩蒂里孔》有點難讀，但主因是知識缺口，不是散文體的問題。比我以為的有趣多了。

總收入323.97英鎊
25位顧客

十二月三十日，星期二

線上訂單：1
找到的書：0

店裡忙了一天，有造訪祖父母的家庭，也有想逃避父母的夫妻。雖然沒大筆交易，不過整天進帳都很穩定。

總收入401.33英鎊
30位顧客

十二月三十一日，星期三

線上訂單：3
找到的書：2

店裡一整天都很忙碌。直到午餐時間都沒人表現無禮或要求折扣。最後粉碎這場夢幻般寧靜的人是彼得·貝斯泰（Peter Bestel），他進來店裡告訴我有一隻狗在門前的臺階上拉屎。彼得是我朋友，他女兒柔伊（Zoe）正努力往創作歌手之路邁進。她極有天分，安娜跟我幾年前還為她拍過一段影片。彼得是隨機閱讀俱樂部網站的幕後首腦，而且總是能在我需要的時候提供技術諮詢。

我幾乎隨時都需要。

在我用鏟子挖走狗屎不久後，有一家五口進了店裡。小孩在門邊跺腳踩著他們沾滿爛泥的鞋，不過是在店內而非外面。他們離開時連半本書都沒看過。

安娜跟我開車到惠特霍恩島，跟朋友一起度過除夕。

總收入457.50英鎊

37位顧客

一月

一月

書商必須對書的事撒謊，導致他們厭惡書；更糟的是他們還得替書擦掉灰塵，而且搬來搬去。有一段時間我真的很愛書——熱愛書的外觀、氣味、觸感，不過我是指至少超過五十年的書。最令我高興的事，莫過於在鄉下的拍賣會用一先令買下一整批書。

——喬治．歐威爾，《書店記憶》

對於歐威爾寫的這一段文字，我得承認我有些認同。雖然我還是喜愛書，但它們已不再像以前擁有神祕感——除非是附有手工上色銅版雕刻或木刻插圖的古書。我曾經擁有《百合》（*Lilies*），是八幅手工上色裝訂的版畫，來自桑頓（Thornton）的《芙蘿拉之神殿》（*Temple of Flora*）。我不知道自己還能不能再見到這麼漂亮的書。書原來是在艾爾郡一位年長寡婦的家中。我查看完她要賣的書——差不多一千本——幾乎找不到有價值或有趣的東西，而就在我要離開的時候，注意到那本書靠在餐廳的一處桌腳旁。我問她介不介意讓我看看，因為我從沒見過那本書。當我告訴她書的價值，她就要我幫她賣掉（我當時坦承自己買不起），於是我帶書回家，找一位本地裝訂師傅修補了一些地方，然後委託禮昂騰博的愛丁堡拍賣場處理，結果賣到了八千英鎊左右。

我曾經短暫持有奧杜本（Audubon）的《美國鳥類圖鑑》（*Birds of America*）八開本，這可是所有書商的聖杯，但即使如此也完全比不上那本書。這種東西永遠不會失去吸引力。雖然我每次到一戶人家去看可能會買但尚未見過的藏書時，都會有種狩獵的刺激感，可是我在買下書店之後就很少閱讀了，除非是在搭火車或飛機的途中。在那些旅程裡，我不會像日常生活那樣時常被分心打斷，可以讓自己完全沉浸在一本書中。有一次我搭火車到倫敦看安娜，在途中從頭到尾讀完了詹姆斯・霍格（James Hogg）的《一個自辯正當罪人的私人回憶錄和告白》，而我清楚記得自己剛從霍格那個奇特非凡的世界出來，眨著眼睛訝異地看著尤斯頓（Euston）車站──從沒在這個地方如此暈頭轉向過。

在跟賣家針對私人藏書講價時，那些書彷彿變成了閃閃發亮的獎賞。當價格談定，雙方握手，支票離開我的手中，那些書立刻就變成了重擔──我必須裝箱、搬上車、卸貨，然後檢查、上網登錄、定價、上架，接著才能開始讓我的投資一點一滴回本。一旦你持有那些書，就會產生歐威爾所謂的厭惡──它們突然變成了「工作」──然而那種不安的感覺，遠比不上處理珍本書時那種難得的欣喜所帶來的獨特樂趣，就像桑頓的《百合》。

一月一日，星期四

線上訂單：3
找到的書：3

因為宿醉所以沒營業。

一月二日，星期五

線上訂單：7
找到的書：4

妮奇穿著她的黑色滑雪裝出現。

今天找到書的訂單中，有一本叫《普遍的個別》（*The Universal Singular*）。妮奇在寄出之前把書整理了一下，因為最上方邊緣有些灰塵。

柯爾溫灣書店的庫存在eBay上無法賣到底價。他們重新刊登改成一萬四千五百英鎊，還註明說「這是最後降價」。我很肯定他們一定賣不到那個價。大型書商付給公共圖書館的金額更少得多，差不是每公斤十五便士。那種價格不會有任何做大買賣的書商想碰。

安娜說服我帶她到格拉斯哥去看她最愛的書改編成的電影《魔法黑森林》（*Into the Woods*），這被迪士尼變成了音樂劇。我認為地獄就是這個樣子：我不喜歡音樂劇，也不是迪士尼的粉絲，而這兩者結合在一起拍成的影片，效果就等於在關達那摩灣監獄（Guantánamo Bay）遭受一個星期的水刑折磨。可是我們下週五就要去了。

十一月三日有個留鬍子的年輕人到過店裡，想要處理掉紐頓斯圖爾特附近一座農舍的兩千本書，今天他帶著女友一起回來，自我介紹說他叫伊旺（Ewan），他女朋友是莎拉（Sarah）。他問我明天能不能去看那些書。

妮奇留下來過夜，我們喝了一大堆啤酒。

總收入145英鎊

15位顧客

一月三日，星期六

線上訂單：3
找到的書：3

妮奇上午十點開店。她起床走動了一下，顯然覺得不太舒服，但還沒糟到阻止她劫持書店的Facebook頁面，張貼以下的訊息：

二〇一四年的好人

1.「常春藤葉」炸魚薯條店（斯特蘭拉爾）——保管著我掉的五塊鈔票；蘇格蘭最棒也最誠實的店。

2. 二〇一四年三月訂了一本書的顧客，我們兩個星期前才找到書，他還要嗎？「好的麻煩了」，而且付的錢比我們要的還多。

3. 聽到一枚戒指價格三點五英鎊的顧客，大喊「多少？」——我們向她保證那是純銀——「我還以為至少要三十五英鎊呢。」

太感人了！

安娜跟我開車到紐頓斯圖爾特附近的農舍去載那兩千本書。天氣非常好，屋子與農場建築古色古香。書放在小別墅的客房裡。我們跟伊旺聊過後，才知道他的美國女友被移民當局強迫離開，跟安娜的遭遇離奇相似。二〇一〇年，安娜在沒有居留簽證的情況下無意間入境了太多次而被遣返。我們費了很大的勁以及一大筆錢才讓她得以重回蘇格蘭——這個國家需要有教養、聰明、勤奮又想住在這裡的人。奇特的是他也叫伊旺，正是我在安娜書中為自己選的名字。我們把書搬到車上時，得知原來是伊旺的兄弟威爾（Will）和他女友愛瑪（Emma）住在小別墅。愛瑪大約五年前的夏天曾在書店工作過，現在在鄧弗里斯當醫生。

書都裝在箱子裡，所以我沒檢查就直接帶走，也跟對方說好我晚點會再整理。車子載了兩趟才搬完，不過幸好我們有幾個人，沒花太久時間。

今天的《衛報》有一篇關於在威格頓生活的文章，叫〈我們搬去威格頓和馬查爾斯半島吧〉。副標題是「有點偏僻封閉，這完全是讚美」。文中有這麼一句：「無論你到哪裡都會受到親切歡迎。」書店的Facebook頁面隨即遭評論轟炸，例如「可見他們沒去過你的店」以及「看來他們沒見過你」。

安娜跟我把車上裝箱的書搬完之後，就把店裡的聖誕裝飾都拆了。過程幾乎沒什麼難度，畢竟我在慶祝聖誕節這件事上花費的心力少得可憐。整個威格頓大概只有身為猶太人的安娜比我更不在乎聖誕節。除了妮奇以外。

總收入63.98英鎊

12位顧客

一月五日，星期一

線上訂單：4

找到的書：4

上午九點開店。一直到下午兩點，店門總共才打開三次：第一次是郵遞員凱特；第二次是我父親拿報紙過來；第三次則是父親離開後一陣呼嘯的狂風，因為他沒把門關好。

我在尋找訂單的書時，發現船長沮喪地注視窗外。白晝最短的那天已經過了兩個星期，現在正是消沉的時節，無論對貓或書商來說都是。

今天花了很多時間整理農舍那些書，幾乎都是令人失望的東西。

彼得・貝斯泰下午過來討論隨機閱讀俱樂部網站的技術問題。儘管十二月在毫無廣告的情況下多了三十二位新訂戶，我還是暫停了訂閱，原因是我們於二〇一三年建立的資料庫管理系統無法完全因應一些複雜的情況，例如人們把訂閱當成送禮或者不再續訂，所以在我們處理好這些問題之前，我不打算追加新成員。

到了下午三點，我已經放棄賣出任何東西的希望，結果這時在本地務農的大家族羅賓森（Robinson）一家人正好進來買了些書。剛結婚加入家族的肯（Ken）找到一本關於聖基爾達島（St Kilda）的書，而他一直在等我降價。我注意到他看過那本書幾遍，所以在他上次過來之後把價格從四十英鎊提高到了四十五英鎊。雖然他不太高興，但還是買下了。後來我就把價格調降回四十英鎊。

總收入50英鎊

2位顧客

一月六日，星期二

線上訂單：1
找到的書：0

今天亞馬遜的訊息中有一則在抱怨《普遍的個別》，那是大約一個星期以前有人訂的書：「邊緣（尤其是上方）有一層厚厚的黴菌——拿起書就會有嚴重的健康風險。書現在密封起來了，還得拿到屋外。」

我用不必要的諷刺語氣回覆，說既然她覺得書對她造成這麼大的威脅，我會安排穿伊波拉病毒護裝的人過去找她拿。

總收入70.47英鎊
7位顧客

一月七日，星期三

線上訂單：3
找到的書：2

狂風暴雨的一天。

又是非常蕭條的一天。三個人在午餐過後進店。他們來自拉特蘭湖，目前在那裡執行一項魚鷹計畫。他們想要知道我們如何對待（曾經）棲息於此的一對魚鷹。其中一個人買了一本重印的《一八九五年鐵路時刻表》（*Bradshaw's Rail Times 1895*）。

下午四點，崔西順道過來打招呼。現在她在紐頓斯圖爾特的一家酒吧工作。

有對年輕夫妻下午三點五十五分進來，在火爐邊坐了一個半小時看他們從架上拿的書。我在五點二十五分告訴他們書店打烊了。他們什麼都沒買就離開，還把一大堆書留在火爐旁。

在詹姆斯．派特森的網站上提交了補助金申請。內容看起來很棒，我也暗自充滿信心，而這代表事情幾乎肯定不會成功。

總收入46.99英鎊
6位顧客

一月八日，星期四

線上訂單：3
找到的書：3

《普遍的個別》發霉事件又有令人興奮的發展。我以諷刺語氣向她要地址，好派人穿伊波拉病毒防護裝去取書，而這是她的回答：

地址是：
銀河系
金星3號軌道
13RTX77—X11衛星

上。

開店後我花了半個小時把昨天坐在火爐邊那對夫妻堆疊的書重新擺回架上。

今天有個讓人沮喪的消息：去年全球數位音樂下載的營收超過了ＣＤ銷售額。音樂、書籍、電影大概是數位化最容易也最便宜的三種媒體，看來我們這一行好像遲早也會落得相同下場，不過值得安慰的是許多來客都說他們比較喜歡實際閱讀書本所帶來的樂趣，而且也不喜歡Kindle。無庸置疑，被我射爆並擺在盾牌木架上的那部Kindle是店裡最多人拍照的物品。

安娜提醒我答應過明天要帶她去格拉斯哥看《魔法黑森林》。她興奮到不行。我怕得要命。

總收入36.49英鎊
10位顧客

一月九日，星期五

線上訂單：1

找到的書：1

妮奇在，而且一如往常穿著那套黑色滑雪裝。午餐後，她開始處理農舍那批剩下的書。她對那些書很不滿意，其中大部分都待過圖書館，很多是以阿拉伯文寫成，而且還有一堆無聊名人的自傳。她估計她大概每三十本書只會留下一本。我不知道該怎麼告訴伊旺。

安娜認為我們應該製作《饒舌樂翻天》（Rappers' Delight）音樂影片的書店版，不過要把歌詞改寫成《讀者樂翻天》（Readers' Delight），於是我們上午花了很多時間做這件事。

向妮奇道別後，安娜跟我開車到格拉斯哥看《魔法黑森林》。雖然我的期望低到極點，但電影竟然還能更爛。它簡直糟糕透頂，就連安娜也受不了而提議要早點離開。回到家時大約九點，結果妮奇仍然穿著她的滑雪裝在喝我的啤酒。

總收入41.99英鎊

5位顧客

一月十日，星期六

線上訂單：2
找到的書：2

妮奇開店。

上午我去了威格頓的「畫店」（The Picture Shop），想替我去年在拍賣會買下的一幅畫加框。坐在椅子上的店主潔西（Jessie）看起來病得相當嚴重，讓我十分震驚。她很想去醫院，說她沒辦法照顧好自己了。安娜很擔心，去找了醫生並告訴他應該來看她。潔西已經八十幾歲，卻還是每天在店裡工作。斯特蘭拉爾的醫院及產科設立之前，接生孩子的地方是一棟房子，位於加洛韋海角（Mull of Galloway）——馬查爾斯西部的半島——而她是從那裡出生的人當中唯一還在世的。

安娜、妮奇和我今天花了很多時間練習《讀者樂翻天》的歌詞。貝斯泰一家人過來吃晚餐，接著我們隨意編了一段舞蹈。計畫是下個星期五拍攝。妮奇是主唱。

下午有位顧客帶來兩箱書，其中有一本露易絲．斯特恩（Louise Stern）

的《喋喋不休》（*Chattering*）。露易絲二〇一一年來參加過圖書節，個性非常棒。她是聾啞人士。她在威格頓的大部分時間裡都有一位手語翻譯陪著，但如果他不在，她就會在紙條上寫字來溝通。她在她的活動結束隔天告訴我想到海裡游泳，於是我帶她去蒙瑞斯，一起挑戰十月的海水。她剛抵達威格頓那天晚上，大約在晚上十點來到作家休息室。我們有滿多人在那裡，也已經喝了很多酒。她的到來讓氣氛有些冷掉，這純粹是因為我們之中沒幾個人遇過聾啞人士。她感覺到現場的緊繃，就建議我們互相輪流提問。她指向我，接著她的翻譯奧立佛（Oliver）比出了我緊張之下提出的無聊問題：「妳這一趟玩得開心嗎？」她回答：「是的，謝謝你。換我了。你是什麼時候破處的？」這時氣氛立刻轉變，大家又像她出現之前那樣亂開黃腔了。

那天晚上到了凌晨兩點左右，喝了不少的她想要回住處，卻不知道在哪裡（除了一把上面有個數字3的鑰匙），於是她到處遊盪，後來找到一棟房子，門上有相同的數字3。她試了鑰匙但沒用，於是用力敲門，直到有個睡眼惺忪、身穿網眼背心的男人出現，問她要幹嘛。她發出一些聲音，然後開始揮動手臂。他對她罵髒話，當著她的面用力甩上門。幸好她之前是最後一個離開作家休息室的人，走的時候沒有鎖門，所以才能回到屋裡，把沙發充當成床。隔天早上七點，負責在圖書節期間打掃休息室的珍娜（Janette）過來清理房間；

她發現露易絲睡在沙發上，在附近打掃時就躡手躡腳的。上午八點，特維格從房間下來。一見到珍娜，他便大聲說「珍娜早安」，珍娜隨即把食指伸到唇邊發出噓聲要他安靜，一邊指著躺在旁邊的露易絲。特維格看著她說：「別擔心，珍娜，她是聾子。妳看。」接著他走向露易絲，朝著她的臉大喊「起床」。當然，對方沒有任何反應，這下珍娜才拿出了吸塵器，開始處理前一晚有如大屠殺的慘況，露易絲則繼續安靜地睡著。

總收入149英鎊
9位顧客

一月十二日，星期一

線上訂單：4
找到的書：4

印表機在印出兩筆訂單之後就沒墨水了，於是我換上副廠墨水匣，結果電腦當機，顯示一則從HP傳來的訊息說機器只能使用原廠墨水匣。我訂了兩個，不過這表示訂單得等到星期三才能寄出，大概會導致負評吧。

「發霉」的書今天寄回來了。根本就沒有發霉。我寫電子郵件給買家，感謝她退還書，告訴她「眼睛發霉的人才會看到發霉」，然後問她金星的生活怎麼樣。

安娜去畫店看潔西，回來跟我說她已經在紐頓斯圖爾特的醫院了。我們星期三會去探望她。

說書發霉的顧客回覆了我的電子郵件：

還可以，不過我比較喜歡住在另一個星球，可惜它已經不在了。在這裡，我們從來就看不到星星，一天比一年還長。我們頭頂上的螢幕保護程式是橘紅色，是偽裝用的，畫面沒什麼變化……管理這裡的那位閣下說不定出了什麼問題。

我得先走了；在神殿外面是嚴格禁止使用電腦的。

書店樂團（班和貝絲）住進了「開放書店」，成為首任經營者。產生這個構想並執行的人是安娜、艾略特與芬恩，所以我們找他們來吃晚餐，另外還有我的好友理察（Richard）。他跟我一起在加洛韋長大，從小就是朋友。他是一位演員，主要在倫敦活動。上次我見到他時，是他在紐約演出由山姆・曼德斯（Sam Mendes）執導的《暴風雨》（*The Tempest*）。

總收入61.50英鎊
4位顧客

一月十三日，星期二

線上訂單：2
找到的書：1

芙洛過來代班，這樣安娜跟我就可以去參加鄧弗里斯的拍賣會。我又買了一張便器椅，還有一隻松鼠布偶。安娜用三英鎊買了一批東西（基本上就是一箱滿滿的垃圾），這是拍賣的最低標價。只要價格降到這個數目，她的手就會自動迅速舉起，彷彿那是一種不隨意反射動作。天知道她這次買了什麼廢物。

從拍賣會回來的路上都在下雪；下午非常冷。回到書店時，我發現桑耶林送來了四箱書。

總收入51英鎊
4位顧客

一月十四日，星期三

線上訂單：5
找到的書：4

開店之前，我先把車開到車廠保養。我完全忘記了，這表示我們沒有車也不能去看潔西了。聽到我說潔西在醫院後，文森向我保證會盡快完成保養。

希爾林旅行社的旅行團大約十一點出現。接下來通常會有一群吝嗇的退休老人拖著腳步下車並入侵書店。他們從來不買東西，只要是免費的東西就拿走，而且還會抱怨價格，不過今天進來的只有一位年輕女子，她很客氣也很有趣，甚至還買了一些書。我問她是不是被他們綁架了。她一臉茫然看著我，慢慢後退走向門口。

下午有位顧客在店裡晃了差不多一個鐘頭。最後他來到櫃檯說：「我從來不買二手書。你又不知道其他碰過書的人是誰，也不知道書待過哪裡。」這種話當然會激怒書商，不過除此以外，誰又知道誰曾經碰過書店裡的書呢？從牧師到殺人犯，肯定什麼人都有。對許多人而言，書本如祕密般的來歷會讓他們感到興奮，激發各種想像。有一次某位朋友跟我討論到書中的注解與旁注。這同樣也是個意見分歧的議題。我們的亞馬遜訂單偶爾會遭到退貨，原因是收件者在書中發現先前讀者寫的東西，而我們並未注意到。對我來說，這種事不會減損書的價值，反而更令人著迷——我們可以藉此瞥見讀過同一本書的人在想什麼。

總收入77.80英鎊
8位顧客

一月十五日，星期四

線上訂單：4
找到的書：2

又是狂風暴雨的一天，不過往好處看，至少雨水槽沒漏水進屋裡。

今天第一位顧客問「《梅岡城故事》是誰寫的？」我告訴她是哈波．李（Harper Lee），結果她回答：「你確定不是J．D．沙林傑嗎？」

下午三點電話響起。是《觀察家報》（*The Observer*）的一位記者，對方想問關於風電場計畫的事。

我下午三點半打烊，然後開車載安娜一起去紐頓斯圖爾特探望住院的潔西。她的精神非常好，而我們回來的時候是四點，於是最後一個小時我又開店了。沒有人來。

總收入30英鎊
3位顧客

一月十六日，星期五

線上訂單：4
找到的書：4

我開店的時候正在下雪。妮奇想當然遲到了二十分鐘。她看了一眼我星期二買的便器椅說：「那東西永遠賣不出去的。」

我們找到訂單的書，然後排練《讀者樂翻天》。彼得跟他太太海瑟（Heather）以及女兒柔伊下午兩點半到，接著大家就開始拍影片。我們拍了三遍之後才終於拍到一個完美的版本。安娜堅持影片不能編輯。可憐的彼得，他要替我們拍片，從頭到尾還得倒著走路。

馬修（常從倫敦造訪的書商）在我們拍片時來到店裡，露出不知所措的表情。他花了三百英鎊。

會計師打電話來，說我沒簽名交回去年的報稅單，於是我瘋狂地翻找我那些亂七八糟的檔案，終於找到需要的文件，簽名之後寄了出去。

妮奇留下來過夜，跟我們講了她利用金屬探測以及在莫里森超市廢料桶所找到的一些寶物背後的奇妙故事。

總收入313英鎊
3位顧客

一月十七日，星期六

線上訂單：2
找到的書：2

妮奇開店。在我把書擺到架上時，有位顧客拿著一本書來問我多少錢。我告訴他三點五英鎊。他看著我，然後指向在櫃檯後面穿著滑雪裝刷牙的妮奇，說：「我是付錢給你太太對嗎？」妮奇驚恐到連牙刷都拿不住，同時我手上那本書也掉了。

我讓妮奇打包隨機閱讀俱樂部這個月要寄的書，然後跟安娜趁上午的時間去散步，後來雪融化了，光線與景色也隨之改變。我們在一個鐘頭後回來，妮奇根本還沒打開俱樂部的箱子，但她又一次劫持了書店的Facebook頁面，張貼以下訊息：

克雷格爾畫廊（Craigard Gallery）剛送來填滿水果的切爾西麵包（差不多是中等尺寸的大頭菜），還有厚厚一層奶油乳酪跟肉桂粉！**我們的**鄰居就是這樣——**你們的**呢？

讀完了《薩蒂里孔》，在午夜上床睡覺。

總收入44.50英鎊
8位顧客

一月十九日，星期一

線上訂單：3
找到的書：2

一醒來就發現卡倫在我的電話留言，說《觀察家報》昨天引用了我的話，那篇文章是關於在海灣另一邊籌備設立的風電場，而開發商決定把那裡稱為

「加州農場」（California Farm）——理由當然只有他們自己最清楚。沒過多久，提供那片土地給發電廠並支持獲取最大利益的地主就出現在店裡，要來討論一下我的反對意見。他一開口就告訴我：「我來這裡不是要改變你的想法。」而接下來三個鐘頭他都在試圖改變我的想法。安娜應對他的方式太厲害了：她問他提供土地給他們能收到多少錢（當地其他居民每年所能收到的三倍以上），以及從他的任何房地產上能否看到風力發電機。他看著地上，難為情地回答說從他擁有的眾多房地產上不會看到。

安娜對加洛韋的愛既熱烈又深沉，她決心把這個地區推銷給全世界，同時也要保護這裡免於受到任何損害，尤其是本地經濟仰賴的旅遊業。

今天我們有一筆訂單的書最近被妮奇登錄到她新設置的天文學／物理學書架。書不在那裡，跟上次一樣。我在上午十點把訂單包裹拿到郵局交給威爾瑪時，問她能不能好心派郵差晚點過來收隨機閱讀俱樂部的書。我剛到的時候，威廉正因為她的某個不當行為而嚴厲斥責她。

便器椅在十一點售出。妮奇一定會氣死的。

我好像被病毒感染了，一定是某個顧客害的，結果我整天都在咳嗽、打噴嚏、抱著暖氣機還發抖。大家都把這當成是老師的詛咒，因為他們會接觸滿是細菌的小孩而一直生病，不過這也適用於在店裡工作的任何人。顧客很喜歡跟我們有病同享。

午餐過後我打電話給斯墨菲卡帕，他們似乎隨時都樂意回收我載去的滯銷品，所以下星期我整理完農舍那兩千本書剩下的部分就會過去，其中大多數都只能回收。

下午三點在Facebook上貼出了《讀者樂翻天》影片。

總收入99.99英鎊
7位顧客

一月二十日，星期二

線上訂單：3
找到的書：2

一位住在希臘的表親寄來電子郵件，告知我書店出現在一個談論書的希臘文部落格上。在我買下書店不久後，有一次我正在整理書時，一位北愛爾蘭人找我問：「你們有希臘文的《新約聖經》嗎？」我告訴他庫存裡沒有，結果他回答：「像樣的書店都不能沒有《新約聖經》。」我咕噥著說隨便他，然後繼續做我的事。他帶了幾本關於加爾文主義（Calvinism）的書離開時，客氣地道了歉，然後稱讚我店裡擺的書，尤其是神學區。

老太太們下午一點過來上她們的藝術課。

郵差四點收走了五袋隨機閱讀俱樂部的書。

總收入22.50英鎊

4位顧客

一月二十一日，星期三

線上訂單：1

找到的書：1

我在午餐時間接到另一家書店的電話，他們對我們的一本書有興趣。我們用來管理線上庫存的「季風」算是在網路上賣書時很常用的軟體，所以我假設她當然聽說過。我一邊在電話上一邊想找出那本書的資訊時，「季風」就當掉了，於是我向對方道歉，解釋說我們的「季風」出了問題。她回答：「什麼？真的嗎？你們在用季風？噢，真是令人遺憾啊。」

拿了一本奥登的《選集》（*Collected Works*）並翻到〈夜間漫步〉（As I Walked Out One Evening），這是我最愛的一首詩。我決定要在月底前記起來。

總收入57.97英鎊

4位顧客

一月二十二日，星期四

線上訂單：1

找到的書：1

今天上午的訂單是一本第二次世界大戰的書。我在架上找書時，發現了《十九世紀的殖民地戰役》（*Colonial Campaigns of the Nineteenth Century*）、《薩達姆的戰爭》（*Saddam's War*），以及《威靈頓的軍隊》（*The Armies of Wellington*），全都擺在二戰區。顯然是妮奇放的。明天我向她提這件事的時候，我敢肯定她一定會說：「哎呀，軍事區沒有空間了嘛，而且全都是寫戰鬥的。顧客會明白的啦。」

下午兩點，有位顧客走進來說要一本巴納德的《英國威士忌釀酒廠》。這本書在二〇〇八年由Birlinn出版社重印，而我買了好幾本（我去年十二月在洛蒙德湖買的那一批書裡還有一本初版）。我告訴對方我們有五本，他一聽到就轉過身「哼」了一聲離開。

我上個星期訂的保暖窗簾和桿子寄到了，所以我花了很多時間在店裡有冷風的角落安裝，希望至少在晚上能保留住一些溫度。

下午三點起就一直有雪，這必定意味著人們比較不想出門，因此顧客也會比較少。

有位住威格頓灣另一端的朋友下午四點半來訪。他聽說了我們不太喜歡風電場的事。他就住在那片預定地的中心，要是真的建立起來，他的房子就會變得毫無價值了。

關於從農舍帶回來那兩千本書，伊旺回覆了我的電子郵件。他本來就沒期望得到什麼，真讓我鬆了口氣。他告訴我那些書來自一位表親的父親，他在年輕時從巴基斯坦來到倫敦，後來跟所有認識的人都斷了聯繫。直到相關當局通知他的死訊時，他們才發現他的存在。

總收入40.50英鎊
5位顧客

一月二十三日，星期五

線上訂單：1
找到的書：1

大雨下了一整天，而且冷得要命。妮奇一如往常在上午九點十五分抵達。我有點嫉妒她那套加拿大滑雪服。她跟我說她發燒生病了一個星期，到了星期三她還產生幻覺：「嗯，棒極了。就像以前一樣呢。」她做的第一件事，就是興高采烈地諷刺我掛在店裡各處那些新的保暖窗簾——「噢，對，真是漂亮。看起來就像邦瑞地產（Barratt）在斯文敦（Swindon）郊區某間樣品屋裡的東西。你這個笨蛋。」

幸好她因為生病才沒去翻莫里森超市的廢料桶，所以這週就沒有美食星期五了。

狄肯先生進來買了一本我們放在櫥窗展示的書，是露西．英格利斯（Lucy Inglis）的《喬治王朝時期的倫敦》（*Georgian London*）。他的左手臂上了石膏，可是我沒問原因，他也沒有解釋。

一位住在中國的女人今天上午寄來電子郵件。她的部落格主題是書，而她看到了《讀者樂翻天》。她希望我能同意讓她把影片分享到中國一個類似YouTube的網站，於是我告訴她這樣我高興都還來不及。她似乎是中國版的珍．坎貝爾，會前往各地的書店並寫下遊記。我邀請她過來待一陣子。

我把這星期訂單找不到的書籍資料拿給妮奇，她馬上就怪貝森把書放錯架子，但貝森從九月起就沒在這裡工作了。

安娜跟我又去醫院探望潔西。她看起來好多了，而且一直有訪客。她剛得知她丈夫克里斯（Chris）因為心臟病發進了鄧弗里斯醫院。那個可憐人的母親前幾天過世了，享壽一〇六歲。

妮奇決定回家而不留下來過夜，因為她身體不舒服。

總收入118.95英鎊
8位顧客

一月二十四日，星期六

線上訂單：3
找到的書：2

我開店時陽光普照，可是到了上午十一點，天色已經變得灰暗。妮奇差點就準時上班了。她整天都在抱怨這個星期得了感冒，還偷吃我的止痛藥跟咳嗽藥。

總收入447.05英鎊
15位顧客

一月二十六日，星期一

線上訂單：6
找到的書：5

刺青異教徒桑迪下午兩點過來待到四點，買了幾本蘇格蘭民間傳說的書。他在店裡逛的時候，憂鬱的威爾斯女人打電話來了。這次她發現了我們在網路上賣一本一六四二年的《西塞羅著作》（*Ciceronis Opera*），所以我無法假裝庫存裡沒有她要的東西。她問我能不能在電話上使用信用卡付款，於是我後來問了她的姓名與地址，結果她回答：「戴菲德．威廉斯（Dafydd Williams）。」結果，對方從頭到尾就是個憂鬱的威爾斯男人。

這星期經營「開放書店」的是一位來自路易斯島（Isle of Lewis）的女人，名叫伊希（Ishi）。她正在考慮開一間書店，所以來這裡試試水溫。這個星期Mac電視臺會拍攝她，在BBC Alba的紀錄片播放。她過來吃晚餐。原來她在非洲旅遊了兩年，而最近得了傷寒。她已經過了會傳染的階段，不過總是對自己身體狀況很多疑的安娜一聽見伊希提起這件事，立刻就明顯地後退避開。

總收入12.99英鎊
5位顧客

一月二十七日，星期二

線上訂單：
找到的書：

妮奇來上班，跟往常一樣遲到了一下。

「季風」決定要升級，結果現在我們打不開，所以我不知道今天有沒有訂單。

今天下午有藝術課，於是我在中午生火，沒想到被其中一位女士訓了一頓，說她的柴爐比我的暖和多了。這個星期班上學的是肖像畫，模特兒非常漂亮。幾年前我上過課，肖像畫的模特兒是個八十歲的男人，我們還在畫他時就死了。

妮奇接到一通顧客的電話，對方問：「你們是在街道的哪一邊？」——這個問題顯然取決於你過來的方向。他載了一車的書來店裡賣。妮奇全部拒絕了。

天氣預報明天會下大雪。

總收入110英鎊
5位顧客

一月二十八日，星期三

線上訂單：7
找到的書：6

「季風」早上又能用了，所以今天我們有兩天的訂單要處理。

總收入90.50英鎊
5位顧客

一月二十九日，星期四

線上訂單：6
找到的書：5

妮奇今天在，跟平常一樣活潑。

午餐之前有位顧客進來。她才到沒多久，妮奇跟我就快呼吸不過來了。她一定是把自己徹底浸在香水裡，氣味可怕到讓人窒息，想必那是冷戰期間由某個有虐待狂的科學家在化學武器實驗室裡開發出來的。

店裡一整天都非常冷清，所以即使是那個散發著生化毒氣的女人，我們也假裝熱情招呼了一番。大概下午三點就開始一直下雪了。

總收入32英鎊
3位顧客

一月三十日，星期五

線上訂單：6
找到的書：5

妮奇又來上班了。她生病之後，好像就忘了美食星期五的事，讓我鬆了好大一口氣。

我在找今天訂單的一本書時，發現蘇格蘭詩歌區有一本魯德亞德・吉卜林（Rudyard Kipling）的《軍營歌謠》（*Barrack-Room Ballads*），歷史區有一本《魯拜集》（*The Rubaiyat of Omar Khayyam*），第一次世界大戰區則有一本《滑鐵盧戰役日誌》（*Journal of the Waterloo Campaigns*）。我已經放棄想明白妮奇想法的企圖了。

今天最糟糕的顧客是個禿頂男人，留著黃色馬尾，他在情色區喘息著待了一個鐘頭，只要有圖片的書幾乎都翻過一遍。他離開時什麼也沒買。其實，我在想他空手離開會不會是件好事，這樣我就不必跟他有任何互動了。

總收入107英鎊

7位顧客

一月三十一日，星期六

線上訂單：5
找到的書：5

妮奇又來上班：這樣就是連續三天。到了打烊時間，我已經快被逼瘋了。
成功背誦了〈夜間漫步〉。

總收入383英鎊
12位顧客

二月

二月

小型獨立書商永遠不會像食品雜貨商和牛奶商那樣被聯合企業壓榨到無法生存。不過工作時間太長了——我只是個兼職員工，但雇主每週得工作七十個小時，時常還要長途旅行去買書——這種生活很不健康。書店在冬天通常都冷得很，因為要是店裡太暖，櫥窗就會起霧，而書商就是靠櫥窗吃飯的。此外書本也比其他類別的物品更容易積累討厭的灰塵，頂部更是綠頭蠅最愛的葬身之地。

——喬治．歐威爾，《書店記憶》

歐威爾提到的「聯合企業」確實逐漸壓榨小型獨立書商到快要無法生存了：奧托卡（Ottakar's）、水石、狄倫正企圖要這麼做。現在那三家書店的其中兩家已經被壓榨得無法生存，唯一剩下的水石也面臨著岌岌可危的未來，這都多虧了聯合企業中的聯合企業：亞馬遜。水石在店裡販售Kindle，想藉此成為「萬物商店」的夥伴，但是與魔鬼共進晚餐時，你可得需要一根長湯匙，但我想即使是亞馬遜「廚房家居」類所能找到最長的湯匙，也不足以防止水石因為過於親近亞馬遜而受害。

不過，書店在冬天倒是真的冷得要命——至少我的書店是這樣。我的店裡並不是怕櫥窗會起霧，而是空間太大，室內無門，隔熱不足，以及有如死去作家之靈魂呼嘯而過的冷風。冬天的來客太少了，所以一天只會開兩三小時的暖氣。

二月二日，星期一

線上訂單：7
找到的書：5

Mac電視臺打電話來安排星期三的影片拍攝行程。我告訴了伊希，跟她約好星期三下午兩點在店裡見，要談一談經營二手書店的現實面。

今天上午的電話：

來電者：喂！喂！我好像打錯了，這裡是艾利森汽車嗎？

我：你打錯了，這裡是「書店」。

來電者：算了，說不定你能幫忙。你有Vauxhall Nova車款用的交流發電機嗎？

我關門時外頭的天色已經暗了，不過現在白天明顯變長了。

總收入32.50英鎊
5位顧客

二月三日，星期二

線上訂單：2
找到的書：1

今天上午其中一筆訂單是《英國樹木：一般指南》（*British Trees: A Guide for Everyman*）。根據妮奇的定位代碼，這本書被歸類到蘇格蘭詩歌了。

午餐過後，我開車到紐頓斯圖爾特跟會計師會面。他說了件事讓我很驚訝：過了經濟不穩定的幾年後，我的帳戶情況看起來相當好。雖然我感覺自己比十四年前買下書店時工作更認真，但我認為我現在更常做的是在電腦上登錄書籍，而且網路銷售這方面的競爭也很激烈，不像以前占的比重相對較小。話說回來，為了讓這艘船不沉沒下去，該做的我還是會做。這種生活絕對比替別人打工好。

有個留著油膩鬍子個性又非常討厭的男人買了一套《威弗利》（*Waverley*）小說，來自維多利亞時代，皮革裝訂，要價一一〇英鎊。我給他二十英鎊的折扣，結果他回答：「就這樣？」

今天下午在蘇格蘭平裝本區擺書時，我發現一本羅賓．詹金斯（Robin Jenkins）的《毬果採集人》（*The Cone Gatherers*）。晚餐後開始讀了。

總收入141英鎊
5位顧客

二〇一五年二月四日，星期三

線上訂單：5
找到的書：4

妮奇來上班，好讓我下午去愛丁堡看一批私人藏書。

我們找不到妮奇登錄在印度區的一本中世紀哥德藝術書。

下午攝影團隊抵達，我們拍了一些有伊希在的紀錄片鏡頭。店裡原本整天都很死寂，結果工作人員一開始拍攝，顧客就突然開始湧入，有的提問題，有的絆到線。一個穿著黑色皺西裝的高大老人淨做些討厭的事，後來則是坐在火堆前。我經過他身旁要把一本書放到詩歌區時，注意到他摘下了假牙，放在桌面一本東尼·布萊爾（Tony Blair）的自傳上。

拍攝影片時，我發現妮奇正在翻動我要拿去給格拉斯哥那間回收廠的一箱書。她跟我討論了死亡的問題。妮奇：「要是我在末日大戰之前死了，我朋友喬治（George）會用舊棧板替我製作一副棺材，把我放進我的後車廂，然後丟在森林裡的某個地方。」我告訴她我想要的是維京人船葬，而她回答：「你不行的。唯一的方法是辦一場吉普賽葬禮。你得替自己造一輛大篷車，然後放火燒掉。噢，等一下，你已經死了。你得找別人來放火。」

穿皺西裝的老人來到櫃檯付錢買下杜斯妥也夫斯基（Dostoevsky）的《白癡》（*The Idiot*）時，我謹慎地提醒他拉鏈沒拉。他往下看——彷彿是要確認——然後又回頭看著我說：「死鳥是不會掉出鳥巢的。」說完他就離開書店，拉鏈仍然大開著。

狄肯先生下午四點進來訂了一本書，是艾莉森・威爾的《塔中王子》（*The Princes in the Tower*）。他的手臂上沒有石膏了。今天的對話跟往常一樣簡短務實，直到後來我在他要離開時猛咳了一陣。他說：「我很同情你，我也病了。」我很好奇想知道他得了什麼病，於是史無前例地探問了一番，結果他回答：「阿茲海默症。最近字詞都記不太起來了。」講完這件難過的事情後，我們終於第一次聊起了他的生活，在這之前我對他的了解，也只有上次他告訴我帶來書店的那些同伴是他女兒。他曾經是一位大律師，現在則因為無法找到想要的字詞而深感沮喪。

我在下午四點半離開書店前往愛丁堡。店門才關上，我一轉身就看見妮奇用透明膠帶把自製的標籤貼到一座書架的邊緣。看來討厭的「大後方小說」又要回歸了。

總收入18.50英鎊
4位顧客

後記

日記寫於二〇一四年，而今天是二〇一六年十一月一日：我買下書店十五年了。從我完成日記的初稿到現在過了將近兩年，有一些事已經改變了。

釀酒廠最近重新開業，有位澳洲商人徹底改造了一番，希望能夠大幅增加產量。

隔壁的書店蛙盒（The Box of Frogs）一年前換手，現在是「捲捲童書」（Curly Tale Books），由芙洛的母親潔恩（Jayne）經營。

威格頓犁人已經易主，現在是巧藝酒店（Craft Hotel）。

船長的體重不停增加，顧客幾乎都會聊起牠的體型。

水石在二〇一五年停賣Kindle，原因是銷售量差以及實體書復甦。

開放書店持續吸引來客，並於威格頓圖書節公司旗下營運。它的成功已經超過大家最樂觀的期望。住客遠道而來，例如加拿大、美洲（北美和南美都有）、法國、西班牙、義大利、紐西蘭、臺灣。其中許多人都還會回來威格頓和附近一帶度假，除了少數例外，他們都非常喜歡。接下來十八個月全都預訂滿了。

妮奇找到另一份離她那間破屋比較近的工作，目前在格倫盧斯的Keystore

便利商店賣彩券、香菸和廉價蘋果酒。

洛莉是巧克力師傅，住在格拉斯哥。

凱蒂念完了醫學院，在福爾柯克（Falkirk）醫院當醫師。

芙洛施展魅力順利讀完愛丁堡大學。

艾略特繼續稱職地規劃威格頓圖書節，規模一年比一年大。

很遺憾，畫店的潔西在日記結束後幾天就過世了。

自從狄肯先生告訴我他患了阿茲海默症以來，我只見過他一次。他的情況大幅衰退，顯然不認得我了。

安娜跟我已經分手，但還是好朋友。

書店仍在營業。

——精彩片段選摘——

眞正愛書的人很罕見，不過有非常多人自以為愛書。後者特別容易辨認——他們進入店裡時經常介紹自己是「愛書人」，而且會堅持要告訴你「我們很愛書」。他們穿的T恤或提的袋子會有標語，確切說明他們覺得自己有多麼熱愛書，然而識別他們最佳的方式則是他們永遠不會買書。

今天有位亞馬遜的顧客因為一本書寄了電子郵件過來。他的抱怨：「我還沒收到書。請解決這件事。目前我還沒對你們的服務寫下任何評論。」多虧了亞馬遜的回饋（feedback）機制，這種幾乎毫無掩飾的威脅變得越來越常見，有些無恥顧客就會在收到訂購的書時藉此談判拿到退款。

又是悲慘的一天，而且上午九點十分電話響起時情況也並未改善：「眞是丟臉死了。我不知道你怎麼能無恥到自稱是書店老闆，竟然敢寄出這種垃圾？」諸如此類的。他繼續這樣罵了幾分鐘。進一步詢問之後，原來他訂了一本書，那間書店的名稱跟我們很像，而他對書況不滿意。當他發現自己找錯了書店，這整件事也跟我們無關，他卻跟我說他會「採取進一步行動」，然後就掛斷電話。

• **太過誠實的店長日記**

尚恩在蘇格蘭規模第一的二手書店擔任店長，他打造的「威格頓圖書節」每年為蘇格蘭帶來鉅額觀光收益，堪稱文化產業的榮光；而他卻在書中說自己的書店已經負擔不起全職員工。在這個「書店愈來愈稀有，庫存倒充足得很」的年代，尚恩表示下輩子再也不想開書店了，但他始終沒有離開。人們熱愛書籍的根本理由成為尚恩持續堅守書店的主要動力——生活總使我們疼痛，而閱讀撫慰我們、讓我們快樂。

• **自虐出版業的浪漫人生**

生活是荒誕的，出版業的人生尤其如此。書店日常的真實基礎是日日夜夜為營業調頭寸、經營毒舌書店粉專努力增加線上訂單，並控制自己不要衝動毆打要求書價打3折的顧客。尚恩記下無數的書店小日子，串連成有些辛酸又有些浪漫的四季詩篇：今天賣了多少本、誰來訂了什麼書；常客又做了什麼事；還有愛書人去世後，他的藏書如何被家屬論斤秤兩當廢紙賣掉……在生活冰霜與利齒夾擊的縫隙中，在經濟與夢想拉扯的身不由己下，我們看到更多的是尚恩他又讀過什麼、哪本書裡講了哪些故事，他去哪個地方收購了好看的、令人興奮的書。自虐又浪漫，即是愛書人的人生。

• **當熱愛的事＝工作**

這是一本超級厭世的工作日記，也是一本講述工作即此生熱愛之事的書。隱藏在書店眾生相之下的，是一個愛書人身處時代洪流下的堅持；是一點點收書時發現未知好書的期待；是一顆但願每個顧客都能在此找到一本有趣的書……那般純粹的心。

00530
9 789570 866896
建議分類：翻譯文學／英國文學／日記